The Water Babies

水孩子

[英] 查尔斯·金斯莱 著　陶红亮 译　冰河插画 绘

图书在版编目（CIP）数据

水孩子 /（英）查尔斯·金斯莱（Charles Kingsley）著；陶红亮译 . -- 北京：海洋出版社，2021.12
（海洋名著与科学 / 陶红亮主编）
书名原文：The Water Babies
ISBN 978-7-5210-0753-4

Ⅰ . ①水… Ⅱ . ①查… ②陶… Ⅲ . ①童话－英国－近代 Ⅳ . ① I561.88

中国版本图书馆 CIP 数据核字（2021）第 060983 号

海洋名著与科学
水 孩 子

总 策 划：刘 斌	发行部：（010）62100090　（010）62100072（邮购部）
责任编辑：刘 斌	（010）62100034（总编室）
责任校对：肖新民	网　　址：www.oceanpress.com.cn
责任印制：安 淼	承　　印：北京中科印刷有限公司
排　　版：海洋计算机图书输出中心　申彪	版　　次：2022 年 2 月第 1 版
	2022 年 2 月第 1 次印刷
出版发行：海洋出版社	开　　本：787mm×1092mm 1/16
地　　址：北京市海淀区大慧寺路 8 号（716 房间）	印　　张：13
100081	字　　数：250 千字
经　　销：新华书店	印　　数：1～4000 册
技术支持：（010）62100055	定　　价：58.00 元

本书如有印、装质量问题可与发行部调换

前言
PREFACE

　　《水孩子》的作者查尔斯·金斯莱是十九世纪英国著名的儿童文学作家和诗人，曾在英国皇家学院、伦敦大学和剑桥大学学习法律。金斯莱在剑桥大学学习期间有过一段十分放纵的日子，沉迷于划船、打猎、钓鱼和拳击，而不是学习，直到他成为一名基督徒后才结束了这样的生活。皈依基督教对金斯莱的一生意义重大，他从剑桥大学毕业后，把牧师作为一生的主要工作，先后担任教区牧师、切斯特大教堂牧师、威斯敏斯特大教堂牧师等。

　　金斯莱在工作之余非常热衷于文学创作。他在五十多年的人生中创作了六十多部小说、散文等作品，包括小说《酵母》《阿尔顿·诺克》《向西去啊》、剧作《圣者的悲剧》、自然历史学著作《海岸的奇迹》等，而其中最有名的就是这部《水孩子》了，它是金斯莱唯一的一部儿童文学作品。金斯莱创作它的原因很简单，就是让自己的小儿子亚瑟能拥有一部属于自己的书。

　　值得一提的是，金斯莱十分热爱海洋，拥有丰富的海洋知识，这一点从《向西去啊》和《海岸的奇迹》中就能知道。正是因为有了这样的基础，他才能在《水孩子》中将海洋的自然、亲切、壮阔、雄浑之美栩栩如生地刻画出来。

　　那么，《水孩子》究竟讲了一个怎样的童话故事呢？很简单，它讲述的是主人公汤姆从扫烟囱工变成水孩子的故事。

　　汤姆是一个孤儿，生活在英国的一个大城镇里，在扫烟囱师父格里姆斯手下当学徒，每天都脏兮兮的。格里姆斯是一个自私、冷酷、贪婪、粗俗、暴躁的人，汤姆受尽了他的虐待，还沾染了很多恶习，成了一个可怜而又招人厌烦的小淘气鬼。后来，汤姆在仙女的帮助下变成了水孩子，洗净了身上的污垢，变得非常干净，还在水世界里结识了很多朋友、增长了许多见识。在这个过程中，汤姆在仙女的引导下，渐渐改掉了身上的恶习。后来，他跋山涉水，经历了种种奇遇，完成了帮助格里姆斯的使命，最终成长为一个善良、勇敢、勤劳、明理的男子汉。

在此期间，围绕着汤姆出场的许多人物也令人印象深刻。比如：文代尔那位慈祥、善良的老奶奶，她的真实身份出人意料；哈特豪夫府里那个雪白的小女孩，她后来也变成了水孩子；辛勤工作的惩恶仙女和福善仙女，她们一边拯救那些不幸的人，一边惩罚那些作恶的人；英俊的蜻蜓小伙子，他是汤姆变成水孩子后交到的第一个朋友；自私傲慢的小飞虫，最后顺着水流漂走了；彬彬有礼的大鲑鱼先生，其绅士风度令人折服；以及固执的龙虾、领航的海鸥、神秘庄严的护持婆婆、被追赶的巨人……

很明显，汤姆还是陆地上的孩子时是不幸、悲惨的，不仅没有受过任何教育，还要遭受格里姆斯的虐待，并且从格里姆斯那里学到了很多不好的东西，而这些东西是不应该在任何一个好孩子身上出现的。但是汤姆又是幸运的，因为他诞生在金斯莱的笔下，在他笔下那个纯真、美妙、绚烂的水世界里获得了重生。

《水孩子》是儿童文学史上一颗璀璨的明珠，它的情节跌宕有趣，语言简洁轻快，题材独特，想象力丰富，意境宏大优美，充满温情，富有奇幻色彩，在童话世界中独树一帜，让众多小读者和大读者都爱不释手。中间穿插的几首小诗有画龙点睛的作用，给故事增添了许多诗意美和韵律感。

当然，这个童话故事并非只有华丽的外衣。事实上，金斯莱希望《水孩子》能够帮助自己的小儿子亚瑟和所有孩子，让他们都能讲卫生、助人为乐、健康成长，最终成为勇敢、正直、博学、宽厚的人，可以说《水孩子》寄托着一位博爱的父亲深沉的情感和希望。

因此，你能够在书中看到许多对孩子、甚至对大人来说都十分有用的道理。比如：自己的事情要自己处理、负责，做错了事就要受到相应的惩罚；如果想要获得成长，就要亲自去看看这个广阔的世界；如果想要变得强大，就必须去做自己不喜欢的事情，勇敢地面对它、打败它……至于其他和宽容、善良、独立思考、正直、健康等有关的道理，就要靠你自己去发掘了。有一点可以肯定的是，这些简单、质朴、深刻的道理不会摆出一副生硬的模样来吓唬人，它们就像你所喜爱的任何事物那样和蔼可亲、生动有趣。

那么，你相信世界上有仙女和水孩子吗？不管你相不相信，至少在这个纯洁、瑰丽、奇妙的水世界中，他们的确有血有肉、有笑有泪地生活着、成长着。现在，你准备好翻开这本书，去见见他们了吗？

海洋名著与科学丛书

| 顾 问 |

金翔龙

| 主 编 |

陶红亮

| 副主编 |

李 伟　秦 颖

编委会

赵焕霞　权亚飞　刘东旭　刘超群

王晓旭　张 姝　杨 媛　杨岚惠

目录
CONTENTS

第一章
扫烟囱的汤姆 /001

第五章
水孩子的世界 /094

第二章
汤姆变成了水孩子 /027

第六章
艾莉消失了 /118

第三章
汤姆的水中生活 /045

第七章
浮冰下的光辉城 /135

第四章
大海的召唤 /072

第八章及尾声
男子汉汤姆 /165

第一章 扫烟囱的汤姆

[名师导读]

汤姆是个小小的扫烟囱工。有一天,他的师父格里姆斯接到了约翰·哈特豪夫公爵府打扫烟囱的委托。在去往公爵府的路上,他们遇到了一位爱尔兰女人。汤姆在打扫烟囱的时候,误入了公爵女儿的闺房,被当成小偷,遭到众人追赶。他能够逃去哪里呢?他会有着怎样的际遇呢?

当我斜靠在树上,坐在小树林里,

听到了一千种混合的曲调。

在那甜蜜愉悦的心境里,

一股悲伤的思绪却突然涌现在脑海中。

大自然融合了她的天籁之声,

连通了我体内的人类灵魂。

而那让我黯然神伤的原因,

与那人的造物主有关。

——华兹华斯

从前,有个扫烟囱的小男孩叫汤姆。他住在北方的一个大镇子上,那里有很多烟囱要扫,所以汤姆赚钱的机会很多,而他师父也可以有很多钱花了。[赏析解读:这段话一方面点明了故事主人公的身份，另一方面为下文做了铺垫。] 他既不识字也不会写字，他也不想学。因为他的院子里没有水，所以他从来不洗脸洗澡。从来没有人教他做祷告，他也从来没有听说过上帝或基督。他一半的时间很悲伤，一半的时间很快乐。当他爬进黢黑的烟道，将膝盖和胳膊擦破时，他会哭；被煤灰迷了眼，他会哭；每天被师父打，他也会哭；肚子吃不饱时，他还是哭，而挨饿是家常便饭。在另一半时间里，他又很快乐。比如，和其他小伙伴玩抛硬币、跳背的游戏时；看到有人骑马跑过，向马腿扔石头时。这时如果能找堵墙躲起来，他就更开心了。[赏析解读：此处描写突出了汤姆生活的艰苦，也写出了他的淘气。]

　　至于扫烟囱、挨饿、被打这些事，在汤姆看来都是人之常情，就像天会下雨、下雪或打雷一样，他总能像个男子汉那样挺过去，就像他的老驴面对冰雹一样，等冰雹停了，只要甩甩耳朵，就又变得开开心心的了。[赏析解读：汤姆面对种种不开心的事情时的表现，说明受虐待对他来说是家常便饭，也从侧面体现了他的乐观和坚韧。] 汤姆总是想，好日子总会来的，等他长大后，就会成为像师父一样的烟囱师傅，穿着棉绒衣服和高帮皮鞋，手里端着啤酒杯，叼着烟斗，坐在酒馆里用银币玩纸牌；他会养一只毛色雪白、只有一只耳朵是灰色的斗牛犬，他的口袋里装着几只小狗崽儿，看起来一副男子汉的样子；他还会收两三个学徒，像师父那样对他们严加管教，只要不听话就收拾他们；他自己骑着毛驴，嘴里叼着烟斗，衣领的扣眼里别着朵花，像国王率领军队那样走在前面，身后跟着扛着装满煤灰的麻袋的小学徒。没错，好日子总会有的。只要能从师父那里喝上一口剩啤酒，汤姆就觉得自己是整个镇上最快乐的人了。

　　有一天，一个神气的小马童骑着马来到汤姆的住处。汤姆当时正躲在一堵墙后，手里拿着半块砖头，正要向马腿扔过去，这是当地迎接陌生人的风俗。没料到那个小马童先看到了他，朝他打了个招呼，询问扫烟囱的格里姆斯先生的住处。格里姆斯先生正是汤姆的师父。汤姆总是对顾客彬彬有礼，所以他悄悄地把那半块砖头藏在墙后，跑过来搭话。[赏析解读：从此处的描写中不难看出，汤姆虽然年纪不大，但是对待生意已经十分老练了。]

小马童告诉汤姆，请格里姆斯先生明天一早到约翰·哈特豪夫公爵府上打扫烟囱，因为之前那个负责扫烟囱的人被关进监狱了。说完他就走了，汤姆还没来得及问那个扫烟囱的人为什么会被关进监狱。汤姆对这个还是挺感兴趣的，毕竟他自己也进过一两次监狱。[赏析解读：汤姆小小年纪竟然已经进了一两次监狱，说明他身上存在着一些恶习。]那个小马童干净体面，穿着一件淡褐色的夹克，以及同色的马裤和绑腿，系着一条别着漂亮别针的雪白领带，脸庞红润干净。他的样子引起了汤姆的不适，在汤姆看来，这个小马童之所以如此傲慢，不过是因为穿着别人买给他的漂亮衣服。一想到这儿，汤姆又回到墙后，想捡起那半块砖头，[赏析解读：此处对汤姆行为的描写，表面上看是他对小马童的嫉妒使然，实则体现出了他的自卑感。]但一想到人家是来谈生意的，便作罢了。

汤姆的师父一听到有了新生意，激动得把汤姆打倒在地，以此来表达他高兴的心情。[赏析解读：此处写出了汤姆师父的粗暴，同时也说明了他的冷酷无情和贪婪。]为了确保自己第二天能早起，格里姆斯当天晚上特意喝了比平时两个晚上加起来还多的啤酒。因为他觉得一个人醒来时头疼得越厉害，就越想到外面去呼吸一下新鲜空气。第二天凌晨三点，汤姆的师父起来了，他一起来就又揍了汤姆一顿，警告他今天要特别听话，因为他们将要去干活的人家格外显贵，如果对方满意，他们就能拿到很多好处。[赏析解读：汤姆的师父是个典型的势利小人，做事的出发点都是自己的利益。]其实汤姆也是这样想的，因为哈特豪夫府是世界上最伟大的地方（虽然他从来没有见过），约翰公爵则是世界上最可怕的人（他见过公爵本人，因为他前两次入狱都与他有关）。[赏析解读：这里一方面写出了哈特豪夫府的尊贵，另一方面说明了汤姆对约翰公爵的敬畏之情，为下文的展开埋下了伏笔。]

即使是在富裕的北方，哈特豪夫府也是极为豪华的。那里的房子出奇的大，甚至能把那场摧枯拉朽的战争中的威灵顿公爵(指阿瑟·韦尔斯利，1769—1852年，人称"铁公爵"，曾在滑铁卢战役中击败拿破仑)和他带领的一万名士兵都装进去，至少汤姆是这样认为的。

[赏析解读：这里用汤姆夸张的想象来突出哈特豪夫府之大，从侧面说明了约翰公爵的显赫地位。]园子里到处都是鹿，汤姆认为那些鹿是经常吃小孩子的怪兽。这里还有一个数平方英里（英制面积单位，1平方英里约为2.59平方千米）大的禁猎场，格里姆斯先生和一些矿工小伙儿偶尔会在这里偷猎，汤姆在这里看到过野鸡，他很好奇野鸡吃起来是什么味道。园子里还有一条宽阔的河，盛产鲑鱼（是三文鱼、鳟鱼和鲑鱼三大类的统称，也是非常有名的溯河洄游鱼类。其体呈银色，背和鳍上有斑点，在淡水江河上游产卵，幼鱼在淡水中生活2~3年，然后游向大海，在大海中生活数年，待性成熟后再回到出生地产卵），格里姆斯先生和他的朋友们偷猎时也打过这些鱼的主意，但是一想到必须跳进那冰冷的河水里就放弃了。总的来说，哈特豪夫府是个了不得的地方，约翰公爵是个了不得的老头儿，连格里姆斯先生都很尊敬他。这不仅仅是因为他随时能把每周都要干一两件坏事的格里姆斯先生送进监狱，也不是因为这方圆数英里（英制长度单位，1英里约为1.6093千米）的土地都是他的；不仅仅因为他是一位诚实、开朗和善解人意的贵族，有一大群猎狗，认为怎么对邻居好就会怎么做，觉得怎么对自己好就会拿什么；更重要的原因是，他重达一百千克，没人知道他的胸围有多大，他可以把格里姆斯先生狠狠地打倒在地，而格里姆斯先生已经是这里打架最厉害的人了。[赏析解读：通过此处的描写不难看出，汤姆的师父格里姆斯身上有着许多恶习，汤姆身上的恶习很大程度是受到了他的影响。]不过，我亲爱的孩子，如果约翰公爵真这样做了，那就太不应该了，所以尽管这些事情可能你很想去做，但还是不做的好。因此，约翰公爵骑马路过城里时，格里姆斯先生就会向他行触帽礼，并称呼他为"强壮得让人畏惧的人"，称呼他年轻的小姐们为"美丽的少女"，这在北方是最好的赞美了。格里姆斯先生觉得，这就算是对他偷猎约翰公爵的野鸡的补偿了，但你也能看出来，格里姆斯先生没有在正规的公立学校里被严加管教过。

  现在我敢说，你从来没在盛夏的凌晨三点起床过。如果有人起那么早，要么是为了抓鲑鱼，要么是为了爬阿尔卑斯山（位于欧洲中南部，呈弧形，是欧洲最大的山脉，山脉的最高峰是勃朗峰），当然大多数人都是被迫的，比如汤姆。但是我敢保证，盛夏的凌晨三点是一天二十四小时中最美妙的时刻，是一年三百六十五天里最美妙的时光。但是，我不知道为什么那么多人不在那个时间起床，可能是因为他们想把自己搞得精神失常、面容憔悴。但是汤姆不一样，他不像别人那样晚上八点半还要出去吃饭，也不会十点还待在舞池，四处找乐子，直到十二点到凌晨四点之间才消停。每天晚上七点，他的师父去酒店时，他已经睡熟了。所以，他早上精神得就像一只斗鸡（它会一大早起来把女佣们叫醒），在他准备起床时，那些绅士、小姐正准备入睡。

就这样，汤姆和师父出发了。格里姆斯骑着毛驴在前面走，汤姆扛着扫帚紧跟其后，他们走出院子，来到街头，路过紧闭的百叶窗和睡眼惺忪的警察，每个泛着灰色光泽的屋顶都被黎明的曙光笼罩着。[赏析解读：此处写出了汤姆生活的艰辛，同时也体现出了生活所迫下的诸多无奈。]

他们经过矿工村，此时村里门户紧闭，四周一片寂静。接着他们穿过公路，来到了真正的乡村。师徒两人沿着满是灰尘的黑泥路一直向前走，两旁是黑煤渣墙，只能听到旁边煤田里的采矿机发出的响声。不过很快，路面和墙面都变白了，墙角长着挂着露珠的高高的野草和怒放的野花。这里听不到采矿机的轰鸣声，取而代之的是云雀在高高的空中歌唱，芦莺在苔草里鸣叫——它们已经唱了整个晚上了。

一切依然宁静。地球婆婆和许多美人儿一样还在熟睡，她沉睡时的模样比醒来时更美。翠绿的草地上镀了一层金色，高大的榆树正做着美梦，树荫下的牛群正在酣睡。头上飘着几片稀疏的云，因为实在太累了，它们便躺下来稍作休息，做起了美梦。丝丝缕缕的白云，轻触着榆树的枝丫和溪边桤（qī）木的树梢，等着被太阳唤醒，在蓝天中履行着每天的职责。[赏析解读：此处采用了拟人的修辞手法，生动地刻画出了清晨时分万物特有的寂静之美。]

他们继续往前走。汤姆东看看、西瞅瞅，因为他从没到过这么远的乡下。他特别想走进一户人家的大门里，摘些金凤花，或是爬到树篱里掏鸟窝。然而格里姆斯先生只是个生意人，汤姆根本没有机会去做这些。

没过多久，他们遇到一个贫穷的爱尔兰女人，她背着一大捆东西，步履蹒跚。[赏析解读：陌生的爱尔兰女人的出现，为剧情增添了神秘感，同时也为下文埋下了伏笔。]她的头上包着一块灰头巾，穿着一条深红色的裙子，你可以信誓旦旦地说她来自戈尔韦（是爱尔兰西部港市，正对着大西洋，渔业发达，以捕捞大西洋鲱、鲑鱼为主）。她没有穿鞋子和袜子，一路跛（bǒ）行，看起来十分疲惫。但她是个高挑貌美的女人，有一双清澈明亮的灰色眼眸，乌黑浓密的头发散在脸颊边。她的模样令格里姆斯先生着迷，于是他走上前去，冲她说道：

"这条路对你那双高贵的脚来说太艰辛了。姑娘啊，你愿意坐到我身后，让我搭你一程吗？"但是，或许她并不喜欢格里姆斯先生的外貌和声音。因为她小声地答道：

"谢谢你，不用了。如果可以，我更想和你的小徒弟一起走。"[赏析解读：陌生女人的话渲染出神秘的气氛，引起读者的好奇，为故事情节增添了趣味性。]

"随便你！"格里姆斯粗声粗气地回答，继续抽着烟。

于是这个女人走到汤姆身边，一边走一边问他住在哪里，知道些什么，问了许多关于他的事。说到后来，汤姆觉得这个女人是他遇到的说话最令人愉悦的人了。最后，她问汤姆是否做祷告，汤姆说自己对祷告一无所知，这使她看起来有些难过。

随后汤姆问她住在哪儿，她说自己住在遥远的海边。汤姆又问她大海是什么样的，她告诉汤姆，在冬夜里，大海翻腾呼啸、拍打岩石；在明亮的夏日里，大海又会变得宁静祥和，孩子们可以在那里洗澡、嬉戏。她还讲了许多诸如此类的故事，汤姆听着，越来越渴望去看看大海，也像故事里的孩子们一样在海里沐浴。[赏析解读：汤姆对大海的向往是贯穿整个故事的主线，同时也为日后汤姆成为水孩子埋下了伏笔。]

最后，他们走到了山脚下，那里有一股泉水。这股泉水与你以往看到的那种泉水不同：那种泉水从沼泽地的白砾（lì）石里流出来，流过红红的捕蝇草、粉粉的石楠丛和香气馥（fù）郁的白兰花；你可能看过另一种泉水：从一大丛蹄盖蕨（jué）旁边，从温暖沙丘下的小洞里，冒着泡流出来，水底的沙子长年随着水流打转儿。它与上面提到的两种泉水都不一样，是典型的北方石灰岩泉水，就像西西里岛（位于意大利南部，形状类似一个三角形，面积2.57万平方千米，是地中海最大的岛屿）或希腊的那些泉水一样，在那些地方，上了年纪的异教徒想象着小仙女们在炎炎夏日里围坐在泉水旁乘凉，牧人则在树丛后偷看她们。这股泉水在石灰岩峭壁下的低矮岩洞里欢呼跳跃，时而汩汩淌着，时而叮咚作响，它实在太清澈了，以至于无法分辨出水面和天空。泉水在路底流淌着，形成一股溪流，水势大得能推动一座磨坊。溪流两边长满了蓝色的天竺葵、金色的金凤花、野生的山莓和有着雪白花穗的稠李。

格里姆斯停下来，看着那股溪流，汤姆也跟着看着。汤姆心想，那漆黑的洞穴里有没有住着什么东西？那东西会不会在晚上飞到草地上来呢？但是显然，格里姆斯的心思并没有在这上面。他一声不吭地跳下驴子，翻过那座矮墙，跪在溪流边，把他那丑陋的脑袋泡了进去——泉水被他弄得很脏。[赏析解读：此处的描写突显出了格里姆斯邋遢、肮脏、不讲卫生的生活习惯。]

此时，汤姆正忙着摘花。那个爱尔兰女人一边帮他摘，一边教他怎么扎花。他们一起扎了一捧很美的花束。但是，当汤姆看到格里姆斯在洗头时，一脸震惊地停了下来。格里姆斯洗完头，开始摇着耳朵甩干头发时，他说：

"哎呀师父，我可从来没见过你洗头。"

"你可能没有机会再见了。我可不是为了干净才洗头的，只是图凉快。我可不想像矿上那些满脸煤灰的年轻人那样，每周洗一次头，那太丢人了。"[赏析解读：对格里姆斯来说，爱干净是一种羞耻，由此体现出了他的粗鄙。]

可怜的小汤姆说："我也想把头泡到水里去，那种感觉一定和把头伸进镇上的水泵（bèng）下面一样好，而且不会有管事的人来赶我。"

"你过来，"格里姆斯说，"你为什么想洗头呢？你又不像我一样，昨天晚上喝了半加仑（一种容积单位，分为英制加仑和美制加仑。英制 1 加仑等于 4.546 升，美制 1 加仑等于 3.785 升）啤酒。"

汤姆淘气地说："我才不管呢！"随后便跑到溪水边洗脸去了。

那个女人显然更喜欢和汤姆待在一起，这让格里姆斯很不开心。因此他一边骂着，一边冲上去猛地抓住汤姆，开始揍他。[赏析解读：打骂汤姆已经成了格里姆斯发泄情绪的一种方式，再次体现了他粗暴的性格特征，引起读者对汤姆的同情。] 不过，汤姆早就对挨打习以为常了，他把头钻到格里姆斯胯下，不让他打到，同时用全力踢着他的小腿。

"托马斯·格里姆斯，你不觉得丢人吗？"爱尔兰女人在墙的那边大声喊道。

格里姆斯抬起头来，他没有想到这个女人居然知道他的名字，他粗声答道："不，我不觉得。"他说话的同时，并没有停下手里的动作。

"没错，这才是你的本性。如果你还觉得有那么一点丢人，早就回文代尔去了。"

格里姆斯咆哮道："你怎么会知道文代尔？"他的动作停了下来。[赏析解读：格里姆斯的异常反应给读者们留了一个悬念，这个文代尔究竟是什么地方呢？引起读者的好奇心，增加了故事的神秘性。]

"我当然知道文代尔，我还知道你。比如说，我知道两年前圣马丁节（盛行于欧洲，主要庆祝国家有德国、奥地利和荷兰等，时间为每年的 11 月 11 日，人们会吃烧鹅，化装上街游行，并唱有关圣马丁的歌。在其他国家和地区，庆祝时间和形式略有差别）的那个夜晚，在艾尔德米莱树林里发生的事。"

"你知道？"格里姆斯咆哮道，他扔下汤姆，翻过墙头，站到了那个女人面前。汤姆以为他会打那个女人，但是在那个女人严厉的注视下，他害怕了。

"是的，我就在那儿。"爱尔兰女人平静地说道。

"听你的口音，你不是爱尔兰人。"格里姆斯骂骂咧咧地说。

"你不用管我是谁。我看到发生了什么。如果你再打那个小男孩，我就会把我知道的事情公布于众。"

看起来那个女人的威胁起了作用，格里姆斯一言不发地骑上了毛驴。

"等一下！"那个爱尔兰女人叫道，"我还有句话要对你们说。因为在一切结束之前，我们还会再见面的。那些想变干净的人，自然会变干净；那些想变肮脏的人，自然会变肮脏！记好了！"[赏析解读：这个奇怪的爱尔兰女人的话，在汤姆的心里撒下了一颗种子，影响着他日后的选择。]

说完，她转过身，穿过一道门，走向草场。格里姆斯好像受到了惊吓，失神地站了好大一会儿。接着他赶紧跑去追她，一边跑一边叫道："你回来！"但是当他追到草场上时，那个女人已经消失得无影无踪了。

难道她藏起来了？可是这里没有地方可以藏人啊。格里姆斯四处寻找，汤姆也跟着环顾四周，对于那个女人的突然消失，他和格里姆斯一样疑惑不已。但是不论他们怎么找，也终无所获。

格里姆斯只好一声不吭地走回来，看得出来他真的被吓到了。他骑上毛驴，重新装好烟斗，抽着烟继续前行，没有再理会汤姆。[赏析解读：从格里姆斯的神情中可以看出，在文代尔的艾尔德米莱树林里发生的事一定对他很重要，这个女人的身份也扑朔迷离，让读者非常想要继续往下读，好一探究竟。]

又走了三英里多的路，他们终于来到了约翰公爵家的大门口。

这个庄园真够气派的！高大的铁铸大门两边是两个石质门柱，每根石柱顶上都有一个面目狰狞的妖怪，头上长着犄角，背后拖着尾巴，张牙舞爪，它们是约翰公爵的先辈们参加玫瑰战争（指英王爱德华三世的两支后裔：兰开斯特家族和约克家族在1455—1485年间为争夺英格兰王位而发生的内战，战争最终以亨利七世和伊丽莎白联姻结束）时佩戴的徽冠。[赏析解读：对铁门石柱的描写，突显了这座庄园的威严，同时也说明了这座庄园主人的身份显赫。]他的先辈们很聪明，因为戴上这样的徽冠就足以让所有敌人一败涂地了。

格里姆斯拉响了门铃，马上就有守门人出来开门。

"主人吩咐我来接你们，"守门人说，"进去后，你们最好一直安分地在主道上走，等会儿你们出来时，别让我从你们身上搜出野兔、家兔之类的东西。我先告诉你们，我可是会检查得非常仔细的。"

"如果我藏在煤灰袋底下，你就找不到了。"格里姆斯笑着说。

守门人听到这话也乐了，说道："如果你真是这种人，那我还是一直陪着你们走到大厅去吧。"

"我觉得这样再好不过了。看好猎物是你分内的事，可不是我的事。"

守门人便带着他们走了进去。让汤姆感到吃惊的是，守门人和格里姆斯一路上相谈甚欢。他不知道，守门人和偷猎者并没有什么不同，在家的时候他是守门人，但是出来后他们自己也是偷猎者。[赏析解读：守门人监守自盗，是一个龌龊的人，格里姆斯却能和他相谈甚欢，这就叫臭味相投。]

他们沿着主道走了整整一英里远，主道两边种满了酸橙树，汤姆从树的缝隙里看到许多鹿站在蕨类植物丛中睡觉，他担惊受怕地看着那些高高的鹿角。汤姆从来没有见过如此高大的树，抬起头的时候，甚至会觉得蓝天都在树顶上歇息。一路上一直有一种奇怪的嗡嗡声，汤姆实在是太困惑了，于是鼓起勇气问守门人，这种声音到底是什么。

因为这个守门人的模样令人害怕，所以汤姆非常有礼貌地称呼他为"先生"，守门人听到这样的称呼很开心，告诉汤姆这是正在采酸橙花蜜的蜜蜂发出的声音。[赏析解读："先生"这个称呼让守门人很是受用，一方面反映了汤姆对他的畏惧心理，另一方面也写出了他的虚荣心。]

"什么是蜜蜂啊？"汤姆问。

"它会酿蜂蜜！"

"什么是蜂蜜呢？"汤姆又问。

"你快闭嘴。"格里姆斯喊道。

"没关系的，"守门人说，"他现在还是个有礼貌的小家伙，如果一直跟着你，不用多长时间就会变坏的。"

格里姆斯大笑起来，他觉得守门人说这样的话是在夸他。

"我也想当个守门人，"汤姆说，"能和你一样住在这么漂亮的地方，穿着绿丝绒衣服，纽扣上还挂着一个真的狗哨子。"[赏析解读：从汤姆的话中不难看出他对穿着体面、住漂亮地方的向往，暗示了他对现有生活的不满。]

守门人笑了，真是个善良的孩子。

"满足现状吧，小伙子，有时候过得不好也只能那样了。你们的生活总比我的可靠，是不是，格里姆斯先生？"

格里姆斯又笑了。接着这两个男人开始窃窃私语起来。汤姆依稀听到他们说的都是一些关于偷猎的事情。最后，格里姆斯粗声粗气地说："你凭什么信不过我？"

"现在并没有。"

"那就等有了再来问我，我可是个正派的人。"

说完之后他们又都笑了起来，好像说了什么有意思的笑话一样。

这时，他们来到了屋前的大铁门处。汤姆透过铁门看着各式怒放的杜鹃花。之后又盯着房子看，猜想里面有多少烟囱，房子是多少年前建成的，是谁建了这座大房子，还有干完活后是不是能拿到一笔巨额报酬。

这些问题都很难回答。因为哈特豪夫府被翻修过九十次，有十九种不同的建筑风格，就像有人建造了一整条街的奇形怪状的房子，只要是你能想象出来的形状，在这里都能找到，最后用勺子将它们搅在了一起。[赏析解读：此处的叙述一方面体现了庄园的年代久远，另一方面也为下文汤姆的迷路做好了铺垫。]

阁楼是盎格鲁—撒克逊（通常指5世纪初到1066年诺曼征服期间生活在大不列颠岛东部和南部地区的一些文化习俗相近的民族，属于日耳曼民族的一支）式建筑风格。

第一章 扫烟囱的汤姆

第三扇门是罗曼式（指罗马式建筑，是欧洲中世纪一种以半圆拱为特征的建筑风格，对后来的哥特式建筑影响颇大）建筑风格。

二楼是意大利建筑风格。

一楼是伊丽莎白女王（指伊丽莎白一世，1533—1603 年，其统治时期在英国历史上被称为"黄金时代"）时代的建筑风格。

右厢房是纯多立克柱式（是古典建筑的三种柱式中最早出现的一种，公元前 7 世纪就已出现，源于古希腊）建筑风格。

中部是英格兰早期的建筑风格，有一个模仿帕特农神庙（位于雅典卫城的最高处石灰岩的山岗上，是供奉雅典娜的最大神殿，因为帕特农的原意是贞女，是雅典娜的别名。在柱式上采用多立克柱式，它也是雅典卫城的主体建筑，为歌颂雅典战胜波斯而建）的大门廊。

左厢房是乡下人最喜爱的纯皮奥夏式（源于希腊中东部的皮奥夏地区）建筑风格，它很像镇上的新军营，但比它大两倍。

雍容华贵的楼梯模仿的是罗马地下墓穴的建筑风格。

后楼梯模仿的则是印度阿格拉泰姬陵（是一座用白色大理石建成的巨大陵墓，是莫卧儿皇帝沙·贾汗于 1631—1653 年为纪念他的第二任妻子穆塔兹·马哈尔而修建的）的建筑风格，这是由约翰公爵祖上的一位叔叔建造的，他在克莱武（罗伯特·克莱武，1725—1774 年，英国冒险家、军事家，早年参加英国东印度公司与法国在印度的争霸战争，后曾出任孟加拉总督）勋爵的印度战争中赢得了很多钱，但其品位确实不比他的长辈好多少。

地窖是模仿象岛（位于泰国的东南海域，因形状像一只大象在海中玩水的上半身背影而得名）的地下溶洞建造的。

办公室则是布莱顿亭阁的建筑风格。

其余的房子，即使上天入地也无法找到它们的出处。[赏析解读：此处用"上天入地也无法找到它们的出处"来表明这些房子的奇特及奢华，从而体现出庄园的雄伟壮丽。]

所以，哈特豪夫府为古文物研究者出了一道难道。对批评家、建筑学家，以及那些喜欢插手别人的事、花别人的钱的人来说，哈特豪夫府则是一个彻头彻尾的拿伯的葡萄园（这是《圣经》中的典故，以此来比喻令人垂涎的东西，拥有它的人则会招致杀身之祸）。因此，他们年复一年地花费心思说服约翰公爵耗资约十万英镑翻建，其目的并不是取悦公爵，而是想让自己高兴。而公爵每次都会像个精明的北方农民那样敷衍过去，没错，他就是这样一个人。有人建议他建造一座哥特式（一种兴盛于中世纪高峰与末期的建筑风格，其特色为尖形拱门、肋状拱顶与飞拱）的房子，他却推说他不是哥特人（是东日耳曼人部落的一支分支部落，从2世纪开始定居在斯基泰、达契亚、外潘诺尼亚与黑海北岸的乌克兰大草原）。有人建议他建造一座伊丽莎白时代建筑风格的房子，他却说他活在伟大的维多利亚女王（1819—1901年，英国汉诺威王朝末代国王兼印度女皇，在位时间长达64年，是英国历史上在位时间第二长的君主，在位期间为英国最强的"日不落帝国"时期，英国历史上称为维多利亚时代）时代，而不是美好的伊丽莎白时代。有人十分大胆地说他的房子很丑，他却说他是住在房子里面，又不是住在外面。还有人嫌他的房子风格各异，他却说他就是因为这个才喜欢老房子的。他喜欢是因为每个约翰公爵、休斯公爵、拉尔夫公爵和兰德尔公爵都在这座房子里留下了独特的印记，每个独特的印记都代表着这些人各自的品位。他不想搅乱祖先们的杰作，就像不想惊扰他们的墓地一样。毕竟这座房子有自己的历史，会随着时代的成长而成长。只有那些连自己的祖父是谁都不知道的暴发户，才会为了那些新兴的哥特式或伊丽莎白式而改动它，这类建筑犹如雨后一夜长出的蘑菇，到处可见。由此你可以看出，约翰公爵是个头脑精明、心思敏锐的人，能把领地打理得井然有序，而且对他的猎犬很好。

不过，汤姆和他的师父不是公爵或主教，所以他们不能从那个雄伟的铁门走进去，而是需要绕到后面走一大圈，从小小的后门进入这座房子。[赏析解读：这里体现了当时森严的等级制度和人与人的差异，像汤姆和格里姆斯这样的下等人是没有资格从正门进去的。]他们在走廊的过道里看到了穿着一身印花晨衣的女管家,汤姆差点误认为她就是这屋子的女主人。她一本正经地对格里姆斯下达了许多命令,"你要当心这个,别碰坏那个",就好像爬烟囱的人不是汤姆,而是他一样。格里姆斯一边听着,一边不时地小声嘱咐汤姆:"小东西,你都记住了吗?"汤姆确实都记住了,至少该记住的都记住了。随后在女管家的带领下,他们来到了一个宽敞的房间里,那里铺满了牛皮纸。她再次高傲地大声命令他们开始干活。汤姆嘀咕了一两声,马上就被师父踢了一脚,然后他便钻进炉排,爬进了烟囱。那个女管家留在屋里看守家具,格里姆斯先生不停地和她打趣、献殷勤,但她明显不领情。[赏析解读:此处一方面写出了格里姆斯圆滑世故的丑恶嘴脸,另一方面表现出了女管家对他这种身份的人的轻视。]

　　我也不清楚汤姆到底扫了多少根烟囱,但他真的扫了很多,这让他觉得疲惫不堪。[赏析解读:汤姆的工作量很大,这个是可想而知的,因为这座庄园实在是太大了。而这么大的工作量,格里姆斯竟然全部交给一个小孩子,可见其残忍。]还有一件事情让他感到疑惑,就是这里的烟囱管跟他熟悉的城里的烟囱管不太一样。不过如果你爬上去看看——或许你并不想那样做——在乡村的老房子里,烟囱都是那种又大又弯的,经过多次改道,最后十分贴合地连在一起(就像欧文教授说的那样)。所以,汤姆在里面迷路了。虽然烟囱管里漆黑一片,但是汤姆并不在意,他待在烟囱管里,就像鼹(yǎn)鼠在地下钻洞一样自然。不过,当他从自认为对的那根烟囱爬出来时,却发现竟然走错了。此时他站在一间房间的炉毯上,那样的房间是他从来没有见过的。[赏析解读:汤姆的迷路是整个故事的导火索,故事由此处进入了一个高潮。]

　　汤姆从没看过这样的景象。他以前看过所谓的上流人士的房间,它们是这样的:地毯被卷着,窗帘是放下来的,家具堆在一层布下面,墙上的画都用围裙或抹布罩住了。他经常想,那些身份尊贵的人所住的、已经收拾好的房间会是什么样子呢?此时他终于看到了,简直美极了。

　　整个房间都是白色的——白色的窗帘,白色的床单,白色的家具,偶尔带着几抹粉色的白墙。[赏析解读：整洁的房间与汤姆的肮脏形成了鲜明对比，这也是他下文产生自卑感的原因之一。]地毯上满是艳丽的小花，墙上挂着几幅画，用镀金画框包裹着，汤姆看得目瞪口呆。有的画着绅士和淑女们，有的画着马和狗。他喜欢那些马，那些狗却引不起他的兴趣，因为里面没有斗牛犬。不过，有两幅画让他产生了莫大的兴趣。其中一幅画的是一个穿着长外套的男人，身边围着一群孩子和他的妻子，那个男人把手放在孩子的头上。汤姆觉得这幅画要是挂在一位小姐的房间里，一定很好看。他环顾四周，从挂着的衣服上可以判断出，这是一位小姐的房间。

另一幅画的是一个被钉在十字架上的男人，这让汤姆很吃惊。他觉得好像在一家商店的橱窗里看过相似的画。可是这里为什么也有呢？"可怜的人，"汤姆想，"他看起来多么温和安静啊！可是为什么这位小姐会在自己的房间里挂这样一幅令人感到悲伤的画呢？或许这是她的某位亲人，在异国他乡遭到了野蛮人的迫害，于是她把这幅画挂在这里，用来纪念他。"汤姆感到既悲伤又敬畏，他把头转向了其他地方。[赏析解读：汤姆虽然顽劣、淘气，还有许多恶习，但是此处的描写，体现出了他善良、纯真的本性。]

接下来看到的东西增加了他的困惑。一个脸盆架上放着水罐、脸盆、肥皂、牙刷、毛巾，还有一个装满干净水的大浴缸——这所有的东西都是用来洗漱的！"她一定很脏吧，"汤姆猜想，"按我师父说的，脏才需要用这么多东西来清洗。不过她肯定是个狡猾的人，洗完之后还仔细清理了那些脏东西。因为我在这个房间里看不到一点儿污渍，连毛巾上也没有。"[赏析解读：汤姆师父错误的思想，使汤姆受到了很大的影响。]

接着汤姆向床边看去，他看到了那位很脏的小姐，在巨大的惊讶中，他不由得屏住了呼吸。

在雪白的床单、枕头上，躺着一个汤姆认为最漂亮的女孩。她的双颊（jiá）几乎像枕头一样雪白，金色的长发散落在床上。她的年纪应该和汤姆差不多大，或许比他大一两岁，不过此时的汤姆并没有注意到这些，他只是关注着小女孩那细腻的皮肤和金色的头发，猜想她到底是商店里的蜡像娃娃还是一个活人。直到汤姆看到她在呼吸，才消除了疑虑。他就站在那里死死地盯着她，好像那是一个从天上来到凡间的仙女。[赏析解读：汤姆亲眼看见的与他之前猜想的存在巨大的反差，这种反差令他震惊。]

不。她怎么会是个脏小姐呢？汤姆心想，她从来都不是。接着他又想，"是不是所有人洗干净之后都是这样呢？"他低头看了看自己的手腕，用力地想把煤灰从那里擦掉，"如果我能像她一样在这种环境里长大，那么我看上去也一定很干净。"他四下里望了望，突然看到他的旁边正站着一个小小的、黑黑的丑八怪，他衣衫褴褛（lán lǚ）、眼神呆滞，此时正露出一口白牙傻笑着。他生气地看着那个孩子。这样一只小黑猴，怎么会出现在这位可爱小姐的房间里呢？可是再仔细看看，那不正是他自己吗？此时，他正站在一面大镜子前，汤姆从未见过自己这个样子。

汤姆有生以来第一次觉得自己很脏，他感到愤怒、羞耻，忍不住哭了起来。[赏析解读：小姐的干净漂亮将汤姆衬托得更加肮脏，使他产生了强烈的自卑感，同时也为下文他变成水孩子埋下了伏笔。]他转过身，想悄悄地爬回烟囱，把自己藏起来，却不小心撞翻了火炉的围栏，火钳倒下来，发出了堪比一万只疯狗拖着一万只锡水壶奔跑的声音。

那个白白的小女孩一下子从床上跳起来，她一眼就看到了汤姆，然后像孔雀一样发出了尖叫声。接着，隔壁屋的胖保姆冲了进来，她也看到了汤姆，认定他是个入室抢劫、搞破坏、纵火的坏家伙。那个胖保姆冲进来时，汤姆正跨在围栏上，于是胖保姆一下就抓住了他的外套。

可是她没能抓住汤姆。汤姆虽然被警察抓住过几次，但远没有他逃走的次数多。如果他今天栽到了这个胖女人手里，那么以后他可能会因此被伙伴耻笑。他迅速从胖保姆的胳膊下闪过，穿过房间，瞬间就消失在了窗子前。[赏析解读：此处写出了汤姆矫健敏捷的身手，同时也暗示出汤姆所沾染的恶习与顽劣。]

虽然他很勇敢，但他并不需要跳下去。因为窗外有一棵枝叶繁茂的大树，树上开满了白色的花，香气袭人，花朵大得几乎要赶上他的头了。我想那应该是木兰花，不过汤姆不认识，他也并不在意。他像只猫似的灵敏地爬下树，穿过花园的草坪，跃过铁栏杆，向树林跑去，那个胖保姆此时正站在窗边大喊："杀人了！放火了！"

[赏析解读：胖保姆的叫喊声是后文一切混乱的起因，预示着一场人仰马翻的追捕即将到来。]

楼下正在割草的花匠看见汤姆，忙扔下手中的镰刀，一不留神被镰刀绊倒，腿上被镰刀划了一道口子，这伤势让他后来在床上度过了一周。但在当时那种紧急情况下，他忙着追汤姆，并没有意识到自己受伤了。挤奶女工听到了叫喊声，猛地站起来，搅乳器被膝盖带倒，牛奶洒了一地，但她并没有在意，跳起来加入了追赶汤姆的队伍。马夫正在马厩（jiù）里洗刷约翰公爵的马，听到嘈杂声后，手里的缰绳一松，马就乱踢乱踹起来，还没有五分钟就崴（wǎi）了脚，但他还是为了追赶汤姆跑了出去。格里姆斯正待在新铺过石子的院子里，他打翻了烟灰袋，院子被他搞得乱七八糟，但他还是加入了追赶的队伍。女管家急急地打开院子的门，把小马驹的下巴挂在门口的长钉上，据我所知，它现在还待在那里呢，不过她也顾不上了，跳起来追赶汤姆去了。农民把他的马群丢在地头，结果其中一匹马跳到了栅栏外，把另一匹马和耕犁等器具全拖进了水沟，但他还是跑着去追汤姆。那个守门人本来正在取一只掉进陷阱的白鼬，结果白鼬跑了，他的手指被夹住了，不过他也跳起来，开始追赶汤姆，一想到他之前说的话和他的模样，我还真担心汤姆会被他逮住。约翰公爵从书房的窗口望出去（他确实已经上年纪了），抬头看了看那个胖保姆，他被一只貂掉下来的粪便迷了眼，但他还是跑出去追汤姆。那个爱尔兰女人此时正走到这家房前乞讨——她一定是走小路赶过来的——但是她丢掉了袋子，也开始追汤姆。只有这家的女主人没有去追汤姆，因为在她把头从窗户探出来时，她的假发掉到花园里去了，她只能摇铃让女仆偷偷去花园里把假发捡回来，所以并没有加入追赶汤姆的大军中，书中自然也就没有必要再提她。

总的来说，在霍尔普雷斯，从来没有听说过这样的事。哪怕是在暖房里杀死一只狐狸时，打碎了无数玻璃和花盆，动静也没有现在这么大。各种嘈杂声混在一起，那些人在那天竟然将体面抛之脑后，置安静和秩序于不顾，格里姆斯、花匠、马夫、挤奶女工、约翰公爵、女管家、农民、守门人和爱尔兰女人，一齐跑进公园，大声喊着抓贼！好像他们确信汤姆的口袋里装着至少价值一千英镑的珠宝。就连喜鹊和松鸦也跟在汤姆后面，不停地尖叫着，好像他是一只夹着尾巴、逃避追捕的狐狸。[赏析解读：此处的描写突显了当时嘈杂混乱的局面，以及汤姆的危险处境。]

这时，可怜的汤姆正光着脚在公园里没头没脑地乱跑，就像一只小黑猩猩在向森林里逃窜一样。[赏析解读：此处写出了汤姆的狼狈不堪，用"小黑猩猩"来形容他，突显出了他身上很脏。]唉，都没有一个大猩猩爸爸能帮帮他——先一掌掏出花匠的内脏，再把挤奶女工甩到树上，第三掌直接把约翰公爵的头拧下来，再像咬开一颗椰子或一枚鹅卵石那样，轻易地把守门人的头骨咬碎。

然而，汤姆的记忆里从来没有爸爸的身影，所以他也不会指望这时会有爸爸站出来保护他，他只能靠自己。[赏析解读：此处交代了汤姆的可怜身世，也从侧面说明了他的坚强与无奈。]汤姆很善于奔跑，他能跟着任何一辆驿站车跑上几英里，只要能赚到一个铜板或一个烟屁股，他就能将手脚伸展开，像车轮那样转动身体，连打十个侧翻，你肯定做不到。所以很难有人追上他，当然我们也不希望他被那些人捉住。

很显然，汤姆只能跑到小树林里了。他没有进过林子，却机灵得很，知道自己可以藏在灌木丛后或是爬到树上去，总之与空地上相比，这里更方便他逃脱。如果连这些都不懂，那他的智商就连老鼠或鲦（tiáo）鱼（别名参鱼，体长15厘米左右，头略呈三角形，眼位于头的前部。常结群行动，以群体中的强者为首领，首领游到哪，其他鲦鱼就会跟到哪，哪怕首领的行为发生紊乱也会盲目跟随，这就是有名的鲦鱼效应，又称头鱼理论）都不如了。

但是他跑进林子才发现，这里跟想象的不一样。他一头钻进茂密的杜鹃花丛中，瞬间就被困住了。树枝钩住了他的四肢，他的脸和肚子被刺得很疼，他只能紧闭双眼（虽然这样做并没有什么损失，因为他原本就只能看到眼前的一小块地方）。好不容易穿过杜鹃花丛，他又被蒲草和莎草绊了一跤，小指头都被划破了。白桦树的枝条劈头盖脸地抽打着他，啪啪作响，就好像他是伊顿公学（位于英国白金汉郡泰晤士河畔，由亨利六世于1440年创办，是英国最著名的贵族中学)的贵族子弟一样(任何一个男子汉都不会承认这样的鞭打是合理的)。悬钩子将他绊倒在地,划破了他的小腿。[赏析解读:汤姆跑进林子里所遭遇的这一切,足以说明林子里存在的凶险,同时也突显出了汤姆此时处境的艰辛。]

"我一定要离开这里,"汤姆想,"不然就只能等人救我出去了——我可不想那样。"

但逃出去并不容易。说实话,我并不认为他能从这里出去。如果随后他没有一头撞到墙上,那么在雄知更鸟用叶子盖住他的脑袋之前,他可能会永远待在树林里。

用头撞墙可不是一件舒服的事,特别是撞上的那堵墙凹凸不平。砌墙用的石头都有棱有角,如果你的眉心恰巧撞上一块尖锐的石头,你就会眼冒金星。虽然星星很美,但不幸的是,它们转瞬即逝,随之而来的疼痛感却不会消失。汤姆就是这样,虽然头被撞得很疼,但是他很勇敢,丝毫没有把那点儿疼放在心上。他觉得翻过这堵墙也许就是林子的尽头。于是他像只松鼠似的爬上墙,翻了过去。[赏析解读:此处描写一方面说明了汤姆迫切想要逃离这片林子的决心,另一方面体现出他的勇敢。]

出现在汤姆面前的是广阔的松鸡猎场,当地人称为"哈特豪夫丘"——放眼望去,石楠花、沼泽和岩石延伸到了天际。

现在的汤姆是个非常狡猾的小东西——就像一只埃克斯穆尔(指英国一处国家公园,位于索美塞特郡西部和德文郡南部地区)牡鹿(雄鹿)那样机敏。为什么这么说呢?虽然他只有十岁,但他比大多数牡鹿的年纪都大,因此做起事来更加聪明。

他和牡鹿都明白,如果现在返回去,也许能甩掉那些猎犬,所以他一翻过墙就马上右转,顺着墙根跑出去大约半英里。

此时,约翰公爵、守门人、女管家、花匠、农民、挤奶女工和那些正大呼小叫的人,在墙里面向着与汤姆完全相反的方向跑了半英里,现在他们与墙外的汤姆已经相隔一英里远了。汤姆听着他们的叫声在树林里渐行渐远,不禁高兴地笑了起来。

最后,他走到了一个下陷的斜坡的坡底,勇敢地离开了那堵墙,向着沼泽深处走去。他知道现在自己和敌人已经相隔甚远,可以继续毫无顾忌地向前走。

不过在追赶他的人中，有一个人看到了汤姆逃跑的方向，就是那个爱尔兰女人。她始终不紧不慢地走在所有人前面，说不清是在走还是在跑。她的脚步平稳而优雅，双脚交错移动得很快，让人无法看清哪只脚在前、哪只脚在后。后来，大家相互询问那个奇怪的女人是谁，可是谁也无法说清楚，于是他们一致认为她是汤姆的同党。[赏析解读：此处对那个奇怪的爱尔兰女人的描述，使其更加充满了神秘感，引起读者的好奇。]

她走进树林后就消失了，人们怎么也找不到。这是因为她偷偷翻过墙跟上了汤姆，他走到哪儿，她就跟到哪儿。她再也没有出现在约翰公爵和其他人面前，人们自然也就把她忘了。

此时，汤姆已经走进了长在一片沼泽地上的石楠丛中，那片沼泽除了遍布岩石外，与其他沼泽没有什么不同。汤姆不停地向上爬，地势不但没有变平坦，反而越来越崎岖、陡峭了。但是好在路并不太难走，小汤姆一边跟跟跄跄地前行，一边还有闲心四处观望这个奇怪的地方。[赏析解读：此处对环境的描写，突显这个地方的地势之复杂，并从侧面体现出了汤姆身上所具备的天真与好奇。]对他来说，这里是一个全新的世界。

在那里，他看到了一些背上长着皇冠形和十字形花纹的大蜘蛛。它们原本静静地伏在蛛网中间，一看见汤姆走过来，就飞快地晃动蛛网，逃得无影无踪了。随后，他还看见了各种颜色的蜥蜴，有棕色的、灰色的和绿色的，汤姆还以为那是会咬人的蛇呢。不过，那些蜥蜴其实与他一样害怕，忽地就钻进石楠丛里躲了起来。接着，他在一块石头下面看到了一个有意思的景象——一种棕色的、尖鼻子、尾巴后面有白色花纹的动物，身边围着四五只黑乎乎的幼崽——它们是汤姆见过的最有趣的小家伙。原来那是狐狸妈妈与她的小宝宝们，她仰躺在地上，在明媚的阳光下打滚，一会伸伸腿，一会抬抬头，或是摇摇尾巴。她的孩子们在她身上跑来跑去，绕着她，一会咬咬她的脚，一会扯扯她的尾巴。她看起来十分享受这样的快乐时光。不过，有一只自私的小东西离开了他的兄弟们，偷偷来到一只死乌鸦身边，那只乌鸦几乎跟它一样大，他想把它拖走藏起来。[赏析解读：此处的描写，生动形象地刻画出了狐狸妈妈的惬意，与小狐狸们的憨态可掬。] 于是，他的小兄弟们大喊着追了过来，但是在看到汤姆后，又马上全都跑了回去。狐狸妈妈一下跳起来，叼起一只幼崽，其他小家伙也都跌跌撞撞地跟在她后面，走进了一个漆黑的石头缝里。于是，这一幕就此落幕了。

接着汤姆受到了惊吓。当时他正在爬上一座沙丘——累得气喘吁吁的——忽然，一个东西发出令人毛骨悚然的声音，从他面前掠过。汤姆还以为是大地爆炸了，世界末日就要来了。[赏析解读：此处用一种夸张的手法，说明了当时汤姆受到惊吓的程度，渲染出一种紧张的气氛。]

他睁开眼时发现（之前他都是紧闭着眼睛的），那只不过是一只老松鸡在沙子里洗澡，就像缺水的阿拉伯人一样，用沙子替代水。那只老松鸡在汤姆差点踩到自己的时候，"嗖"地跳起来，同时发出一阵特快列车般的声音，像个年迈的懦夫那样丢下妻儿，一边逃一边大叫："哎哟喂，哎哟喂，杀人了，抓贼了，放火了，哎哟喂，世界末日来了，哎哟哎哟哟！"只要他的鼻尖感受到一点点风吹草动，就会觉得世界末日要来了。[赏析解读：此处采用了拟人的修辞手法，将老松鸡比作是一个胆小的人，增加了诙谐幽默的气氛。] 但是世界末日并没有来，就像那一年的八月十二日还没有到来一样。

一个小时后，他回到了妻儿身边，一本正经地说："咯咯咯，亲爱的，世界末日真的还没有来，不过，我跟你打包票，后天就是世界末日了，咯咯。"可是他的妻子早就听够了他的这套说辞，她是七个孩子的妈妈，每天得负责给宝宝们洗澡、喂饭。因此，她很现实，性子也有些急躁，她答道："咯咯咯，快抓蜘蛛去，快抓蜘蛛去，咯咯。"[赏析解读：此处的描述，就像是人类普通家庭的影射，为文章添加了趣味性。]

汤姆继续向前走，他也不知道为什么，竟对这个奇怪、荒凉的地方十分感兴趣，那里的空气清新凉爽，一切都让他很喜欢。汤姆越往上爬，走得就越慢，因为路况越来越差了。路上不再是松软的草皮和充满弹性的石楠丛，取而代之的是大片平平的石灰石，就像铺坏了的人行道一样，岩石与岩石之间有着深邃的裂缝，裂缝里长满了蕨类植物，汤姆只能从一块石头上跳到另一块石头上，偶尔还会滑进裂缝里，尽管他的小脚还算耐用，但还是跌得很疼。即便这样，汤姆还是继续向前走，连他自己也不知道是为什么。

如果汤姆知道在他穿越沼泽地时，那个曾经与他同行的爱尔兰女人一直在后面跟着他，不知道他会怎么想呢？但无论是因为汤姆极少向后看，还是因为那个女人在石头和土丘间藏得很好，他始终没有发现那个女人，那个女人却一直看着他。[赏析解读：那个奇怪的爱尔兰女人一直跟着汤姆，这让人很不解，爱尔兰女人的身份和目的是个巨大的谜团，吸引着读者的注意力。]

此时，汤姆感到有点饿了，而且很渴。他已经跑了很远的路，太阳现在已经高高地升到了头顶，脚下的岩石就像被烤箱烤过一样烫，炙热的空气四下翻滚，就像石灰窑上的热浪一样。周围的一切在烈日的照耀下，仿佛都在颤抖着，渐渐地融化了。[赏析解读：此处采用了夸张的修辞手法，生动形象地刻画出了当时天气的炎热，同时也突显出了汤姆当时处境的艰难。]

但是汤姆找不到吃的，更别说找到水了。石楠丛中长满了覆盆子和越橘。但现在是六月份，它们只开了花。至于水，谁又能在一片石灰岩顶上找到水呢？汤姆不时会经过某个深不见底的黑洞，直通到地底，就像地下小人国的房子上的烟囱一样。他在经过时，不止一次听到叮咚作响的水声从很深的地底传来。他多希望能钻下去喝个痛快，润一润那皲裂的嘴唇！但就算他是个勇敢的小烟囱工，也不敢爬到这样的烟囱下面去。

于是他继续向前走，直到脑袋被太阳烤得发昏才停下来，他觉得自己好像听到了远处教堂的钟正在当当作响。

"啊！"他想，"有教堂的地方一定有人家，说不定有人愿意给我一些水和吃的。"于是，他又开始向前走，去找那个教堂。他确信自己刚才清楚地听到了钟声。

又走了一分钟，他再次停了下来，四处张望，喃喃自语道："为什么世界这么大呀！"

世界的确很大。因为他从山顶上望去时，可以看到一切。[赏析解读：此处总结性的叙述，起到了承上启下的作用，为下文进一步描述世界之"大"做铺垫。]

在他背后遥远的山脚下是哈特豪夫府，那里有黑黝黝(yǒu)的树林，和那条闪耀着光泽、盛产鲑鱼的河。在他的左边，小镇坐落在远远的山脚下，煤矿上的烟囱正冒着浓烟。在更远的地方，河流变得宽阔，最终汇入泛着金光的大海。海面上有些小白点——那是船只——正躺在大海的怀抱里。在他前方，黑乎乎的树林间是宽广的平原、农场、村落，就像地图一样铺展开来。一切仿佛就在他的脚下，但是他知道，实际上它们远在数英里之外。

他的右边是一片片沼泽、层峦叠嶂的山峰，从青葱到幽蓝，延伸至天际。就在他和这些沼泽之间——事实上就在他的脚下——有个东西。汤姆一看到它，就决定去那里，那正是他要寻找的地方。

那是一个深邃的、布满绿荫的河谷，怪石嶙峋，非常狭窄，满是树木。就在下面大约几百英尺（英制长度单位，1英尺等于0.3048米，相传为英国"失地王"约翰脚印的长度）的树林中间，他看到了一条清澈的小溪正泛着水光。啊，他多想快些走下去，走到小溪旁！［赏析解读：此处的描写，突显了小汤姆迫切地想要喝到水的心情，他实在是太热了，也太渴了。］与此同时，他还在小溪边看到了一所小房子的房顶和一个小花园，花园里有花台和花床，里面有一个还没有苍蝇大的小红点来回穿梭。汤姆向下仔细看去，原来那是一个穿着红裙子的女人。啊！也许她能给汤姆一些吃的。教堂的钟声又响了起来。下面一定有村庄。那里没有人认识他，也没有人知道哈特豪夫府里发生的事。即使约翰公爵让全郡的警察来抓他，那些消息也不会传到这里，而他只需要五分钟就能走到那里了。

汤姆的猜测完全正确，那些大呼小叫着追赶他的人并没有到这里来，因为他已经跑出距离哈特豪夫府足有十多千米路程了。不过，要想到达下面那个地方，五分钟的时间看来远远不够，那个小房子离他最起码有一英里远，而从山顶到山脚足有一千英尺高。

不过汤姆还是跑了下去，虽然他已经又累又饿还很渴，双腿也发酸，但他还是像个勇敢的小男子汉那样跑了下去。［赏析解读：从此处的描述中不难看出，在小汤姆的身上有着坚韧的性格特征。］教堂传来的钟声是那么响亮，他甚至开始怀疑那钟声是在他的脑子里。水流在下面远处发出欢快的响声，它唱着这样的歌：

清澈又凉快，清澈又凉快，

流过欢笑的浅滩和梦幻的池塘；

清澈又凉快，清澈又凉快，

流过闪光的鹅卵石，泛起泡沫来；

黑鸫（dōng，羽色皂黑，大小如鸽子，平时独处，迁徙时结成小群，是草原上的益鸟）鸟在峭壁下歌唱，

教堂的钟声悠扬，墙外爬满了常青藤；

喜爱纯净的，一起来吧；

母亲和孩子，快来和我玩耍吧，快来怀抱里洗一洗吧。

潮湿又浑浊，潮湿又浑浊，

那被烟雾弥漫的满是烟囱的城市；

潮湿又浑浊，潮湿又浑浊，

流过码头、水沟和泥泞的河岸；

越往前，越阴暗，

越富有，越贪婪；

被罪恶玷（diàn）污的人，谁还敢和他一起玩？

母亲和孩子，远离我吧，逃离我吧。

强壮又自由，强壮又自由，

水闸已经打开，奔流至大海，

强壮又自由，强壮又自由，

匆匆奔流的溪流，净化了我的心灵，

流向那金色的沙滩，起伏的沙洲，

洁白无瑕的沙滩，等着我的到来，

我身处在广阔的大海中，

就像有罪的灵魂再次得到了赦免。

喜爱纯净的人，一起来吧；

母亲和孩子，快来和我玩耍吧，快来怀抱里洗一洗吧。

汤姆就这样继续向下走，一直没发现那个爱尔兰女人也跟在他后面向下走。

第二章　汤姆变成了水孩子

[名师导读]

汤姆翻过卢思韦特峭壁，来到一间小屋门前，他太累了，又渴又饿。这间小屋其实是所学校，一个穿着红裙子的老夫人正在教孩子学字母。她听了汤姆的经历后，对他的遭遇十分同情。她把生病的汤姆安置在一个房间里，汤姆却在迷糊之间从屋里走向了溪水中，而且变成了一个长着外鳍的水孩子。什么是水孩子呢？

天堂里有爱吗？

天堂里的精灵对邪恶的事物也有爱吗？

会为他们的苦难和不幸感到怜惜吗？

当然，人比野兽的命运更悲惨，

可是，上帝如此宽容仁爱，

他对他创造的生命都如此仁慈，

他派遣神圣的天使到人间，

去拯救那可怜的人，去帮助他可怜的敌人！

——斯宾塞

一英里的距离，一千英尺的下面，汤姆看到的那个地方就在那里。[赏析解读：此处给出的数字，足以说明那个近在汤姆眼前的地方其实很远，同时从侧面说明汤姆还要又饿又渴又累地走上一段路程。] 但是，汤姆觉得它近在咫尺，似乎扔一颗石子过去，就能打到那个穿红裙子、正在除草的女人身上，甚至还能穿过河谷，打到对面的岩石上去。因为河谷的底部只有一片田地那么大，溪流正在它的一旁奔腾。河谷上面是灰色的巉（chán）岩（高而险的岩石），灰色的土丘、灰色的台阶和灰色的沼泽伸展至天边。

那里清静悠然、富足快乐。地面上有一道深而细长的沟壑（hè），那样深，那样偏僻，就连邪恶的妖怪也无法找到它。那个地方名叫文代尔。如果你想亲自去那里看一看，就必须到克雷文高地去，从因格尔博罗峰北面的伯兰德森林出发，去往九旗和十字丘；如果你没有找到，就要南下从湖山一带找起，然后一直向下走，直到斯考丘，最后来到海边；如果还是无法找到，那你就要一路向北，找到快乐的卡莱尔，寻遍切维厄特，从安娜湖一直找到贝里克·劳。这时，你有没有找到文代尔都没有关系了，因为你会找到这样一个村落，认识那样的村民，那一切都能让你为身为一个不列颠男孩而自豪。于是汤姆下山了。他先穿过一段三百英尺长的陡坡，锉刀般粗糙的棕色砂石间长满了石楠丛。他跟跟跄跄、连蹦带跳地走下陡坡，他可怜的脚后跟因此饱受折磨。[赏析解读：此处的叙述，突显出了汤姆当时疲惫不堪的状态，体现出了他的坚忍不拔，引起读者的怜悯之心。] 不过，那时他仍然认为能够把一块石头扔到花园里去。

再向下走的三百英尺都是石灰岩石阶，一级挨着一级，笔直得就像木匠用尺子测量过一样，又像是用凿子凿出来的一样。那里没有石楠丛，但是他先看到了一块绿油油的坡地，上面开满了最美丽的花朵：岩蔷薇、虎耳草、百里香和罗勒，还有各种散发着香气的植物。

接着，他从一块两英尺高的石灰岩上跳下来，一片花草又映入眼帘。他再次从一个一英尺高的石阶上跳下来。然后又是一片草地，足有五十码，像屋顶的斜坡一样陡，汤姆只好坐着用屁股滑下去。

然后又是一段十英尺高的石阶。这时他必须停下脚步，沿着岩石边缘爬下去。因为如果稍不留神,他就会直接滚进那个老夫人的花园中,那样一定会把主人吓疯的。[赏析解读:这里写出了地势的陡峭和汤姆处境的危险,让读者不禁为他捏了一把汗。]

随后,汤姆找到了一条黑黑的、窄窄的石缝,里面长满了青绿的蕨类植物,就像挂在客厅花篮里的那种。他手脚并用地爬过那条缝隙,跟他爬烟囱时一样。之后又是一片绿草坡和一段石阶,他走啊走,直到——噢,我的天!我多么希望这一切能快点结束,想必小汤姆也是这样想的。不过他仍然认为自己能够把一个小石子扔到下面老夫人的花园里。

最后,他来到一排美丽的灌木丛前。白色的树上长满了叶子,叶子的背面是银色的,还有花楸树和橡树。树丛底下是绵延不断的峭壁和巉岩,长满了大片蕨类和莎草。透过灌木丛,汤姆能看到那条闪闪发光的溪流,还能听到溪水流过白色卵石发出的细语声。但是他不知道,小溪仍然在下面三百英尺远的地方。

如果从上面往下看,你或许会感到头晕目眩。但汤姆不会有这样的感觉,因为他是一个勇敢的扫烟囱的小男孩。当他发现自己站在高高的峭壁上时,并没有因腿软而坐在地上,也没有哭喊着叫爸爸(虽然他并没有爸爸),他只是大声喊道:"啊,这才最合我的胃口!"[赏析解读:对扫烟囱的汤姆来说,登到高处是家常便饭,这里突显了汤姆的勇敢。]即使这时他已经很累了,但还是继续向下走去,走过树桩和石块,走过莎草和巉岩,走过灌木和灯芯草,好像他生来就是一只快乐的小黑猴,没有两只手倒是长了四只爪子似的。

他一直没有发现,那个爱尔兰女人始终跟在他后面,随着他往下走。

不过,现在汤姆已经筋疲力尽了。荒野的烈日快要把他烤干了,再加上树木繁密的巉岩上散发着潮湿的热气,更是烤得他浑身发干。汗水从他的手指尖和脚趾尖淌下来,清洗着他的身体,他一整年中都没有这样干净过。但是,显然他一路经过的地方都被弄脏了。从此以后,那座巉岩就留下了一大片污迹。文代尔也多了很多黑色的甲虫,[赏析解读:此处用夸张的手法,突显了汤姆的"脏",为故事情节增加了趣味性。]那是因为汤姆把甲虫的老祖宗染黑了：它原本穿着天蓝色的大衣，戴着深红色的绑腿，准备去结婚，那气派就像是园丁的狗，嘴里还衔着一束西洋樱草。

终于，汤姆来到了谷底，可是仔细一看，这并不是谷底——下山时的人们常常会遇到这样的情况。在巉岩下面，有一堆堆从上面掉落下来的石灰岩，小的只有人的脑袋大小，大的则有马车那样大。石头上有许多洞，洞里又长满了香甜的石楠和蕨类。汤姆还没完全从乱石堆里穿出来，就又暴露在明亮的阳光下了，忽然，他觉得自己累垮了，累垮了。[赏析解读：此处连着使用了两个"累垮了"，以此来体现此时小汤姆的筋疲力尽。]

小家伙，无论你如何身强体壮，在一生中总会有那么几次累垮的时候，每个人都是这样的。当你遇到这样的事情时，你会感到非常失落。我希望到那时，会有一个忠诚强壮、没有垮掉的可靠朋友在你身边。如果没有，那么你最好像可怜的汤姆一样，先躺下来，等情况好些了再说。

现在他再也走不动了。虽然太阳火辣辣地烤着一切，汤姆却感到很冷，浑身直打哆嗦。他太饿了，饿到想吐。[赏析解读：此处的叙述描写，为下文中汤姆生病埋下了伏笔，引起读者对他遭遇的怜悯。]现在他和那间小屋之间只有两百码（英美制长度单位，1码等于0.9144米）平坦的草地了，可是他根本无法挪动自己的脚。他能听到溪流在旁边的田地上哗哗流淌，可是对他来说，那段路足有一百英里那么远。

他平躺在草地上，甲虫爬到他的身上，苍蝇停在他鼻尖上，蚊子在他的耳边使劲吹着喇叭，蠓虫在他的手上和脸上没有煤灰的地方到处咬。最后，它们终于把汤姆弄醒了，汤姆摇摇晃晃地向前走去，他翻过一座矮墙，沿着一条窄窄的小路来到了小屋门前。

那是一座整洁可爱的小屋。花园四周都是修剪整齐的紫杉木篱笆，园子里种着紫杉树，被修剪成孔雀、喇叭、茶壶等各种奇怪的形状。开着的大门里传来一阵嘈杂声，就像青蛙知道明天是个大热天时发出的声音。

汤姆慢慢地向那扇敞开的门走去,门上挂满了铁线莲和玫瑰花。他偷偷地朝门里观望,心里有些害怕。

在装满了香草的空壁炉的旁边,坐着一位老奶奶,汤姆从来没有见过那么慈祥的老人。[赏析解读:慈祥是老人给汤姆的第一印象,在接下来的情节中,也证实了这位老奶奶的确是一个慈祥的人。]她穿着一条红裙子和一件短斜条纹布睡衣,头上戴着一顶干净的白帽子,下巴下面系着一条黑色的丝巾。她的脚边坐着一只老得不能再老的猫,她对面的两条长凳上坐着十二个或十四个长相白净的小孩,脸粉扑扑、肉嘟嘟的。他们正坐在那里学字母,你一言我一语地吵成一片。[赏析解读:通过此处的叙述描写,可以看出这间小屋的用处,原来它是一所学校。]

这是一座多么安逸舒适的小屋啊。地面是干净光亮的石板,墙上挂着古老奇特的画,一个古旧的黑色橡木碗柜里放满了黄铜盘子和白镴(là),角落里放着一座布谷鸟时钟,汤姆刚走到这儿,那时钟就响了起来:这倒不是因为汤姆使它受到了惊吓,而是现在正好十一点整了。

所有孩子在看到汤姆脏兮兮、黑乎乎的样子时都吓坏了——女孩子哭了起来,男孩子则十分无礼地朝他指指点点,大笑起来。[赏析解读:汤姆又黑又脏的样子受到了孩子们的歧视,这与前文中这些孩子白净、粉扑扑、肉嘟嘟的可爱形象形成了鲜明对比。]不过汤姆实在是累极了,他顾不得这些了。

"你是谁?你想干什么?"老奶奶叫道,"一个扫烟囱的孩子!快走吧,我这里不需要扫烟囱。"

"能给我水吗?"可怜的小汤姆说,他太虚弱了。

"水?河里面多的是。"她严厉地答道。

"但是我没有力气走过去了。我饿坏了,渴得要命,实在走不过去了。"说完,汤姆就瘫倒在了门前的台阶上,脑袋靠着柱子。

老奶奶透过眼镜,盯着他看了一分钟、两分钟、三分钟,然后说道:"他病了,孩子就是孩子，不管他是不是扫烟囱的。"[赏析解读：从老奶奶的话语中可以看出，她经过一番内心挣扎后，还是决定帮助这个可怜的孩子，说明她有着一颗善良的心。]

"水。"汤姆说。

"上帝原谅我！"她摘下眼镜，站起身走到汤姆跟前，"水对你不好，我给你些牛奶吧。"说完，她颤颤巍巍地走开，去隔壁的房间为汤姆拿来了一杯牛奶和一小块面包。

汤姆一口就喝干了牛奶，他仰起脸，精神振作了起来。

"你是从哪儿来的？"老奶奶问。

"从沼泽的那一边跑过来的。"汤姆一边说，一边指着天空那边。

"哈特豪夫府那边？翻过了卢思韦特峭壁？你确定不是在说谎吗？"[赏析解读：一连串的问句，突显了老奶奶得知汤姆来自哪里后的震惊以及难以置信，从侧面反映出汤姆所走路途之遥远和坎坷。]

"我为什么要说谎呢？"汤姆说着，把脑袋靠在了柱子上。

"那你是怎么上去的呢？"

"我是从普林斯的哈特豪夫府来的。"汤姆累极了，没有精力也没有时间编故事，因此三言两语就把事情的来龙去脉说了一遍。

"上帝保佑你这个小可怜！所以说你并没有偷东西，是吗？"

"没有。"

"上帝保佑你这个小可怜！我相信你没有偷东西。上帝指引他，因为这个孩子是清白的！从普林斯出来，穿过了松鸡猎场，从卢思韦特峭壁上面爬下来！如果不是受到了上帝的指引，谁又听说过这样的事情？你为什么不吃面包呢？"

"我吃不下。"

"这面包很好吃，是我自己做的。"

"我吃不下。"汤姆说，把脑袋放在膝盖上，随后问道："今天是星期天吗？"

"不是，为什么会是星期天呢？"

"因为我听见教堂的钟声和星期天的钟声一样。"

"上帝保佑你这个小可怜!孩子,你病了,跟我来,我找个地方让你歇歇脚儿。如果你能干净点儿,看在上帝的分上,我会让你躺在我自己的床上。跟我到这里来吧。"

汤姆挣扎着想要站起身,无奈他实在太累了,头晕目眩。老奶奶只好扶着他走。

她将他带到外屋那堆芳香松软的干草上,上面铺着一张旧毯子。老奶奶吩咐汤姆好好睡一觉,消除跋山涉水的疲劳。她还说,再有一个小时就放学了,那时她再来看他。

然后她就回到了屋里,她觉得汤姆一定很快就会入睡的。

但是汤姆并没有睡着。

他不但没有睡着,而且翻来覆去,胡乱地蹬腿踢脚,他感到浑身滚烫,想要立刻跳到河水里去降降温。然后,他在半梦半醒中,看见那个皮肤白皙的小女孩向他叫道:"嗳(ài),你脏啊,快去洗一洗!"又听到那个爱尔兰女人说道:"想变干净的人自然就会变干净。"[赏析解读:汤姆在生病昏迷的状态里,想的还是让自己变干净,说明他内心深处因自己的又黑又脏而感到自卑。] 然后他又听到了教堂的钟声,那么洪亮,好像就在耳边。他确信今天是星期天,即使那个老奶奶说不是。他想看看教堂里面是什么样子,因为这个可怜的孩子从生下来到现在还没有去过教堂。不过人们是不会让满身煤灰、脏兮兮的他进去的。如果他想去,就必须先去河里把自己洗干净。他一遍又一遍地大声说:"我一定要变干净,我一定要变干净!"[赏析解读:此处的叙述,表达了汤姆迫切地想要洗干净自己的心情,同时也为他变成水孩子埋下了伏笔。] 但是,此时他正处在半梦半醒中,所以并不知道自己说了些什么。

突然,他发现自己不在外屋的干草上了,而是在一片草地中间站着,面前就是那条路边的小溪。他不停地说:"我一定要变干净,我一定要变干净。"就像小孩生病时,睡着后常常梦游一样,汤姆在半睡半醒之间走了出去。他一直走到溪流边,在草地上躺了下来,看着清澈的水里的石灰岩,水底的每一颗鹅卵石都被冲刷得干净光亮。银色的小鲑鱼看到汤姆那张黑乎乎的脸时,吓得马上四散逃去。汤姆把手伸进水里,感到水很清凉。他说道："我会变成一条鱼，我要在水里游泳。我一定要变干净，我一定要变干净。"

于是，他迫不及待地脱下身上所有的衣服。汤姆的衣服原本就很破旧了，在这急急忙忙之间，有些衣服甚至被他扯破了。他把自己那可怜的酸痛的双脚放进水里，让水淹到小腿处。他在水中泡得越深，脑海中教堂的钟声就越响。

汤姆说："啊，我得洗快点。现在钟声很响了，那么很快就会停止的。钟声停下后，教堂的门就关了，我就永远也进不去了。"

可是汤姆弄错了。在英国，教堂的门在礼拜时是一直开着的，任何人都可以进去，只要他表现得很安静，就不会有人赶他出去——那是对所有人的一视同仁。但是汤姆并不知道，就像有许多事其他人知道，而他不知道。

但是他一直没有看到那个爱尔兰女人，不过这一次，她并不像平时那样跟在他身后，而是在他的面前。

因为在汤姆到达河边前，她就已经站在凉爽的溪水中了。她身上的头巾和裙子在水流的冲刷中滑落，翠绿的水草在她身边漂浮，她的头发旁飘着洁白的睡莲，溪水中的仙女从水底上来，用手臂抬着她下到溪底。原来，她是这些仙女的仙后，也许还是更多仙女的仙后呢。[赏析解读：这个奇怪的爱尔兰女人竟然是仙后，那么她究竟为什么要一直跟着小汤姆呢？答案很快就会揭晓了。]

"您到哪里去了？"她们问她。

"我为生病的人把枕头抚平，把甜美的梦轻轻吹进他们的耳朵。我打开小屋的窗扉，将浑浊的空气赶出去。我把小孩从会传播疾病的水沟和臭池塘边引开。让那些正要打妻子的男人住手，让女人远离酒店的门。我尽可能地帮助那些不愿自我帮助的人：虽然微不足道，做起来却很辛苦。不过我给你们带来了一个小弟弟，一路上护送着他来到了这里。"

知道来了一个小弟弟，所有仙女们都开心地笑了起来。

"不过姑娘们，你们要记好，现在他还看不到你们，也不知道你们在这儿。现在他还只是个野孩子，就像那些毁灭的野蛮人一样。他必须向别人学习。所以你们一定不能跟他说话，不能跟他玩耍，更不能让他看到你们，只要保护好他，不让他受到伤害就行了。"[赏析解读：虽然在陆地上，汤姆不能得到多数人的喜欢和善待，但是在仙女们眼里，他与其他人一样是平等的。仙后在用一颗包容的心使汤姆成长。]

虽然不能和新来的小弟弟一起玩，让仙女们有些不开心，但她们向来很听话。

仙后再次顺着溪流漂下去，她从哪里来，就要到哪里去。但是汤姆对这一切一无所知，即便他看到或听见了，这个故事也不会有什么不同。他又渴又热，还十分期待自己能变干净，所以他尽可能快地扎进清爽的溪水中去了。

他在水里还不到两分钟，就睡着了。他从来没有睡得这样安静、快乐、安逸过。他梦到了那天早晨经过的绿草地、那些高大的榆树和那些熟睡的奶牛，之后，他就什么也没有梦到了。

他之所以能睡得如此香甜，原因非常简单：那些仙女让他睡着后带走了他。或许没有人能够想到这一点。有些人认为这个世界上没有仙女。[赏析解读：这里起着承上启下的作用，为下文展开进一步的论述做铺垫。]不过，我的孩子，这个世界很大，感谢上帝，许多地方都住着仙女，只是人们看不到而已。要知道，世界上最美妙、奇特、强大的事物，正是那些谁也看不到的东西。你的身上有生命，生命让你成长、行动和思考，你却看不到它；蒸汽机里有蒸汽，它让机器转动，你却看不到它。所以，世界上是可能存在仙女的，或许正是因为她们，世界才得以运转，这就应了那首古老的歌曲：

"是爱，是爱，是爱，

让这世界转动。"

但是，只有那些用心唱和的人才能看到她们。[赏析解读：这是在暗示只有善良、仁爱的人才能看到仙女,这里的仙女其实是真善美的化身。]总而言之,让我们假装这世界上是有仙女的吧。不过,我们也没有必要这样想。因为仙女肯定是存在的——毕竟这是一个童话故事,如果没有仙女,童话故事又是从哪里来的呢?

那位慈祥的老奶奶在十二点时——孩子们刚刚放学后——就赶回来看汤姆,可是汤姆没有在那里。她想顺着他留下的脚印来找到他,可是地面很硬,根本没有留下足迹。于是老奶奶生气地回到里屋,她觉得小汤姆编了一个故事戏弄了她,假装生病,然后又逃走了。但是到了第二天,她的看法就变了。[赏析解读:此处的转折,一方面总结了上文,另一方面引出下文,同时引起读者强烈的好奇心。]

现在说回到约翰公爵和其他追赶汤姆的人,他们跑得都快喘不上气了,还是没有追到汤姆,于是只好打道回府,那样子看起来蠢极了。当约翰公爵从保姆那里了解到更多情况以后,那些人看起来就更傻了。当艾莉小姐——就是那个雪白的小女孩——把事情的经过说了一遍后,他们都目瞪口呆。因为艾莉小姐看到的不过是一个黑乎乎的、可怜的小烟囱工呜呜咽咽地哭着,想爬回烟囱里。很显然,她被吓坏了,但是除此以外,再没有别的了。那个孩子没有拿走房间里的任何东西:从他那沾着煤灰的小脚留下的脚印来看,这个孩子在胖保姆去抓他之前,一直站在炉前的地毯上,没有去过别处。这完全是一场误会。[赏析解读:约翰公爵听了艾莉的解释后,了解了事情的来龙去脉,知道汤姆没有偷东西,此处的描述推动着故事情节的发展。]

于是约翰公爵叫格里姆斯先回家,并向他许诺,如果格里姆斯能把那个小男孩带到他面前,不打他,让他搞清楚真相,他就赏给格里姆斯五个先令(这里指英国旧辅币单位,1英镑等于20先令,1先令等于12便士,在1971年英国货币改革时被废除。先令还是奥地利的旧货币单位和肯尼亚、索马里、乌干达和坦桑尼亚的货币单位)。因为他认为汤姆一定是回家去了,显然格里姆斯也是这样想的。

但是那天晚上,汤姆没有回到格里姆斯家里。格里姆斯就去了警察局,请警察帮忙寻找汤姆，可事情没有任何进展，因为汤姆已经穿过沼泽去了文代尔，这是他们做梦也想不到的事，听起来就像汤姆去了月球一样。

所以，第二天，格里姆斯愁眉不展地来到了哈特豪夫府。[赏析解读：格里姆斯愁眉不展不是因为没有找到汤姆，为汤姆担心，而是因为他无法得到公爵承诺的五个先令了。] 但是当他到达那里时，约翰公爵早就上山去了，格里姆斯只能在仆人待的门厅里待了整整一天，借酒消愁。

原来，善良的约翰公爵睡得十分不踏实，他对他的夫人说："亲爱的，那孩子一定是跑到松鸡猎场里去了。这个可怜的小东西，让我觉得于心不忍。不过，我知道我该怎么做。"[赏析解读：由此可以看出，约翰公爵是位心地善良、充满仁爱的人，他十分担心可怜的汤姆的安危。]

第二天早上五点钟，约翰公爵就起床了，洗过澡后，他穿上打猎时穿的外套和皮腿套，走进了马厩。他看起来就像一位优雅的英国老绅士，面色红润，手掌结实，后背健硕。他让仆人把他打猎时骑的小马牵来，吩咐守门人跟在后面，叫上猎人和赶猎犬的老大和老二，还有守门人的助手，让他用皮带牵着一条侦探犬——那真是一条好狗，有小牛犊那样高，长着沙砾小路颜色一般的皮毛、红褐色的耳朵和鼻子，叫声和教堂里的钟声一样响亮。他们将它带到汤姆逃进树林的地方，猎犬大声叫了起来，把它所知道的一切信息传递给他们。

接下来，猎犬把他们带到了汤姆爬墙的地方，他们把墙推倒，穿了过去。

那条聪明的猎犬带着他们穿过松鸡猎场，翻过丘陵，一步步、极为缓慢地向前走。此时，距离汤姆逃走已经隔了一天了，在太阳的蒸晒下，汤姆留下的气味早已变得很淡了，这也正是机警的老约翰公爵早上五点钟就动身的原因。[赏析解读：此处的叙述，说明了约翰公爵对追踪气味这种事情经验丰富，从侧面说明了他经常打猎。]

最后，那条猎犬来到了卢思韦特峭壁顶上，抬起头看着他们的脸不停地叫着。这无疑是在说："我告诉你们，他从这里下去了。"

他们简直无法相信，汤姆竟然走了这么远的路。当他们看到那可怕的峭壁时，根本不相信汤姆竟然敢面对这样的绝壁。但是猎犬既然来到了这里，那就一定不会错。

"上帝原谅我们！"约翰公爵说，"如果我们真的能找到他，那也一定是发现他躺在了谷底。"他用巨大的手掌往大腿上一拍，问："谁愿意从卢思韦特峭壁下去，看看那孩子是否还活着？唉，如果我能年轻二十岁，我一定会亲自下去的！"如果他比现在年轻二十岁的话，原本能像任何一个扫烟囱的人那样迅速下到峭壁下面去的。随后他又说道："如果能把那个孩子活着带上来交给我，那他就能获得二十英镑！"说到做到是他一贯的作风。[赏析解读：此处对约翰公爵的描述，刻画出了一个正直、守信、仁爱、伟岸的人物形象。]

这时，这群人中有一个小马童，他真的非常小——就是那个骑马到格里姆斯家里、喊他们来府上扫烟囱的小马童。他说：

"有没有那二十英镑都无所谓，如果是为了那个可怜的小男孩，我愿意到卢思韦特峭壁下面看看。他虽然只是个扫烟囱的小孩，但说话很有礼貌。"

说完，他就爬到卢思韦特峭壁下面去了。在悬崖顶上时，他还是个干净整洁的小马童，可是当他到达悬崖底下时，就变得十分狼狈了：他的套鞋被磨破了，马裤撕裂了，外套被钩破了，背带被拉断了，皮腿套也开了口，还弄丢了帽子。最糟糕的是，他领带的别针掉了，那可是他在马尔顿抽奖时得来的，是用金子制成的，是他最喜欢的东西——丢了这个东西，对他来说可谓是损失惨重。[赏析解读：此处对小马童的描写，既体现了峭壁之险峻，从侧面说明了光着脚的汤姆翻过峭壁时的艰难程度，也体现了小马童的善良。] 但是，他连汤姆的影子也没有看到。

与此同时，约翰公爵和其余人骑马绕路走。他们先向右走出三英里远，然后往回走，最后来到文代尔，到达了巉岩下面。

一行人终于来到老奶奶的学校时，孩子们都跑出来看。老奶奶也走了出来，看到约翰公爵时，她屈膝行了一个礼，因为她是约翰公爵的房客。

"嘿，夫人，你好吗？"约翰公爵说。

"愿您福如东海，哈特豪夫。"她不称他约翰公爵，只叫他哈特豪夫，这是北方农村的风俗——"欢迎来到文代尔，不过，好像还没有到猎狐狸的时候吧？"

"我是在打猎，但是我的猎物比较奇怪。"他说。[赏析解读：约翰公爵在此处把汤姆比作自己的猎物，增加了故事的趣味性，引起读者的兴趣。]

"上帝保佑您的心，是什么事情让您一大早看上去就那么悲伤？"

"我正在找一个跑丢了的孩子，一个扫烟囱的孩子，他逃跑了。"

"啊，哈特豪夫，"老奶奶说，"您是个正直仁爱的人，如果我把那个小男孩的消息告诉您，您不会伤害那个可怜的小家伙吧？"

"不会的，不会的，夫人。我们全都从家里出来追赶他，这完全是因为一场大误会。猎犬追踪他到了卢思韦特的峭壁顶，然后……"

听到这里，老奶奶忍不住放声大哭起来。

她打断了约翰公爵的话："他跟我讲的全是真话啊！可怜的小东西！"于是，她把一切都告诉了约翰公爵。

"把猎犬带来，让它去找。"约翰公爵只说了这么一句，之后就紧咬牙关，一声不吭。[赏析解读：此处对约翰公爵的语言及动作描写，体现出了他此时对可怜的汤姆的下落十分担心。]

猎犬立刻被放了出去，它绕到屋后，穿过小路，走过草地，跑进一小片桤木林里，他们在一个桤木桩上找到了汤姆的衣服。

那么汤姆呢？

啊，现在就要进入这个美妙故事中最奇妙的部分了。[赏析解读：总结性叙述，对下文中"最美妙的部分"的进一步展开做铺垫。]当汤姆醒来的时候，发现自己正在溪水里游泳，身体只有四英寸高，咽喉的腮腺区域长出了一组鳍（我希望你能明白这些词意）。汤姆开始以为那是蕾丝花边装饰，于是用手去扯它们，却弄疼了自己，他这才意识到那是自己身体的一部分，最好不要去动它。其实，仙女们已经把他变成了一个水孩子。

水孩子？你从来没有听说过吧？世界上有许多事物是你从来都没有听说过的，还有很多事物，人们永远都不会听说。[赏析解读：此处的叙述起到了过渡作用，一方面总结了上文，另一方面引出了下文。]

"但是，水孩子这样的东西世界上根本就没有啊。"

你怎么知道没有呢？你去那里看过吗？如果你去那里看过，却没有看到，也不能证明水孩子是不存在的。记住，"没有水孩子"和"没有看到水孩子"是两件完全不同的事情。

"但是，如果有水孩子，那么至少有人捉到过一只吧？"

没错。那你怎么知道没有人捉到过呢？

"但是，如果他们捉到了，就会把它泡在酒精瓶里，或者有新闻报道，又或者直接把那个可怜的小东西切成两半，一半送到欧文（理查德·欧文，1804—1892年，英国动物学家、古生物学家，代表作有《论脊椎动物解剖学》）教授那里，一半送到赫胥黎（托马斯·亨利·赫胥黎，1825—1895年，英国博物学家、生物学家，代表作品有《天演论》）教授那里，看看他们会怎么说。"

啊，我亲爱的孩子！那样的事情并没有发生，在这个故事结束之前你会明白。

"可是，水孩子是违反自然规律的呀。"

可是，我亲爱的孩子，在谈论这个神奇的世界时，不要说"没有""不能"这样的词，因为即使是最聪明的人，他所认识的世界也是非常有限的。比如那些有学问的人，一直认为飞龙不可能存在，却在近二十五年改变了这一看法，因为如今我们已经发现了几百具飞龙化石，人们称之为翼龙（是一种已灭绝的爬行动物，能飞，但并不是恐龙）。[赏析解读：作者用事实说明知识渊博的人所坚持的观点并不全是正确的，由此告诉人们世界是无奇不有的，随意地否定都是不可取的。]

那么，世界上真的没有水孩子吗？事实上，古时的智者说过，陆地上有的东西，在水里面都有它的翻版。虽然你会认为这种话不完全正确，但这确实与你一直听到的其他理论一样真实。陆地上有孩子，水里为什么就不能有水孩子呢？不是也有水老鼠、水苍蝇、水蟋蟀、水螃蟹、水龟、水蝎子（也叫大田负蝽、水知了、水中霸王等。体型扁平，成体长40毫米左右，身上呈深褐色和灰褐色，常静伏在水底，还会将伪装物附在身上，攻击进入自己射程内的猎物，咬住并向猎物体内注射能将其融化的毒液，随后吸食被融化的猎物尸体）、水老虎、水猪、水猫、水狗、海狮（海狮的头像狮子，特别是成年雄海狮的脖子和肩膀处有如狮子般的鬃毛，而且海狮的叫声也类似狮子的声音。海狮的体长一般不超过2米，最大的北海狮体长3.1~3.5米，体重1000千克。性情胆小、温顺）、海熊、海马、海象、海鼠、海胆、海剃刀、海笔、海梳子和海扇子吗？至于植物，不是还有水草、水毛茛（多年生沉水草本植物。茎长30厘米以上，无毛或在节上有疏毛）、水芹草等这样无穷无尽的东西吗？

"但是所有这些都不过是取了相似的名字，水里的东西跟陆地上的东西并不真的是同类呀。"

这样的说法也不一定是正确的。水里的东西和陆地上的东西有些不但是同族，而且实际上就是同一种个体，这样的例子有成千上万个。绿蜉蝣、桤木蝇和蜻蜓在蜕皮之前——就像汤姆蜕皮这样——不就一直生活在水中吗？既然水里的生物能够变化成陆地上的动物，那么陆地上的生物为什么不能在特定的时间里变化成水里的生物呢？

[赏析解读：此处用绿蜉蝣、桤木蝇和蜻蜓作为论据，证明水里的生物和陆地上的生物是可以相互转化的，更具有说服力。]

不要被克莱姆切尔德表兄的任何论点压制住，你要像男子汉那样勇敢地面对他，这样回答（当然，态度还是要恭敬）：

如果克莱姆切尔德表兄说，如果有水孩子，那么他们肯定会长成水大人。你就问他，你怎么知道水孩子没有长成水大人呢？你还可以问他，怎么知道水孩子一定会长成水大人呢？

如果他说陆地上的孩子变成水孩子太奇怪了，你就问他，有没有听说过西利斯的变化，或者迪斯托马斯，或者普通水母。如果他不知道，就请他自己去看一看，请他不要再随便断言，说什么奇怪的事情不可能发生。让他亲眼去看一看，每天都在发生奇怪的事情。

如果他说，生物是不可能退化的，你就问他，是谁告诉他水孩子比陆地上的孩子低级的？就算水孩子更低级，那他知不知道普通的藤壶（节肢动物，有石灰质外壳，形状有点像马的牙齿，附着栖息在海水中固定或浮动的硬物上，雌雄异体，常形成密集的群落）——那种常常附着在船底的生物——所发生的奇怪退化？

最后，如果他说（他或许会这么说）这种变形只会发生在较低等的动物身上，这种想法就太奇怪了。毕竟低等动物都能够发生如此神奇的变化，那为什么高等动物就不能发生更加神奇的变化呢？而人作为所有生物中最精粹的物种，就不能发生比其他生物更神奇的变化吗？如果他说（他会那么说的），他还没有看到过这样的变化，所以不相信这些，那你就恭敬地问他，他的显微镜在哪儿？我们每个人来到这世界上时，不都经历了如同破蛹而出、化茧为蝶的神奇变化吗？[赏析解读：此处的叙述，看似只是在陈述一种神奇的变化，其实也是在暗示汤姆最终的改变。] 这些道理，古希腊人在两千年前就明白了。你就这样一直问下去，直到他恼羞成怒为止。然后你告诉他，如果世界上还没有发现水孩子，至少应该有水孩子。这样说，他至少无法回答。

我说的这些话是认真的吗？哦，天啊，当然不是！难道你不知道这是一个童话故事吗，这全都是说着玩的，全都是设想！你不用相信这里的每一个字，即使它是真的。

[赏析解读：此处的转折，一方面总结了上文中的论辩，另一方面引出下文中汤姆身上的变化。]

但是无论如何，在汤姆身上确实发生了这种变化。所以，守门人、马夫和约翰公爵都犯了一个严重的错误，他们在水中找到了一个黑色的东西，说那是汤姆的尸体，他已经淹死了。他们（最起码约翰公爵是这样）很悲伤，然而事实上这是毫无道理的。他们错得太离谱了。汤姆还活得好好的，并且比以前任何时候都干净、快乐。你知道的，仙女们在流得很急的河水中彻底帮他洗了个澡，不仅洗掉了他身上的脏东西，也洗掉了他的整个外壳。[赏析解读：仙女们帮助汤姆洗掉的只是他身上的脏东西和他的外壳，他心中的那些脏东西还要靠他自己洗掉。]

但是，善良的约翰公爵不知道这一切，他不是林奈学会（位于伦敦皮卡迪利街的伯灵顿宫，是一个专门研究生物分类学的协会，1778年为纪念瑞典博物学家林奈而建立）的会员。他的脑海里现在全都是：汤姆已经淹死了。他们翻开汤姆上衣的口袋，那里面只有三颗弹球和一颗系着线的铜纽扣。这时，约翰公爵哭了起来，他一辈子都没有这样哭过，他痛苦地责备自己，其实他完全没有必要这样。[赏析解读：约翰公爵是真的为汤姆的遭遇而感到难过，为自己的错误而感到自责，从这里能看出他是一位心地善良、仁爱正直的人。]他一哭，小马夫哭了，猎人哭了，老奶奶哭了，小姑娘哭了，挤奶女工哭了，胖保姆哭了（因为这事多少是因为她的错），夫人也哭了。虽然人们戴着假发，但那不足以证明他们缺乏情感。不过守门人没有哭，尽管他在前一天早晨对汤姆十分友好。格里姆斯也没有哭，因为约翰公爵给了他十英镑，他在一个星期之内把这笔钱全部换成了酒。约翰公爵派人四处寻找汤姆的父母，可他们中的一个已经过世了，另一个还在植物学湾（位于澳大利亚悉尼东南部，1770年库克船长在此首次登上澳大利亚大陆，同行的植物学家班克斯和索兰德在这里发现大量植物标本，库克船长就将该海湾命名为植物学湾）。那个小姑娘整整一个星期都没有玩她的洋娃娃，她永远也忘不了可怜的小汤姆。

不久后，在文代尔的墓地里，公爵夫人为小汤姆竖了个小墓碑，下面埋着汤姆的外衣。每个星期天，那个老奶奶都会在汤姆的墓碑前放上花环，后来她老得出不了门了，便让那些孩子们去替她放花环。[赏析解读：老奶奶一直坚持去看望汤姆的墓碑，体现出了她的善良与慈爱，以及她对那个可怜的小家伙的惋惜、怜悯之心。]她坐着编织她那所谓的结婚礼服时,总会唱起一首非常古老的、甜美而又悲伤的歌谣。孩子们虽然不明白她在唱什么,却很喜欢。那首歌谣是这样唱的:

当整个世界还都年轻,孩子,

所有的树木生机盎然;

每一只水鸟都是天鹅,孩子,

每一位姑娘都是女王;

快穿上鞋子上马,孩子,

满世界地兜风去;

年轻的血液必须流动,孩子,

每个人都有得意日。

当整个世界变得年迈,孩子,

所有的树木都变得枯黄;

所有的游戏都变得无趣,孩子,

所有的车轮都停滞不前;

爬回家,找到你安身的地方,

有人疲惫不堪,有人满身伤痕:

上帝允许你选择一张脸,

那是你年轻时爱过的人。

那首歌谣的灵魂是老奶奶慈祥的脸庞和甜美的嗓音。最后,她的手脚变得僵直,再也走不动了,天使们只好来把她带走。她们帮她穿上那件结婚礼服,带着她飞过松鸡猎场,一直飞到那遥远的地方。[赏析解读:这里将死亡比作是被天使带走了,突出了童话主题,把一件令人感到悲痛的事,渲染得平和美好。]

汤姆一直在河水中游泳,他的脖子上围着一个像鱼鳃那样的花边领子。他像蟋蟀一样活蹦乱跳,又像一条刚从海里游回河川的鲑鱼一样干净。

第三章　汤姆的水中生活

[名师导读]

汤姆被仙女们变成了水孩子,他开始了全新的水中生活。在这里,他看到了许多生活在水里的生物。但是一直有一个声音在告诉他,让他到大海里去。就连老水獭也对他说,如果想要看到更大的世界,就要到大海里去。大海是什么呢?那里都有些什么呢?汤姆会做出怎样的选择呢?

灿兮祷地爱之广也,

授之众人鸟兽。

善兮祷者爱之极也,

不分魁伟渺茫,

上帝爱人爱苍生焉。

——柯勒律治

现在,汤姆完全是两栖动物了。[赏析解读:总结性的叙述,突显出了汤姆现在的特殊身份,同时也为下文的剧情展开做铺垫。]更值得高兴的是,现在他已经很干净了。这是他生平第一次感到没有别的东西黏在自己身上,这是多么舒服的一件事啊。但他只是在享受这种舒服,却并不清楚是怎么回事。就像你享受着生命和

健康，却从来不去想活着与健康的意义是什么。关于这些问题的思考，还是越晚越好吧！

汤姆不记得自己以前很脏。其实他把以前的那些麻烦事全都忘了：受累挨饿、挨打被骂、被赶去扫黑乎乎的烟囱……这些他全都不记得了。自从美美地睡了一觉之后，他就忘记了自己的师父、哈特豪夫府和那个雪白的小女孩。总之，他忘记了以前发生过的一切。不仅如此，他还忘记了所有从格里姆斯以及和他一起玩耍的那些熊孩子那里学会的脏话，这是多好的事情啊！[赏析解读：这里看起来是在说汤姆忘记的那些痛苦经历，实则暗示了他的重生，不仅是身体上，还包括他的思想。]

这并没有什么奇怪的：当你来到这个世界，变成陆地上的孩子时，也不记得从前发生的事情。所以汤姆变成水孩子以后，什么也不记得了，又有什么奇怪的呢？

汤姆在水中非常快乐。在陆地上的时候，他要被迫干很多活；而现在他在水里得到了补偿，什么也不用做，天天都是假期。[赏析解读：此处将汤姆在陆地上的辛酸与在水中的惬意进行对比，更加突出了之前汤姆生活的艰辛。]而这样的日子还会持续很久。现在他只需要自得其乐，毕竟在凉爽清澈的水世界里，有许多可爱的事物还等着他去看。在那个世界里，太阳没有那么炙热，霜冻也没有那么冰冷。

那么，他吃什么呢？也许是水芹，也许是水泡饭，也许是水牛奶，陆地上的孩子大都是吃这些东西长大的。但是水里的东西吃什么，我们对此的认知还不到十分之一，所以关于水孩子吃什么这个问题，我们自然也就答不上来了。

有时，他沿着满是砾石的光滑水道向前游，看到蟋蟀在石头缝中进进出出，就像陆地上的兔子一样跳来跳去；有时，他会爬上石头棱，看成千上万的矶鹬（jī yù，小型鹬类，上体黑褐色，下体白色，飞翔时两翅朝下扇动，身体呈弓状，站立时不住地点头、摆尾）停在那里，伸着可爱的小脑袋和小脚丫；有时，他会钻进一个安静的角落，观察石蚕吃枯死的树枝，那副贪吃的样子就像你吃李子布丁的样子一样，她还会用蚕丝和唾液造房子。一开始，她会用几块鹅卵石，然后找到一块绿色的木材；再找到一枚贝壳，把它搭上去。这枚可怜的贝壳是活着的，他根本就不想作为造房子的材料，但石蚕不允许他提出一点抗议，她自私且粗鲁。之后，她再搭上一块腐朽的木块，装饰上一块粉红色的石头等。拼拼凑凑之后，房子就建成了，很像打满补丁的爱尔兰人的帽子。然后，她会找一根比自己的身体长五倍的稻草，说："好啊！姐姐有一根尾巴，我也有了。"说完，她便把那根稻草黏在背上，得意扬扬地走来走去，即使这样走路十分不便。就这样，那根长尾巴就变成了那个池子里的石蚕们最时髦的装扮，好像她们正走在去年五朔节（欧洲传统民间节日，每年5月1日举行。用来祭祀树神、谷物神、庆祝农业收获以及春天的来临）游行队伍的最后面一样。她们走起来摇摇晃晃，屁股后面拖着长长的稻草尾巴，看上去十分滑稽。汤姆被逗得哈哈大笑，眼泪都笑出来了，我们如果看到了也会笑的。但是那些石蚕并没有做错，毕竟人总是要赶时髦的。

有时他会来到静止不动的深河，在那里见到了水森林。可能在你眼里，那只不过是一些低矮的水草，但是对汤姆来说——你得记住，汤姆的身体很小——任何东西在他眼里，都比在你的眼里大一百倍。［赏析解读：这里引导读者用变小后的汤姆的视角去看世界，读起来十分生动有趣。］

在水森林里，他看到了水猴子和水松鼠，他们在树枝中间灵敏地穿梭着。那里有成千上万朵水中花，汤姆想要去摘，但是他的手刚伸过去，那些花儿就缩了回去，然后变成了一团黏糊糊的东西。这时，汤姆才发现他们竟然都是活的。他们长得千奇百怪，有的像铃铛，有的像星星，有的像车轮，五颜六色，都像汤姆一样忙着做自己的事情。汤姆终于明白了，世界上的生灵远比他一开始想象的要多得多。［赏析解读：这里介绍了汤姆眼中的水中世界，绚丽多彩，富有童趣。］

还有一个有趣的小家伙，他住在用圆砖造成的房子里，伸出脑袋向外看。他有两个大轮盘和一个小轮盘，小轮盘上布满锯齿，就像打谷机里的轮盘一样，转得飞快。汤姆停下来看着他，想知道他会用这机器做什么。你猜他会做什么呢？原来他在做砖。他用两个大轮盘把水里的泥巴扫到一起，把其中的好东西放在嘴巴里，剩下的泥土则被他放在了胸前的小轮盘上，然后那个机器转动起来，一块平整而坚硬的圆砖很快就造好了。他把砖取出来，砌在他的房顶上，又接着做下一块。多聪明的小家伙啊！

汤姆也是这样认为的。他想跟那位小砖匠好好聊聊，但是那位小砖匠正忙于工作——他为自己的工作而自豪——根本没有时间搭理汤姆。

现在你知道了吧，水里的一切生物都会说话，只不过他们使用的语言与我们的不同罢了。他们说起话来就像马、狗、牛、鸟之间讲话一样。汤姆很快就掌握了他们的语言，可以与他们交谈了。如果他是个乖巧的好男孩，那么一定可以交到许多好朋友。然而，汤姆与其他那些好动的小男孩一样，喜欢捕猎，喜欢折磨小动物。[赏析解读：此处一方面体现了汤姆的聪明，另一方面也写出了汤姆的顽劣和淘气，为他日后的改变埋下了伏笔。]可能有人会说，男孩天生自控力差，但不论是不是天生的，小男孩都应该控制好自己，也必须控制好自己。虽然他们生来就调皮捣蛋，像猴子一样，但这不能成为他们耍阴谋的理由。毕竟他们没有猴子那么无知。所以说，折磨不会说话的小动物是不对的，如果他们真的这样做了，必然要被老奶奶狠狠地教训一番。

但是汤姆并不明白这一点，他不是朝着水里的生物们扔石头，就是到处挖洞，弄得他们都十分怕他，一看到他就只想躲得远远的，或是缩回自己的壳里去。所以，没有人和汤姆说话，也没有人愿意和他玩耍。[赏析解读：汤姆在陆地上时没有人教他怎么与人相处，到了水里自然也不知道该怎么交朋友，这里侧面说明了汤姆的孤独。]

仙女看到他不开心，感到很伤心。她们想帮他，让他意识到自己有多么调皮。她们想好好教他，想和他一起玩耍。可是她们不能这么做。汤姆必须要亲自经历痛苦和失意，才能够成长，就像许多无知的人那样。虽然或许有许多心地善良的人一直在关心他们，希望他们学好，但是能够教他们的只有他们自己。

终于有一天，汤姆找到了一只石蚕，想让她从屋子里出来，可是她屋门紧闭。于是，这个爱管闲事的小家伙就想推门进去，看看那个可怜的老夫人在里面做什么。真丢人啊！难道有人愿意在自己躺在床上的时候，别人破门而入，为的就是看他此时的丑样子吗？汤姆就是这样把门撕碎了——[赏析解读：此处的"撕碎"，充分说明了汤姆的粗暴与无礼。]要知道，那是一扇最美丽的门，它用蚕丝做成，上面缀满了一块块亮闪闪的水晶——他向门里张望时，石蚕伸出了头，原来她已经变成了蝶。汤姆和她说话，她却无法回答。因为她刚刚长好的、干净的粉红皮肤，把她的嘴和脸都包得紧紧的。虽然她无法说话，但其他石蚕一起帮她回答了，她们拉着手，尖叫着："你这个讨厌的坏孩子，又来捣蛋了！她正打算躺下来休眠，两个礼拜日就能长出漂亮的翅膀，翩翩起舞，还能产下很多卵！现在你却弄破了她的门！她的嘴闭起来十四天了，无法吐出丝来修好它。她会死的！是谁让你到我们这里来的？我们只能担惊受怕地过日子！"[赏析解读：从石蚕说的话中不难看出，她们对汤姆是十分厌恶而恐惧的，从侧面说明了汤姆的顽劣不堪。]

汤姆游走了。虽然他为自己的所作所为感到害臊（sào），但他的淘气却变本加厉了：小男孩总是这样，不愿承认自己做错了事。

接着，他来到了一个池子，里面有许多小鳟鱼（淡水鱼类，头部和身体上有黑点，体长约30厘米，略呈圆筒状，外形似草鱼，是很有价值的垂钓鱼和食用鱼），他想捉住它们，不过它们从他的手指缝里滑走了，并且被吓得跳出了水面。在追那些小鳟鱼时，汤姆渐渐靠近了桤木树根下一个又大又黑的漩涡，一条巨大的棕色老鳟鱼从漩涡里猛地冲了出来，他足有汤姆的十倍大，直直地向汤姆冲过来，吓得汤姆魂都要没了。我不知道他们俩谁被吓得更厉害。

汤姆气呼呼、孤零零地游走了，说起来这也是他自找的，谁让他总是惹事呢。在河岸下面，他看到一个很丑很脏的家伙坐在那里，他大概只有汤姆的一半大，长着六条腿和一个大肚子，滑稽无比的脑袋上长着两只有神的大眼睛，脸却很像驴子。

"嗨，伙计，"汤姆说，"你真是个丑家伙！"汤姆对他做鬼脸，凑近闻他，粗鲁地对他大喊大叫。

这时，那张驴脸突然分开，伸出了一只长长的手臂，手臂上长着一对钳子，一下就夹住了汤姆的鼻子。虽然汤姆没有觉得很疼，却被夹得很紧。[赏析解读：那个长相怪异的家伙惩罚了无礼的汤姆，这样才能让淘气的汤姆知道犯错是要付出代价的。]

"啊，哈！嗳，你快放开我！"汤姆大叫着。

"那你也放过我吧，"那家伙说道，"我需要安静。我要蜕皮。"

汤姆保证不再打扰他，他这才放开了汤姆。

"你为什么要蜕皮呢？"汤姆问。

"因为我的哥哥姐姐都蜕了皮，变成了带有翅膀的美丽动物。所以我也想蜕皮。别和我说话，我要蜕皮。我就要蜕皮了！"

汤姆静静地站在那儿，看着他。只见他渐渐膨胀，然后把身子完全展开，最后——咔，砰，啪——他的背裂开了，一直裂到了脑袋顶上。然后，他从里面钻了出来。那是世界上最纤细、优美、柔软的生灵，就像汤姆一样柔软光滑。[赏析解读：此处的描写活灵活现，充满童趣，体现了作者深厚的笔力。]但是他非常苍白、虚弱，就像小孩子在一个黑暗的房间里病了很久。他一边无力地移动着腿，一边有些害羞地看着自己，就像是第一次走进舞池的小姑娘，然后他沿着一根草茎慢慢爬到了水面上。

汤姆非常惊讶。整个过程中他一句话也没有说，只是睁大眼睛看着。随后，他也游到了水面上，想看看接下来会发生什么。

那只动物坐在温暖明亮的阳光下，他的身上发生了一种奇妙的变化。他变得强壮结实了，身上渐渐镀上了最漂亮的颜色——蓝色、黄色和黑色的斑点、条纹和圆环。他的背上伸出了两对如纱般的浅棕色大翅膀。他的眼睛变得很大，几乎占据了他的全部脑袋，像一万颗钻石一样闪闪发光。[赏析解读：这只动物蜕变后和蜕变前的形态形成了鲜明对比，突显出了世界万物变化的奇妙，不得不令人赞叹。]

"啊，你太漂亮了！"汤姆一边说，一边伸手去抓他。

但是那个家伙呼呼地飞到空中，平稳地在空中挥动着翅膀，然后停在了汤姆身边，一点也不害怕他。

"不！"他说，"你是抓不到我的。现在我是一只蜻蜓了，是飞虫界的王。我会在阳光下跳舞，在河面上捉蠓（měng）虫吃。我还会找一个像我一样漂亮的妻子。我知道我要做什么，嗨！"说完，它飞到空中捉蠓虫去了。[赏析解读：此处点明了那只奇怪动物的身份，解开了之前关于他身份的疑云，同时为下文做铺垫。]

"嗳！回来，你快回来，你这个漂亮的小家伙！"汤姆叫道，"没有人和我一起玩，我太孤单了。如果你愿意回来，我保证再也不捉你了。"

"我才不管你捉不捉我呢，"蜻蜓说，"因为你根本就抓不到我。不过，我会在这个漂亮的地方到处逛逛，吃完晚饭就回来，再跟你聊一聊我一路上看到的东西。唉，好大一棵树啊！树叶那么大！"

那只是一棵大野草。但是你知道，蜻蜓之前只能看到那些小小的水树，因此那棵大野草在他眼里就显得特别大。另外，与其他蜻蜓一样，他是个近视眼，看不清鼻子前一码以外的东西。

那只蜻蜓又飞回来了，他和汤姆聊了起来。一谈及自己身上的漂亮颜色和大翅膀，他就很骄傲。但是你知道，他之前一直都是一个肮脏、丑陋的小可怜，所以他这样自负是可以被原谅的。他非常喜欢讲自己在树丛中和草地上看到的有意思的事，汤姆也很乐意听他讲。因为他已经把之前的事情忘记了。他们很快就成了好朋友。[赏析解读：汤姆虽然喜欢调皮捣蛋，但本质上还是一个纯真的孩子，这也许正是他被仙后选中变成水孩子的原因吧！同时，这一幕也侧面反映了汤姆的孤独，他迫切需要朋友。]

我要十分高兴地说，汤姆这一天吸取了教训，因此之后的很长一段时间里，他再也没有折磨过动物。石蚕也变得很温和，常常会给他讲一些奇妙的故事，比如他们如何造房子、蜕皮，直到最后变成长着翅膀的飞虫。听着听着，汤姆竟也生出了蜕皮的念头。他也想和他们一样，拥有那样的翅膀。

小鳟鱼也和他亲近了（汤姆吓唬他们的事情，很快就被他们抛之脑后了）。于是，汤姆常常和他们追逐玩耍，大家玩得可开心了。[赏析解读：从这里的描述不难看出，汤姆已经开始改变了，虽然改变很小，却是个好的开始。]汤姆也试着像鳟鱼们那样，在快要下雨之前跃出水面，头朝下、脚朝上地跳跃，但他从来没有成功过。不过，他最喜欢看他们跃起来捉飞虫吃。当他们在大橡树的影子下面游来游去时，常有甲虫扑通一声掉到水里。绿毛虫会无缘无故地从树枝上拖着丝线荡下来，又无缘无故地用脚把丝收成一团，重新回到树上。那是一种非常灵巧的走钢丝技巧，但谁也不知道他们为什么要费那么大的精力去做这些。

　　通常在这些虫子刚碰到水面时，汤姆就把他们抓住了。他还抓桤木蝇、跳虫、短尾的蜉蝣和纺织娘，有黄色的、棕色的、酒红的和灰色的，他把捉来的动物都送给了他的鳟鱼朋友们。虽然这样做对飞虫们也许不太仁慈，但是一个人在有能力的时候，总要为朋友做些好事的。[赏析解读：此处突显出了汤姆助人为乐的品质，也从侧面说明了他的本性还是好的，只不过是在后天环境的影响下变得顽劣了。]

　　不过最后，他连飞虫也不抓了。因为一次偶然的机会，他和一只飞虫成了朋友。他发现他是个很有趣的小家伙。[赏析解读：这里一方面总结了上文，一方面为下文对飞虫展开描述做铺垫。]

　　那是七月份一个炎热的日子，汤姆正浮在水面上，一边晒太阳，一边捉蜉蝣给他的鳟鱼朋友们吃。这时，他看到了一个新来的小家伙，他长着棕色的脑袋和深灰色的身体。虽然他真的很小，但是他尽量把自己的身体物尽其用。他昂着头，竖起翅膀，翘起尾巴，连尾巴尖上的两把小刷子都支了起来。总之，他是所有小家伙里最神气的一个，他不但没有逃走，还跳到汤姆的手指上，用你有生以来听到过的最细小、最尖锐的声音叫嚷着：

　　"真的非常感谢你的好意，但是我还不需要。"

　　"你需要什么呢？"汤姆问，小家伙的无礼让他有些吃惊。

"你的腿啊。感谢你伸出腿来让我坐着。但我必须马上走,我要去照看我的妻子几分钟。哎,有家庭是一件多么麻烦的事呀!"(其实,这个小无赖根本没有做什么,他把他那可怜的妻子独自留在家孵卵)他说道,"如果我回来的时候,你仍然愿意把腿伸出来让我坐坐,那我会很乐意的。"说完便飞走了。

汤姆认为他的脸皮太厚了,五分钟后,他真的回来了,这让汤姆觉得他的脸皮比他原来所想的还要厚。[赏析解读:汤姆用"厚脸皮"来形容那个小东西,而接下来这个小东西所说的和所做的,正好能够证明汤姆的判断没有错。]他说——"啊,你等累了吧?好吧,你可以换一条腿。"

他落在汤姆的膝盖上,开始用尖锐的声音和汤姆聊起天来。

"那么说,你是在水下生活了?那是个低级的地方。我在那里住过一段时间,真是又脏又破。我实在不想在那里住了,就另找出路,所以我来到水面上,穿上了这套灰衣服,变得得体了。这是一套非常正式的衣服,你不觉得吗?"

"真的非常干净素雅。"汤姆说。

"是的,一个人有了家庭,总是应该得体、干净些。不过说实话,我已经很厌倦了。上个礼拜为了谋生我已经做了太多事,所以我要穿上这套礼服,体面地出去逛逛,看看这花花世界,跳一两支舞。一个人能快活的时候,为什么不选择快活呢?"

"那你的妻子怎么办呢?"

"啊!她是个平庸愚蠢的家伙,什么也不想,只想着她的卵。如果她愿意跟我出去,她就去;如果她不愿意,我就一个人去——现在我就要走了。"[赏析解读:从这个厚脸皮的家伙的话里可以看出,他是一个相当自私的人,只顾自己快活,却置家庭于不顾。]

他说话的时候,脸色突然变得十分苍白。再后来,他的脸色越来越白。

"哎,你病了!"汤姆叫道。但是他没有回答。

"你要死了。"汤姆说,他看着站在他膝盖上的那个小家伙,他的脸苍白得像鬼。

"不,我没有!"一个尖细的声音在汤姆头顶上响起,"我在这里呢,穿着我的礼服。你的膝盖上只是我蜕下的壳。哈哈哈!你是无法变出这种戏法的吧?"

汤姆确实变不出这种戏法,就连侯丁、罗宾、费里克尔(这些人都是当时非常有名的魔术师,分别为法国人、德国人和荷兰人)也变不出来,全世界任何一个魔术师都无法做到。那个小无赖已经完全蜕下了他的外壳,从里面跳了出来,那层外壳则被留在了汤姆的膝盖上。那个壳子上的眼睛、翅膀、腿、尾巴完好无损,就像活的一样。

"哈哈哈!"他不停地扭来扭去,跳上跳下,"现在我是个漂亮的小伙子了吧?"

他说得没错,他真的变漂亮了。现在他的身体雪白,尾巴橘黄,眼睛里闪着绚丽夺目的色彩。最奇妙的是,他尾巴尖上的小扫帚变得足有原来的五倍长。

"啊!"他说,"现在我要去看看这个花花世界了。活着对我来说不会花费多少能量,你瞧,我没有嘴,也没有内脏,所以我永远也不会饿,也不会肚子疼。"

他的确不会。他已经变得又干又硬又空了,就像一根羽毛管子,这正是那种愚蠢、浅薄的家伙应该变成的样子。

但是他一点也不为自己的空虚感到害臊,反而以此为荣,就像许多文雅的绅士那样,他开始翩翩起舞,卖弄风情,还不停地唱着:

"妻子跳舞我唱歌,

日子过得好快活,

这种事情最聪明,

驱散忧愁心欢乐。"

他就这样上下飞舞了三天三夜,直到筋疲力尽,掉进水里,顺着水流漂走了。

[赏析解读:这个家伙的行为举止实在令人费解,但也正是如此,反而衬托出了他的愚蠢。]他最终会变成什么,汤姆永远都不会知道了,而且他自己也不在意,因为他漂走前还在唱着:

"驱散忧愁心欢——乐——!"

他自己都不忧愁，别人还替他忧愁什么呢。

但是在某一天，汤姆有了一次新的奇遇。当时，他正与他的蜻蜓朋友坐在一朵睡莲上看蠓虫跳舞。天气实在太热了，蜻蜓填饱了肚子后就静静地坐着，睡眼惺忪。蠓虫们（他们对可怜的兄弟们的死一点也不在意）在他头上一英尺的地方跳舞，高兴得忘乎所以。一只巨大的黑苍蝇停在离蜻蜓鼻子前不到一英寸（英制长度单位，1英寸等于2.54厘米）的地方，用爪子洗脸、梳头。但是蜻蜓一点也没有发觉，而是继续和汤姆聊天，讲着在水里发生的事情。[赏析解读：此处对环境的描写，生动地刻画出了汤姆和蜻蜓懒洋洋的模样，这种悠闲宁静的场景与下文中将要写到的喧闹形成了鲜明的对比。]

突然，汤姆听到河流上游传来了一阵十分奇怪的声音：咕咕咕，呼噜噜，呜呜呜，吱吱吱——好像是在一只袋子里装了两只鸽子、九只老鼠、三只豚鼠（又名天竺鼠，长相呆萌，体型像大号仓鼠，天生胆子小，是一种温带陆生夜行性动物）和一只瞎了眼的小狗，他们被丢在那里没有人管，吵闹个不停。

汤姆向上游望去，看到的情形与听到的声音一样奇怪：一个大圆球不断翻滚着，顺着水向下游漂来，时而像一团长着棕色毛皮的球，时而像闪亮亮的玻璃球。但那并不是一个球，因为它有时会散成许多片漂下来，随后又马上收拢。此时，它发出的声音越来越大了。[赏析解读：这个奇怪的东西究竟是什么呢？此处突显了这个怪东西的外形特征，也引起了读者的好奇。]

汤姆问蜻蜓那是什么，蜻蜓当然看不清楚，要知道他是个近视眼。于是，汤姆扎到水里，靠在一块最光滑的露头石上，亲自上前去看个仔细。当那个球滚到跟前时，突然变成了四五只很漂亮的动物，每一只都比汤姆大好几倍。他们游动着、翻滚着、潜到水里，扭打着，拥抱、亲吻、又咬又抓，那样子迷人极了，是人们从来没有看到过的。如果你不相信，可以去动物园看看（只不过去动物园也未必能看清，除非你早上五点起床，去高德瑞沼泽。那里的水潭边上有一个大柳树桩，常常有水獭出没，你可以在那里看个仔细），然后再来说一说，戏水时的水獭（鼬科、水獭属动物，善于游泳和潜水,听觉、视觉、嗅觉都很敏锐,食性较杂)是不是你见过的最快乐、最灵巧、最优美的动物?

然而,他们中个子最大的一只看到了汤姆,她猛地跳出来,叫嚷着,声音十分尖锐:"快来,孩子们,有东西吃了!"她一边喊,一边直直地向可怜的汤姆冲了过来,她眼神凶猛,满口利牙。汤姆一开始还认为她非常漂亮可爱,但此时看到这样的场景,他一边对自己说:"这就是漂亮可爱的真面目。"[赏析解读:从这句话里不难看出,水獭漂亮可爱的外表下是极为凶残的个性,暗示我们不能以貌取人,漂亮的外表下不一定拥有美好的灵魂。]一边尽量快地钻到睡莲根部,然后转过身来对着她做鬼脸。

"滚出来,"那只凶狠的水獭说,"否则就让你好看!"

但汤姆只是从两根粗粗的睡莲根中间看着她,用力摇晃着睡莲根,不停地向她做出恐怖的鬼脸,就像他以前在陆地上生活时,喜欢隔着围栏向老夫人们做鬼脸一样。无论如何,这样做都是十分无礼的。但是你也知道,汤姆没有受过很好的教育。[赏析解读:本质善良、纯真的汤姆之所以会长成一个顽劣的小孩,和他没有受过正确的教育和引导有很大关系。]

"来,孩子们,我们走吧,"那只水獭摆出一副自大的样子,说道,"这个东西不值得吃。那不过是一条肮脏的小蜥蜴,谁也不愿意吃它,就连池塘里那些庸俗的梭子鱼(体形狭长,体长可达1.8米,个性凶狠且有侵袭性,拥有长如狼牙一样突出的尖牙,又称海狼鱼。主要分布于热带及亚热带海域,较常出现于珊瑚礁和礁石附近)都不愿意吃。"

"我才不是小蜥蜴!"汤姆说,"蜥蜴是有尾巴的。"

"你就是蜥蜴。"那只水獭断言道,"我清楚地看到你有两只脚,我当然知道你也有尾巴。"

"我告诉你我没有!"汤姆说,"瞧!"他把漂亮的小身体转了一个圈儿,很明显,他没有尾巴。

那只水獭完全可以说汤姆是一只青蛙或其他什么，来缓和一下现在的局面。但是她和许多人一样，一旦话说出口，不管是对是错，她都会坚持。[赏析解读：此处看似在写水獭的固执，实则是在影射现实中的有些人死要面子，明知错了也不肯承认。]所以她说："我说你是蜥蜴，你就是蜥蜴，对我和我的孩子这样的上流人士来说，你没有给我们当食物的资格。你可以在这里等鲑鱼来吃你（她知道鲑鱼不会吃他，只是想吓唬可怜的汤姆）。哈哈哈！他们吃你，我们再吃他们！"那只水獭一边说，一边发出令人惊恐的笑声——如果你是第一次听的话，可能会以为那是妖怪发出来的声音。

"什么是鲑鱼？"汤姆问。

"那是一种鱼，你这个小蜥蜴！是好鱼，我们都爱吃。鲑鱼是鱼中之王，而我们是鲑鱼的王！"她又大笑起来，"我们在池塘里来来回回地追赶他们，把他们赶到一个角落里，那些蠢东西太骄傲自满了，经常欺负小鳟鱼和米诺鱼（北美多种小型鱼类、特别是鲤科鱼类的总称，身体纤细、鳞较小。米诺一词又泛指许多大型鱼类的幼鱼），但是只要看到我们，他们就会马上变成软骨头。我们抓住他们，却不屑于把他们整个吞下去，我们只是咬开他们柔软的喉咙，吸尽他们身体里的甜汁——啊，那感觉真是太好了！"——（说到这里，她舔了舔她那张邪恶的嘴）——"然后便会把这条扔掉，再去抓另一条。他们就要来了，很快就会来了，孩子们。我能闻到雨水从大海那边过来的气息，欢呼吧，河水就要上涨了，鲑鱼就要来了，我们可以一整天都有东西吃了！"[赏析解读：鲑鱼有洄游习性，成年鲑鱼会溯流到淡水河中产卵。水獭的语言和动作无不反映出她残忍、贪婪的性格，令人厌恶。]

那只水獭越说越得意，她翻了两个跟头，然后将半个身子露在水面上，像柴郡猫一样咧着嘴笑着。

"他们从哪里来呢？"汤姆问道。因为害怕，他把自己缩成了一团。

"从大海里来，小蜥蜴，从那无边无际的大海，如果他们愿意，完全可以安稳地待在那里。但是那些蠢东西离开大海，游到了大河里，我们就提前来这里等他们。他们又要游回海里的时候，我们就跟着他们游到海里。我们在那里捉鲈鱼和鳕鱼（是一种冷水性中下层群居鱼类，多生活在海洋底层和深海中下层，其肉质鲜美，营养丰富，是重要的经济鱼类。冰岛和英国曾于1958—1976年间爆发鳕鱼战争）吃，在海边过着快活的日子，在浪花里上下翻滚，懒洋洋地睡在温暖干燥的岩缝里。啊，孩子们，如果不是因为可怕的人类，那样的生活也十分美好呀。"

"人类是什么？"汤姆问，但是不知道为什么，话出口之前，他好像就已经知道了答案。[赏析解读：汤姆变成水孩子后，已经忘记了从前在陆地上发生的一切，但是那些过往还存在于他的记忆深处，所以才说"好像就已经知道了答案"。]

"两条腿的东西，小蜥蜴。如果你没有长尾巴，那你就和他们长得一样（她认定汤姆有尾巴），只是，他们比你大多了。他们是我们的大克星！用钩子和钓线来捉鱼，有时那些东西还会缠住我们的脚。他们还沿着石头放下罐子捉龙虾，我可怜的丈夫就是在出去给我找东西吃的时候，被他们用矛刺死了。我们太渺小了，大海里波涛汹涌，没有鱼会游到岸边给我们吃。但是他们刺死了他，那个可怜的家伙，我还看见他们用杆子把他抬走了。总之，孩子们，他是为了你们而丢了性命的，我那可怜的、亲爱的、温柔的丈夫啊。"[赏析解读：无论水獭多么凶残、贪婪，但是在人类面前，他们仍然是渺小脆弱的，她的遭遇值得同情。]

那只水獭说到这里，一脸悲痛。她神情庄重地顺着河水向下游游去，在那以后的一段时间里，汤姆再也没有见过她。不过幸亏她离开了那里，因为就在他们刚走不久，就有七条凶猛的小猎犬沿着河岸走过来，到处闻着，东刨西挖，一路狂叫着追猎水獭。汤姆躲在睡莲丛中，直到他们走远。他做梦也不会想到，那些睡莲是水仙女变出来保护他的。

可他总是忍不住去想水獭说的话，想着她说的宽广的大海，特别想亲眼看看。[赏析解读：汤姆因为水獭的话动了想去大海的念头，这也是他去历险的"导火索"。]他说不出到底是为了什么，可是他想得越多，就越是对他所住的这条狭窄的溪流和他这些无聊的同伴感到不满。他想出去，到那广阔无垠的世界中去，看看那美妙的风光，他相信那里一定充满了绝妙的景致。

有一天，他顺着溪流向下游游去。但是因为水位太浅，以至于他来到浅滩时，没有办法躲在水下。于是，太阳火辣辣地照在他的背上，把他晒病了。他只好又游回来，静静地在池塘里躺了一个多礼拜才好。[赏析解读：水孩子非常惧怕炎热的天气，他的第一次尝试以失败告终，暗示着他未来的冒险之旅将充满坎坷。]

然后，在一个异常炎热的白天过去后的夜晚，他看到了一件奇怪的事。

那天，整个白天他都觉得很累，他的鳟鱼朋友们也是这样，甚至不愿意挪动一英寸去抓一只飞虫吃。他们躲在石头底下的阴影里打瞌睡，汤姆也贴着光滑、凉爽的石头躺着，因为池水太暖和了，让他觉得不舒服。

快到夜晚的时候，天空突然变得阴沉，汤姆向天空望去，看到有一大片乌云正停在峡谷上面，左右的峭壁都被罩住了。汤姆并没有感到十分害怕，只是觉得四处都极其安静，听不到一丝风声，也听不到一声鸟鸣。瞬间，大雨倾盆，有一滴还打在了汤姆的鼻子上，他赶快把头缩了回去。

然后，雷声轰鸣，闪电狂舞，划破了文代尔的上空后又收了回去，它们穿透乌云，击打着所有峭壁，溪水中的石头仿佛都为之撼动，摇晃了起来。汤姆抬着头，透过水面看着这一切，这是他一生中见到的最为壮观的景致了。

不过他不敢把头伸出水面，因为雨下得很大，冰雹像炮弹似的射向水面，泛起一片白色的泡沫。很快，溪水涨了起来，向下游直泻而去，而且水越涨越高，水里漂着的脏东西也越来越多：甲虫、树枝、稻草、蠕虫、坏掉的卵、木虱、水蛭，各种奇怪的杂物多得足够填满九个博物馆。[赏析解读：此处对环境的详细描写，突出了当时气候的恶劣以及汤姆所处环境的脏乱，让情节充满了紧张感。]

汤姆处在这样湍急的水流中，几乎要站不稳了，他只能躲到一块石头后面。但是鳟鱼们没有躲起来，反倒从石头中间冲了出来，狼吞虎咽地吃着甲虫和水蛭，你争我抢，那样子看起来十分贪婪。

借着闪电的亮光，汤姆看到了一副全新的景象——河底遍布着大鳗鱼（一种外观类似长条蛇形的鱼类，别名白鳝、河鳗、青鳝、日本鳗等），他们翻滚着向下游游去。在过去的几个星期里，他们一直躲在石头缝和泥巴洞里，汤姆只是偶尔在夜里看到过他们几次。但是现在他们全都出来了，发疯似的从他身边急匆匆地涌过去，让汤姆感到十分害怕。他们从他身边过去时，汤姆听到他们互相招呼道："快跑，快跑。让人感到愉悦的雷雨啊，多让人高兴的大雷雨啊！去海里！去海里！"

这时，水獭带着她所有的孩子从旁边过去了，他们一路缠绕着、扫荡着，像鳗鱼一样快。经过汤姆身边时，水獭说："哎，小蜥蜴，如果你想去看看世界，那就趁现在了。赶快跟上，孩子们，别去管那些肮脏的鳗鱼了，我们明天的早餐是鲑鱼。去海里！去海里！"

这时，天空中划过一道比所有闪电更明亮的闪电，虽然它的光芒只维持了千分之一秒，但汤姆还是借着它的光亮看到了，没错，他确定自己看到了三个漂亮的、穿着白衣的小姑娘。她们用手臂勾着彼此的脖子，顺水而下，不停地唱着："去海里！去海里！"[赏析解读：汤姆看到的三个漂亮干净的小姑娘坚定了他去大海的决心，同时也为下文做铺垫。]

"啊，停一下！等等我！"汤姆叫着。她们的身影已经消失了，可他依然能够听到她们的声音。在她们消失的时候，那甜美的声音穿过了雷电的轰鸣，穿过了水流的吼叫，穿过了狂风的呼啸，清晰地传到了汤姆的耳朵里："去海里！"

"去海里？"汤姆说，"所有动物都奔向了大海，我也要去。再见了，鳟鱼们。"此时，他的那些鳟鱼朋友们正忙着吞食虫子，根本没有理睬他。不过这样也好，反倒减轻了汤姆和他们道别时不舍的痛苦。

此时，他顺着奔腾的溪流，以雷雨中那明亮的闪电为指引，穿过点缀着白桦树的岩石：

它们时而明亮得如同白昼，时而又昏暗得如同深夜。经过旋转着水涡的河岸下那些黑乎乎的鱼穴时，巨大的鳟鱼径直冲向汤姆，把他当成了什么美味的东西，看清后又失望地游了回去——原来是仙女们让他们回去的，他们还因为打扰到了水孩子而受到了狠狠地责备。经过急转直下的水峡和怒吼的瀑布时，汤姆有一阵子只能听到水的怒吼声。他又路过了湍急的河段，白色的睡莲在狂风和冰雹的袭击下摇摇晃晃。汤姆经过熟睡中的村庄，穿过黑洞洞的桥孔下，向着大海的方向，将过去渐渐抛到了身后。汤姆停不下来，他也不想停下来，他想去看看下游的世界，看一看鲑鱼、海浪和无边无际的大海。[赏析解读：这是多么惊险的场面啊，汤姆却并不想停下来。从此处的描述中可以看出，他已经忘记了最初的恐惧，此时他的心思已经完全扑到了从未见过的大海身上。]

当明亮的光线照进世界时，汤姆发现此时自己已经身处鲑鱼河了。

那是一条怎样的河呢？与爱尔兰的河流相像吗？那条河流蜿蜒地穿过褐色的沼泽，野鸭在睡莲中戏水，时不时地冒出水面。麻鹬（一种鸟，喙很细、可长到15厘米，像一个又硬又长又细的"铁爪"，利用它可以快速翻拣出深藏在沙土下面的食物）飞来飞去，不停地叫着："突哩·喂噗，把羊看好了。"丹尼斯会给你讲那个关于佩斯塔摩尔的奇怪故事，说的是一条巨大的蛇怪，躺在黑乎乎的、满是泥炭的池塘里，四周全是年代久远的腐坏的松木枝，一到晚上牲口下来喝水时，他就猛地向它们扑过去，咬住它们的脖子。但这是真的吗？你一定不相信丹尼斯的话，因为如果你这样问他：

"你觉得这里有鲑鱼吗，丹尼斯？"

"你是说鲑鱼吗，鲑鱼？有很多呢，没错，它们成群结队，互相拥挤，都快从水里溢出来了，你的运气可真好啊！"

而你听信了他的话去捕鱼，即便把池塘摸了个遍，却连个影子也没有看到。

"这里绝不会有鲑鱼，丹尼斯！你想一想，如果上次涨潮时有过一条，那么现在他也到了更高的池塘里了。"

"确实是,您是个真正的渔夫,知道得太多了。真的,听你这样说,你对水太熟悉了——就像一千年前就已经知道了!我刚刚不是说过吗,这里怎么会有鲑鱼呢?"

"可是刚才你不是说,鲑鱼多得都快要溢出来了吗?"

这时丹尼斯会抬起头,用他那双漂亮的、狡猾的、温柔的、朦胧的、和善的、让人怀疑的眼睛——那是双爱尔兰人特有的灰眼睛,看着你,带着最迷人的笑容答道:

"确实说过,那是因为我觉得您喜欢听好听的话。"[赏析解读:从这里可以看出,丹尼斯是一个十分圆滑的人,擅长见风使舵,这种人是不可相信的。]

因此,你一定不能相信丹尼斯,他已经养成总是说好听话的习惯了。不过你必须记住,不要和他生气,因为他只是个可怜的爱尔兰人,不知道用什么方式回答别人更好。所以呀,如果你哈哈大笑起来,他也会跟着你哈哈大笑,鞍前马后地跟着你,尽心为你做事。一旦有机会,他还会向你展示他的运动本领——因为他很热情,又像你一样非常喜欢运动——但是如果他没有机会,就会撒些无关紧要的小谎,每个小时能说一百个。他一直想不明白,为什么古板守旧的爱尔兰不像英格兰、苏格兰和另外一些地方那样繁华,为什么那些地方的人会接受一种荒谬、离奇的想法,那就是诚实是最好的。[赏析解读:此处将英格兰人、苏格兰人的诚实说成是一种荒谬、离奇的想法,从侧面说明了丹尼斯的愚昧和浅薄。]

现在回到那条河上,那条河和威尔士的鲑鱼河像吗?至少到去年为止,威尔士的鲑鱼河引人注目的主要原因是里面没有鲑鱼,因为文明的威尔士农民把鲑鱼都吃完了,为的是阻止撒克逊人全副武装地去侵扰威尔士。他们拿着钱袋,以文明的名义,拿诚实当掩护,还带着威尔士人不论怎样都用不到的一些其他东西。

或许,这条鲑鱼河是这样的——我相信,在你头发灰白前,在颁布的理智的新捕鱼法下,你能够在汉普郡(英格兰东南部的郡,主要城市有南安普敦、朴次茅斯)的漫洪草原上看到它的模样。[赏析解读:人们对鲑鱼无节制地捕捞,已经使这里生态失衡,再也没有了鲑鱼的身影。]到那时,温切斯特的学徒们会像三百年前那样立下盟约,把一个礼拜吃鲑鱼的次数定在三次以内。在未来，人们会看到，在上天赐予的所有食物里，最需要小心保护的便是宝贵的鲑鱼先生们了。没有人比他们更慷慨，因为他们下海时体重只有五盎司（既是重量单位又是容量单位。作为重量单位时又分常衡制和金衡制两种，常衡制下1盎司等于28.35克，金衡制下1盎司等于31.1克；作为容量单位时，1英制液体盎司为28.41毫升，1美制液体盎司为29.57毫升），但第二年洄游上来时，体重能达到五磅（英美制重量单位，1磅合0.4536千克），而且从不消耗土地，也不花费国家的一分一毫。

又或者，它像苏格兰的溪流，就如同亚瑟·休·克拉夫（1819—1861年，英国诗人，代表作有《拖布纳利奇的小屋》）在他的《小屋》一诗中描述的那样：

"从花岗岩的棱角开始，

琥珀色的激流奔流而下，落进花岗岩的盆地里……

水底的绿色岩石映托出五彩斑斓的水色；

最美的是，涌起的泡沫翻腾，

白色的云雾与静寂奇妙的素雅色彩交融在一起……

两边是绵延的峭壁，山梨和桦树枝条低垂着……"

啊，我的孩子，如果你在那样一条河里捕鱼，就不会在意它是怎样一条河了。[赏析解读：总结性叙述，为下文进一步对这条河是何等模样的描写做铺垫。] 你不会注意到，河水咆哮着奔流而下，激起的浪花就像咖啡表层的奶油沫；你不会注意到，鱼儿正围着你的鱼饵打转，就像划船比赛中飞快划动的船桨，不时如银箭一般蹿上来，溅起翻滚的泡沫；又或是没了水的瀑布，只剩下一条细流，水下的鹅卵石像一条高速公路，呈现灰白色。在琥珀色池塘里的一个黑暗角落里，鲑鱼们挤在一起，用睡觉打发时间，等着大雨再次让水位升高。如果你有眼光、有头脑，就不会过于在意这些。你会悠然自得地放下钓竿，尽情欣赏壮丽的美景，听水鸟在石头上唱歌，看黄色的狍子跑来喝水，他们会用温柔又透着信任的大眼睛望着你，仿佛在说："你是不会狠心开枪打我们的吧？"

但是，哈特豪夫的鲑鱼河与上面所说的那些河都不一样。[赏析解读：此处的转折，突显了哈特豪夫的鲑鱼河的不同之处，引起了读者的好奇。] 它是你在老比威克镇里才能看到的那种河，比威克（托马斯·比威克，1753—1828年，英国图形艺术家，出生于泰恩河畔的纽卡斯尔，代表作有《四足动物历史》等）就是在那种河的河边长大的。哈特豪夫的鲑鱼河足有一百码，从宽阔的池塘变成宽阔的浅滩，又从宽阔的浅滩变成宽阔的池塘，越过铺满砂石的广阔田野，从橡树和灰烬的影子下流过，经过低矮的砂岩峭壁，经过青草地、美丽的花园和一座用灰色石头建造的房子，经过棕色的荒原，时而能看到高耸的烟囱，冒出的黑烟直冲云霄。

不过，汤姆一点也不在意那是一条怎样的河。此时，他只有一个念头，那就是到宽广的大海里去。

没过多久，他便来到了一个完全陌生的地方，河流伸展开来，变成了宽阔宁静的浅滩。由于它实在是太宽阔了，以至于汤姆从水中伸出头来看时，几乎望不到边。[赏析解读：从"几乎望不到边"的描述中可以想象，汤姆看到如此辽阔的地方时心灵所受到的震撼。]

他在这里停了下来，稍微有一些害怕。"这一定就是大海了！"他想，"这是多么广阔的地方啊！如果我继续游，一定会迷路的，或者会有什么奇怪的东西出来把我吃掉。我得在这里停一停，去找一找水獭或鳗鱼，打听一下接着该怎么走。"

于是，他稍微向后游了一段路，在河流开始变成宽阔的浅滩的地方，爬到了岩石缝里。他想等别人经过时问一问路，但是水獭和鳗鱼已经顺着水流游到前面数英里之外了。

他在那里等啊等，后来就睡着了。因为他不停地游了一整夜，已经筋疲力尽了。当他醒来时，河水的水位虽然还是很高，但是已经不浑浊了，又变成了美丽的琥珀色。不久后，汤姆看到了一个景象，兴奋得几乎跳了起来，因为那正是他寻找的东西之一。

那是怎样的一条大鱼！比最大的鳟鱼还大十倍，比汤姆大一百倍。他经过汤姆的身边，逆流而上，看起来就像汤姆顺流向下游一样容易。

那是怎样的一条大鱼！从头到尾都闪着银光，零星地点缀着深红色的斑点。漂亮的鹰钩鼻，曲线分明的嘴唇，大而亮的眼睛。他就像高贵的国王一样，环顾着四周，审视着左右的水域，好像那里全是属于他的。他一定就是鲑鱼，所有鱼的王！[赏析解读：从对鲑鱼的外貌以及神情的具体描写，突显出了这条鲑鱼与众不同的气势。]

汤姆害怕极了，只想找个洞钻进去。但是他完全不用这样做，因为鲑鱼全是真正的绅士。他们看上去非常高贵骄傲，但是从来不伤害别人或与别人争吵，他们只是自顾自地忙着，从不理会那些粗野的家伙。

那条鲑鱼看了看汤姆的脸，然后又继续向前游去。他的尾巴打了两下水，水流重新翻腾起来。几分钟以后，又来了一条鲑鱼，接着是四五条，不断有鲑鱼从汤姆身边经过。他们逆流而上，银色的尾巴用力击打着水流，时而还会完全跃出水面，跃过岩石，在明亮的阳光中闪耀出耀眼的光芒。汤姆十分高兴，即使让他一整天都待在这里看着，他也愿意。

最后游来的那条鲑鱼很大，比其他鲑鱼都大。他游得很慢，游游停停，还时不时回过头去看身后，好像很着急又很忙的样子。汤姆看到他是在帮助另一条鲑鱼，那是一条异常漂亮的鲑鱼，她的身上找不到任何斑点，全身上下都是纯银色的。

"亲爱的，"大鲑鱼对他的伙伴说，"你看上去累坏了，刚开始的时候不应该用尽全力。去这块石头后面休息一下吧。"说完，他用鼻子把她轻轻推到了汤姆坐着的那块石头旁。

你一定想到了，她是那条大鲑鱼的妻子。鲑鱼就像其他绅士那样，总会挑选一位女子，爱她，真诚地对待她，关爱她，为她操劳，为她战斗。他们不像粗俗的鲦鱼、斜齿鳊（biān）和梭子鱼，那些鱼不重感情，也不懂得关心妻子。[赏析解读：通过鲑鱼与其他鱼类的对比，突显出了他的优秀，同时也暗示了绅士怎么对待妻子才是正确的。]

此时，大鲑鱼看到了汤姆。他凶狠地盯着他看了一会儿，就好像要把他吃掉似的。

"你在这儿干什么？"他恶狠狠地说。

"啊，请别伤害我！"汤姆叫道，"我只是想看看你，你那么英俊。"

"啊？"大鲑鱼非常严肃却又恭敬有礼地说，"请你原谅。我知道你是谁了，亲爱的小东西。我见过一两个像你一样的家伙，我发现他们平易近人，举止得体。而且实际上，他们中的一个最近还帮了我一个大忙，我希望能答谢他。希望我们在这里没有打扰到你。等这位夫人休息好后，我们就会继续赶路的。"[赏析解读：大鲑鱼的措辞十分得体，虽然此处没有对他的动作和神态进行描写，但他谦逊有礼、知恩图报的形象已经跃然纸上了。]

这是一条多么有教养的鲑鱼啊！

"你看到过像我这样的东西？"汤姆问道。

"有过几面之缘，亲爱的。其实，昨天晚上在河口就有一个，他警告我和我的妻子要小心，说刚刚发现河里布下了网。从去年冬天开始，河里就有网了，我也不清楚那是怎么回事。他还带着我们绕过了那块危险的地方，真是个温柔体贴的小家伙。"

"这样说来，大海里面也有水孩子了？"汤姆拍着小手叫道，"那么，我在海里就可以找到玩伴了？这太令人高兴了！"[赏析解读：从汤姆一连串的语言和动作描写上可以看出，他在得知有水孩子的消息时那种激动和兴奋的心情，反衬出他此时的孤独。]

"这条河里没有水孩子吗？"鲑鱼夫人问。

"没有！我很孤独。我在昨天晚上看到了三个，但他们一瞬间就不见了，向着大海的方向游走了。所以，我也要到大海里去，因为除了石蚕、蜻蜓和鳟鱼，就没有人和我玩了。"

"啊！"鲑鱼夫人嚷道，"那种朋友多么粗俗呀！"

"亲爱的，虽然他和那些粗俗的家伙做过伴，但至少他没有学到他们那种粗俗的习惯。"她的丈夫说道。

鲑鱼夫人说："确实没有，可怜的小家伙！但是他和那些家伙生活在一起，对他来说是一件多么悲伤的事情啊。石蚕有六条腿，蜻蜓也是，那些肮脏的东西！他们也不好吃——我吃过一次，又硬又没肉。至于鳟鱼，谁都知道他们是些什么东西。"说到这里，她噘起了嘴唇，一脸的鄙夷，她的丈夫也噘起了嘴唇，看上去就像阿尔西比亚德斯（公元前450—公元前404年，雅典杰出的政治家、演说家和将军，也是苏格拉底的学生，在青少年时期春风得意，但仕途和人生坎坷）那样骄傲。[赏析解读：鲑鱼夫妻对鳟鱼表现出了十足的不屑，这究竟是为什么呢？这里设置了悬念，引起读者的好奇。]

"你们为什么连鳟鱼也不喜欢呢？"汤姆问。

"亲爱的，如果可以，我们甚至都不愿提起他们。我不得不说，他们虽然是我们的亲戚，但总是做一些让我们觉得丢人的事。许多年以前，他们和我们长得一样，但是又懒又馋又胆小，不愿每年游到海里去看看那个广阔的世界，让自己变得强壮，而是情愿留在小溪里东游西逛，吃蠕虫和蛆。他们也因此得到了应有的惩罚：变丑变小了，身体成了褐色，浑身长满了斑点。他们的口味也变得十分低贱，甚至会吃掉我们的孩子。"

"然后，他们又会假惺惺地来和我们套近乎，"鲑鱼夫人继续说道，"唉，我真的知道他们中有一个向一个鲑鱼小姐求婚，这种卑鄙放肆的东西！"

"我希望，"鲑鱼绅士说，"我们这种鱼中不要有哪位小姐自降身份，去理会那种东西。如果我碰巧看到这样的情景，我想我有责任把他们就地正法。"大鲑鱼说这话的样子，就像一位血统纯正的西班牙老绅士，而且他说到做到。要知道，没有哪种敌人之间的仇恨比同类之间的仇恨更深了。因此，鲑鱼看待鳟鱼，就像某些大人物看待小人物一样，觉得他们太像自己，所以不能容忍。[赏析解读：鲑鱼和鳟鱼之间的仇怨，从侧面暗示了人类社会中根深蒂固的阶级矛盾。]

第四章　大海的召唤

[名师导读]

　　汤姆游了很久,终于来到了大海。他向不同的动物打听关于水孩子的消息,但什么也没有打听到。不过,他在游向大海的时候,遇到了两个老熟人——他的师父格里姆斯先生和那个雪白的艾莉小姐。这到底是怎样的际遇呢?汤姆最终能不能找到水孩子呢?

　　甜美芳香的气味包含在大自然带来的全部知识里,
　　我们的才智,
　　破坏着事物美丽的形态。
　　以谋杀来解剖足够的科学还有艺术,
　　走近那些空洞的落叶,
　　向前走,带着一颗心,
　　去观察,去领悟。

——华兹华斯

　　那两条鲑鱼向汤姆告别时,汤姆警告他们,一定要小心那只邪恶的水獭。[赏析解读:汤姆虽然十分关心大海和其他水孩子的事,但同时也为鲑鱼的安危着想,说明他是一个十分善良的孩子。同时,这个细节也为下文埋下了伏笔。]之后鲑鱼继续向上游游去,汤姆则向下游游去，他沿着岸边游得很慢，也很警惕。他游啊游，游了好几天，但是距离大海还有好几英里。如果没有仙女暗中引导，想必他永远也找不到通向大海的路，但他无法看到她们美丽的脸，也感觉不到她们温柔的手掌。

在游往大海的路上，汤姆经历了一次奇遇。那是九月一个明朗安静的夜晚，月光明亮地洒在水面上，他紧闭着眼睛，却仍然睡不着。最后，他索性浮到水面，坐在一块突起的石头尖上，仰望着金黄色的月亮，觉得月亮也在看着他。他看着洒在水面上的粼粼月光、黑乎乎的冷杉树和罩着一层银霜的草地；他听着猫头鹰的叫声、鹬鸟的低鸣、狐狸的吠叫和水獭的大笑声；他嗅着白桦树淡淡的香气，还有从很远的哈特豪夫沼泽吹来的阵阵石楠蜜的甜香。[赏析解读：这里通过汤姆的视觉、听觉和嗅觉，为读者们展示了一幅美妙而静谧的月夜图，令人神往。]所有的一切都让他感到无以言说的快乐。当然，如果让你在九月的一个夜晚坐在那里，浑身湿漉漉的，一定会感到很冷。但汤姆是水孩子，他和鱼一样不会感到寒冷。

突然，他看到了一幅美丽的景象：一道红色的亮光沿着河边移动，红光投射进水里，就像一条长长的垂直的火焰。淘气的汤姆十分好奇那是什么，于是向岸边游去，那道亮光刚好停在了一块低矮石头的边缘，映照着一片浅滩。

那道亮光的下面聚集着五六条大鲑鱼，他们睁着大大的、向外突出的眼睛，望着那道火焰，摇动着尾巴，看得出来他们很高兴。

汤姆浮上水面，想要更近地观看这副奇怪的景观，却不小心溅起了些水花。

他听到一个声音说："有一条鱼上钩了。"

他不知道那句话是什么意思，但那个声音让他觉得很熟悉。[赏析解读：这是人类在捕鱼，这些鲑鱼的处境十分危险。同时这个熟悉的声音也为剧情的展开埋下了伏笔。]他看到岸边站着三个巨大的、有两条腿的家伙，其中一个拿着火把，火花四溅，另一个拿着一根长杆。他知道那是人。汤姆十分害怕，爬进了石头洞里，从洞里可以看到下面发生的事情。

那个拿火把的人俯下身子靠近水面,认真地看着水里,接着说道:

"伙计,捉那个大的。它有十五磅多。你要紧紧抓住。"

汤姆觉得有什么危险就要降临了。他特别想去警告那条愚蠢的鲑鱼,可他正盯着那道火光看,似乎着了魔一样。汤姆还没有拿定主意,那根鱼竿就戳进了水里,接着就是一阵可怕的挣扎,溅起了一片水花,汤姆看见那条可怜的鲑鱼被戳穿了身体,被从水中提到了岸上。

这时,另外三个人从后面向这三个人扑了过来,接着便是一阵吼叫声、打斗声,以及汤姆熟悉的谩骂声。汤姆被吓得直打寒战,甚至感到十分厌恶。他觉得这些人很奇怪,外貌丑陋,行为不端,冷酷可怕。他想起了过去的一切:他们是人,他们在打架,那种野蛮、疯狂、打得昏天黑地的斗殴方式,汤姆不知见过多少次。他捂着耳朵,恨不得马上远离那个地方。他庆幸自己是个水孩子,再也不用和那群肮脏可怕、穿着脏衣服、满嘴脏话的人打交道了。虽然他想离开,但不敢从洞里出来。因为此时看守和偷猎者打成了一团,激烈的战况让他头顶上的岩石都摇晃了起来。

突然,水面上溅起了一片令人胆战心惊的水花,一道火光掠过,随着一阵嗞嗞声,之后一切都静了下来。[赏析解读:原本吵闹的打斗场面戛然而止,一切都静了下来,究竟发生了什么呢?]

原来,那个手中拿着火把的男人掉进了水里,就落在离汤姆很近的地方。他沉入了湍急的河水中,身体在水流中不断地上下翻滚着。汤姆听到另外两个在岸上的人沿着河边奔跑,似乎在寻找落水的人。但是那个人已经沉到水下一个深深的洞里了,躺在那里一动不动。他们根本就不可能找到他。

汤姆等了很长时间,直到一点声音也没有了才伸出头张望,他看见了那个躺在那里的男人。最终他还是鼓起勇气向下游了过去。"或许,"汤姆心想,"水使他睡着了,就像我以前那样。"[赏析解读:汤姆过去在水中睡着了,醒来后就变成了水孩子,所以会有这样的想法并不奇怪。这个男人究竟是谁,他真的会变成水孩子吗?]

随着汤姆离那个人越来越近，一种越来越奇怪的感觉涌了上来。他轻手轻脚地游过去，绕着那个人游了一圈又一圈，慢慢地接近那个人，而那个人始终一动不动地躺在那里。终于，汤姆游到了离他很近的地方，看清了他的脸。

　　月光那么明亮，这个男人脸上的每一个特征，汤姆都看得清清楚楚。看着看着，他的记忆越来越清晰，原来这个人就是他过去的师父——格里姆斯先生。

　　汤姆赶紧转过身，从他身边游开。

　　"哦，天哪！"他想，"现在他也变成水孩子了。那他该是一个多么令人厌恶的水孩子啊！也许他会发现我，又来打我。"[赏析解读：汤姆想起了从前的事，想起了师父是如何虐待自己的，从汤姆赶紧游开的动作中，可以看出这些记忆在汤姆心中留下了深深的恐惧。]

　　于是，他又向着上游游了一段路，然后一整夜都躺在一棵桤木的树根下面。第二天天亮时，他想回到那里去，看一看格里姆斯先生到底有没有变成水孩子。

　　他小心谨慎地游回那里，在石头后面偷偷地张望，躲在树根下面匍匐前进。格里姆斯先生依然一动不动地躺在那里，他没有变成水孩子。到了下午，汤姆又来看了一次——因为如果他不弄明白格里姆斯先生到底变成了什么，是无法安心的。[赏析解读：汤姆几次三番地查看，将他内心的恐惧及不安表现得淋漓尽致。]但是这一次，格里姆斯先生不见了。汤姆觉得他一定是变成水孩子了。

　　他其实用不着如此紧张，格里姆斯先生并没有变成水孩子，或是与水孩子类似的什么东西。但是汤姆一直不能安心，在很长一段时间里都提心吊胆，害怕有一天会在哪个深深的池塘里突然碰到格里姆斯先生。他怎么会知道，仙女们已经将格里姆斯安置到所有落入水中的东西都会去的地方，那才是他该去的地方。可是很显然，发生在格里姆斯先生身上的这件事对汤姆的影响非常大，以至于他以后再也不偷猎鲑鱼了。毫无疑问，一个人一旦变成了顽固不化的偷猎者，能够治好他的唯一办法，就是把他放在水里二十四个小时，就像格里姆斯那样。[赏析解读：此处看似在说像格里姆斯那样的偷猎者的下场，实则是在警醒世人，做了坏事势必会受到惩罚。] 所以等你长大成人时，你的行为举止一定要像所有正直诚实的人那样，没有获得他人的允许，坚决不能去偷他的鱼或其他猎物。这样别人才会称你为"绅士"，也会像对待绅士那样对你，而不是把你打到水里，或是叫你"偷猎者"。

汤姆继续向下游游去，因为他害怕待在离格里姆斯很近的地方。他不停地游着，看到的所有溪谷都显得十分悲凉。红色的和黄色的树叶一层层地落进水里；苍蝇和甲虫的尸体随着水流漂游；秋天的寒雾笼罩着山顶，有时浓雾覆盖在水面上，汤姆连路都看不清了。于是他顺着水流的方向摸索着前进，一天又一天。他经过大桥，经过小船和驳船，经过一座大城镇，那里有码头、工厂，以及冒着烟的大烟囱，船只下了锚停在河中。[赏析解读：汤姆一路上经过了很多地方，说明他游向大海的路途是遥远而艰辛的。] 汤姆有时会碰到船上的粗缆绳，他很好奇那到底是什么。他会把头伸出水面张望，看到水手们懒洋洋地在甲板上抽着烟斗，但他又会马上潜入水中，因为他害怕被人们捉住，再次变成扫烟囱的孩子。他并不知道仙女们一直在他身旁，会在适当的时候遮住水手们的眼睛，不让他们看到他。她们使汤姆远离磨坊的水流、下水道口和其他肮脏危险的东西。对可怜的汤姆来说，这真是一段乏味的旅行。他不止一次地想要回到文代尔去，在夏日灿烂的阳光下和鳟鱼们玩耍。但这是不可能的，一个人永远无法回到小时候，水孩子也一样，因为人只能活一次。

总之，那些想要出去看看广阔世界的人——就像汤姆一样——一定会发现，那是一段令人筋疲力尽的旅行。如果他们没有失去信心，没有半途而废，而是像汤姆这样继续勇敢地走下去，直至终点，那么毫无疑问他们就是幸运的。如果半途而废，他们就成了既不是小孩也不是大人的不伦不类的存在；学了很多东西，却没有深究；播种了野燕麦的种子，却没有收割的机会。[赏析解读：此处是在告诉世人，想要做成一件事，就要坚持下去，否则就会一事无成，同时也从侧面说明了汤姆到大海里去的决心。]

不过汤姆一直都是一条勇敢无畏、意志坚定的英格兰小斗牛犬，他从来不知道什么是失败。他坚持游下去，直到透过浓厚的雾气，看到很远的地方有一个红色的浮标。此时，他惊奇地发现，水流向着陆地这边涌了过来。

这是潮汐（沿海地区的一种自然现象，指海水在天体的引力作用下产生的周期性运动），但汤姆并不知道潮汐是什么。他只是知道，在一分钟内，他身边的淡水都变成了咸水。接着，他感到自己变得更强壮、更灵巧、更精神了，就好像血管里流淌着香槟酒一样。[赏析解读：进入大海的汤姆的身体发生了神奇的变化，对汤姆来说，大海有着非常重大的意义。]智者告诉我们，大海是所有生命的母亲。

潮水冲击着汤姆，汤姆却毫不在意。那个红色浮标在无边的大海里跳着舞，他马上动身，想游到浮标那里去。他经过成群的鲈鱼和鲻（zī）鱼（一种鱼类，可在淡水、咸淡水和咸水中生活，喜欢栖息在沿海近岸、海湾和江河入海口处，是世界上分布最广的重要经济鱼类之一），他们跳跃着，追逐着虾群。但他没有注意到他们，那些鱼群也没有注意到他。有一次，他遇到了一只巨大的、皮毛泛着光泽的黑色海豹（对鳍足亚目、海豹科动物的统称，体粗圆呈纺锤形，头部圆圆的，很像家犬。全身披短毛，前肢短于后肢，适于游泳）。那只海豹是尾随着他来吃鲻鱼的。他把头和肩膀露出水面，盯着汤姆看，看起来就像是一个长着灰色脑袋的、肥胖油腻的老黑人。汤姆并不害怕，他说："你好吗，先生？大海是多么美丽的地方呀！"那只老海豹也没有去咬他，而是眨着那双温柔的、睡眼惺忪的眼睛看着他，说："祝你碰上好潮水，小伙子！你在找你的哥哥姐姐们吗？我刚才在路上碰到了他们，他们正在外面玩呢！"[赏析解读：海豹的话说明大海里生活着许多水孩子，汤姆的生活即将发生重大改变。]

"啊，"汤姆说，"我终于有能够一起玩耍的小伙伴了！"他继续向浮标游去，然后爬上去坐了下来（因为他已经累得快要喘不上气了），向四周望去，寻找着水孩子，但是无论他怎么看，也没有发现他们的身影。

轻柔清新的海风吹过来，夹杂着潮水，吹散了雾气。细小的波浪在浮标周围跳着欢快的舞步，浮标也随着波浪一起摇摆着。一片片云彩的影子互相追逐着在明亮的蓝色海湾上飞快地掠过。波浪脚步轻快地冲上宽阔的白色沙滩，跳过岩石，想到绿色的田野中去看看那里是什么样子的。他们摔下来，摔成了无数片，却一点也不在意，重新聚集起来，继续向上窜起。燕鸥（燕鸥亚科大部分鸟类的通称，或专指燕鸥属各种，因与家燕的尾型相似而得名，有很强的迁移性，在热带及亚热带海洋越冬）在汤姆的头顶盘旋着，就像长着巨大的白色身体、黑色脑袋的蜻蜓。海鸥欢笑着，像是姑娘们在嬉戏。长着红嘴红腿的海鹬在海滩间飞来飞去，叫声甜美悦耳又透着狂野。汤姆看啊看，听啊听，如果这时能看到水孩子们，他一定会十分开心。潮水退去时，他离开了浮标，游到各处去寻找水孩子，但都是白费力气。有时，他觉得自己听到了他们的笑声——其实那只是海浪的笑声而已。有时，他觉得自己在水底看到了他们——但那些不过是白色和粉红色的贝壳。有一次，他坚定地认为自己找到了一个水孩子，因为他看到沙子里有两只明亮的眼睛在张望。于是他潜到海底，一边把沙子扒开，一边嚷道："别躲了，我太想有个人陪我一起玩了！"结果，从沙子里跳出来一条大比目鱼（又叫鲽鱼，身体扁平，成鱼身体左右不对称，两眼均位于头的左侧或右侧。刚出生的比目鱼体形和正常的鱼类相同，幼鱼长大后，一只眼睛逐渐移到另一侧，嘴巴也逐渐扭曲），长着丑陋的眼睛和歪在一边的嘴，沿着海底笨拙地游走了，还把可怜的汤姆撞到了一边。汤姆坐在海底流着咸咸的眼泪，无比失落。

　　游了这么远的路，面临着这么多的危险，却仍然找不到水孩子！太难了！没错，看起来是很难，但无论是谁，如果不付出等待，不付出努力，即便是小孩子，也无法得到想要得到的东西。关于这一点，你总有一天会明白的。[赏析解读：此处是在教育孩子，想要得到什么，就一定要付出相应的努力，这个过程会很艰辛，但一定要坚持下去。]

　　汤姆在浮标上坐着，日子一天天、一周周过去了，他望着大海的远处，希望那些水孩子能在某一天回来，但他们却始终没有回来。于是，他开始向海上各种奇怪的东西打听水孩子的消息，有的说"见过"，有的说"根本没见过"。

　　他问鲈鱼和鳕鱼，但他们只顾拼命地追逐虾群，根本顾不上搭理他。这时，游来了一大群紫色的海螺，每一个都躺在一块满是泡沫的海绵上。汤姆问："你们这些美丽的小家伙是从哪里来的？你们有没有看到过水孩子？"

那些紫海螺答道:"我们自己也不知道我们从哪里来的;谁又知道我们要去哪里呢?我们一生都在大海中漂泊,头顶是温暖的阳光,脚下是温暖的海流,对我们来说这就够了。我们一路漂流,见过许多奇怪的东西,或许我们见过水孩子。"说完,这些没头脑的家伙就漂走了,一个接一个地爬上了沙滩。

接着,又来了一条懒洋洋的大翻车鱼(又称翻车鲀,身体呈卵圆形,头高而侧扁,没有腹鳍和尾鳍,而且胸鳍短小,游泳时靠两片长背鳍和臀鳍控制方向。翻车鱼的繁殖能力特别强,一次能排卵3亿枚,但大约只有千万分之一的卵能存活。刚出生体长2毫米,体重不过1克,但可长大到体长三四米、体重达3000千克。分布于各热带、亚热带海洋),就像从中间被切开的半头肥猪那样大。他的嘴巴与他巨大的身体和鱼鳍相比,小得就像兔子的嘴巴,比汤姆的嘴大不了多少。当汤姆向他打听水孩子时,他用微弱的声音吱吱地答道:

"我肯定不知道。我迷路了。我原本打算去切萨皮克(位于美国东海岸中部,是大西洋由南向北伸入美洲大陆的海湾,也是美国面积最大的海湾,其名来自印第安语,意为"大贝壳湾")的,但恐怕走错方向了。天哪!都怪这舒服的暖流将我带到了这里,我肯定迷路了。"

汤姆又问了他一遍,他只是说着:"我迷路了,不要和我说话,我要想一想。"

就像许多人那样,越是拼命想理出头绪,就越是理不出。他一整天都焦虑不安,最后,海岸巡逻的人看到他那肥大的鱼鳍露出了水面,便划船过来,用船钩拖住他的身体,把他带走了。他们把他带到城镇上供人观赏,每人收一便士,一整天都生意兴隆。当然,这些是汤姆不知道的。

接着游来了一大群海豚,他们是翻滚着游过来的——爸爸妈妈和小孩子们——身上全都光滑得发亮,这是因为每天早晨,仙女们都会给他们进行一遍法式抛光。他们从汤姆身边游过时,发出了非常轻的叹息声,汤姆鼓起勇气和他们说话,但他们只是回答:"嘘,嘘,嘘。"原来他们只会说这个。

接着又游来了一大群姥鲨(是仅次于鲸鲨的世界第二大滤食鲨,体长7~8米,体重约 6 吨。最长达 12 米，重达 19 吨。分布在全世界的温带海洋，它们游动缓慢，一般没有危害，以浮游生物为食），他们中有些和船一样长，这让汤姆感到十分害怕。但是，他们其实只是些很懒、和善的家伙，不是贪婪的恶霸。他们与大白鲨、大青鲨、蓖鲨和锤头鲨（又叫双髻鲨，是鲨纲、双髻鲨科鱼类的统称，头部有左右两个突起，因此得名。它可以通过来回摇摆脑袋，看到周围 360 度范围内的情况）那些吃人的鲨鱼不同，也与锯鳐（是锯鳐科几种像鲨鱼的鳐类的统称。属于软骨鱼，体长 5.4~7.6 米，最大体长可达 9 米，体重超过 500 千克。上嘴唇扁长，两侧有 21~35 对锋利的吻齿，"锯子"最长达 2 米，宽 30 厘米，是锯鳐探寻猎物的工具。分布于世界热带及亚热带浅水区）、长尾鲨（共有 3 种，最大的是狐形长尾鲨，体长 6 米，体重可以达到 400 千克。深海长尾鲨排第二，长约 4.9 米，而体型最小的浅海长尾鲨则有 3 米长。它们的尾鳍上半叶很长，几乎达到身体其他部分总和的长度，一般尾部是体长一半。尾鳍是其猎食工具，常群集以尾击水，将鱼赶集中然后猎食）和冰鲨那些捕杀可怜的老年鲸的鱼不一样。那些鲨鱼过来，在浮标上摩擦着他们巨大的身体。他们将背鳍露出水面，尽情地晒着太阳，并向汤姆眨着眼睛，但是汤姆永远也无法听到他们说话。因为他们吃了太多鲱鱼（又叫青鱼，有着流线型的银色身体和鳞片，喜欢成群游动，其产卵量很大，一条雌鱼每次可产 4 万枚卵，是一种重要的经济鱼类），变得蠢笨，而且他们身上的气味太难闻了，汤姆不得不一直捂着鼻子。直到一条运煤的船开了过来，才把他们全都吓走了。

接着来了一个美丽的家伙，他就像一条纯银的缎带，长着尖尖的脑袋和长长的牙齿。但是他好像生病了，看起来十分伤心。他时而无力地侧着身体翻滚，时而又向前猛冲一下，就像一团白色的火焰在闪闪发光，然后他又病歪歪地躺着不动了。

"你从哪里来？"汤姆问，"怎么病得这么厉害，又这么悲伤？"

"我从温暖的南卡罗来纳（美国东南部州中的一个，首府为哥伦比亚城，1526 年西班牙探险家瓦斯奎兹·德·艾伦第一个探索了这里）来，那里的沙滩上长满了松树。

巨大的鳐鱼随着海浪上下起伏，就像巨大的蝙蝠一样。我一直随着温暖的、隐藏着危险的暖流向北游去，最后遇上了寒冷的冰山。我被困在了冰山中间，被它们发出的寒气冻僵了。多亏水孩子们把我从冰山中救了出来，使我重获自由。现在虽然我的身体每天都在恢复，但我还是很虚弱，这让我感到很忧愁，也许我再也不能回到家乡，再也不能和鳐鱼一起玩耍了。"

"哦！"汤姆叫道，"这么说你见过水孩子了？你在这附近见到过他们吗？"[赏析解读：从汤姆的语言中不难看出，他迫不及待地想要找到水孩子。]

"当然，他们昨天晚上还帮助过我，否则我早被一头巨大的黑色海豚吃掉了。"

真是太让人想不通了！水孩子明明就在附近，但汤姆就是找不到他们。

于是他离开浮标，沿着沙滩游动，绕着岩石周围寻找。到了晚上，他就从海里游出来——就像阿诺德（马修·阿诺德，1822—1888年，英国诗人、评论家，代表作有《诗集》等）先生的诗歌中被遗弃的雄人鱼（传说中的海洋种族，人头鱼身，有科学家认为它们其实是海中的儒艮）一样。那是首很美的诗，总有一天你会记住它的——坐在闪闪发光的海草中间露出来的石头一角，伴随着十月的浅潮大声叫喊着，呼唤着水孩子，但是他从来没有听到过任何回应。日子就这样一天天过去了，因为烦恼和哭泣，汤姆日渐消瘦。

但是有一天，他在石头中间找到了一个能够一起玩耍的伙伴。只可惜那并不是个水孩子，唉！那是一只龙虾（节肢动物门软甲纲十足目龙虾科下物种的通称，头胸部较粗大，外壳坚硬，腹部短小，体长20~40厘米，重0.5千克左右，是虾类中最大的一类，也是一种名贵海产品），与其他龙虾不同，他的螯上附着活着的藤壶，这在龙虾群中是区别等级的重要标志，就像好良心和维多利亚十字勋章（英国最高荣誉勋章，1856年维多利亚女王应其夫阿尔伯特亲王之请设置，奖励给对敌作战最英勇的人）一样，是花多少钱都买不到的殊荣。

汤姆从来没有见过龙虾，所以瞬间就被这只龙虾深深吸引了。因为他觉得龙虾是他见过的最奇怪、最有趣、最滑稽的生物。这只龙虾的一只螯上长有瘤节，另一只长有锯齿。

汤姆很喜欢看他用长有瘤节的螯拿着海草，用锯齿切断海草，然后像猴子那样闻一闻，再塞进嘴里。他吃东西的时候，那些小藤壶就会把网撒在水里，随便捞点什么来当晚餐。

但最让汤姆感到惊奇的是龙虾弓着腰弹跳的样子——扑通！就像你用鹅胸骨做的跳跳蛙一样。当然，他的弹跳力非比寻常，跳回来时也一样。如果他想钻进十码外一道狭窄的缝里，你猜他会怎么做？如果他先把头放进去，那他的身子就无法转回来了。所以他会把尾巴朝前，把长长的触须放平，两只眼睛尽力向后扭转，直到眼窝快要跳脱出来为止。然后准备好，预备，弯腰，跳！——他腾空跃起弹了出去，落进石缝里，一边向外张望，一边摆弄着触须，好像在说："你无法做到吧。"

汤姆向他打听水孩子。他回答说经常会看到他们，但是对他们没有什么好感。他们是些爱管闲事的小家伙，喜欢四处帮助陷入困境的鱼和贝壳。对龙虾来说，要一个背上无壳、全身软乎乎的小家伙来帮助自己，那真是一件让人害臊的事。他在这世界上已经活了太久，一直都是自己照顾自己。[赏析解读：此处的描写，一方面体现了水孩子的善良与热情，另一方面也写出了龙虾的固执刻板。]

这只龙虾是个高傲自大的老家伙，他对汤姆也很不客气。即使他快没命了，也不会改变想法，那些高傲自大的人不都是这样的吗？但是他很有趣，而汤姆又很孤独，所以他不会和龙虾吵架。他们常常坐在石洞里聊上好几个小时。

这时，汤姆还遇到了一次至关重要的奇遇——这件事太严重了，汤姆差一点就要永远失去水孩子的消息了。我相信，如果是那样，你一定会很难过的。[赏析解读：这段描写在结束上一个话题的同时，开启了另一个话题，同时使读者对这次奇遇充满了好奇。]

我希望你还没有忘记那个雪白的小姑娘，现在她来了，就像以前那样，是个漂亮、白净的小女孩。事情发生在十二月，那些日子白天很短，还吹起了西南风，约翰公爵正忙着打猎，家里没有人能和他说上一句话。他会准时回家，在傍晚五点钟吃晚饭。我亲爱的小家伙，如果将来你独立了，就要成为像约翰公爵那样的人。如果你想多读书或是有所成就，那么最好坚守老剑桥的作息习惯，早上八点吃早饭，傍晚五点吃晚饭，那样你就能在一天内干完两天的工作。[赏析解读：此处是在告诉读者，想要有所成就，就需要合理地安排作息时间，这样才能达到事半功倍的效果。]

事情（再说一次）发生的地点是约翰公爵整天打猎的地方。他傍晚五点钟吃完晚饭，每晚都睡得十分踏实，发出的鼾声大得吓人，哈特豪夫府的所有窗户都被震得直晃，烟囱里的烟灰都被震落了下来。因为无法和约翰公爵说话，就像无法让死了的夜莺唱歌一样，于是公爵夫人带着所有孩子去了海边，想让自己和孩子们都吸一吸海里的碘。[赏析解读：公爵夫人的决定是故事的一个转折点，推动着故事情节的发展。]

事情是这样发生的：就在汤姆和他的龙虾朋友坐着的那些海滩的石头上，有一天，一位白净的小姑娘——那正是艾莉——她来到了那里。和她一起来的还有一位非常聪明的人，他就是普提提摩尔恩斯普瑞茨教授，他是一位了不起的博物学家，在食人岛国王新建的大学里教书，是"古今前沿巫术生物人类综合学"这一课程的首席教授，也是"环境适应性"学会的一员。他来这里是为了收集出现在英格兰海岸的各种下等生物，然后用船运到食人岛上去，因为那里没有下等生物来打扫他们吃剩的东西。

普提提摩尔恩斯普瑞茨教授是一位仁慈、好脾气的小老头，他非常喜欢孩子。他只有一个缺点，那也是雄知更鸟的缺点。如果你从托儿所的窗户向外看，就会看到——如果有谁发现了一条奇怪的虫子，教授一定会缠着他们，啄他们，像雄知更鸟一样，竖起尾巴，宣称他是第一个发现那条虫子的人，那条虫子是他的，否则那根本就不是什么虫子。[赏析解读：此处的描写，足以说明普提提摩尔恩斯普瑞茨教授是一个沽名钓誉的人。]

他或许是在斯卡伯勒（位于英国英格兰北约克郡的北海海岸，是英国的一处度假胜地），或许是在弗里特伍德（位于英国西北部，是英国的港口之一），又或许是在其他什么地方遇到了约翰公爵。后来他们彼此成了朋友，教授十分喜爱约翰公爵的孩子。约翰公爵对海鸟什么的一无所知，也不感兴趣，他的要求只有一个，那就是让鱼贩子准备好新鲜的鱼作为他的晚餐。公爵夫人对此知道得也很少，但她认为她的孩子们应该知道一些。在愚昧的时代，人们总是希望孩子们学一样东西就要学到透彻；但是在文明的新时代，人们教导孩子们无论什么东西都要懂上一点，略知皮毛就行了。这么做更轻松愉快，所以是正确的。[赏析解读：作者在这里把孩子"略知皮毛"称为是正确的，实则是一种嘲讽，只钻研一样东西和对所有的东西都浅尝辄止，都是错误的做法。]

此时，艾莉和教授在岩石上散步，那里有许多奇异的东西，他一样一样地指给她看。但是艾莉对那些东西一点也不感兴趣，她情愿和别的小孩子一起玩，哪怕是洋娃娃也行，至少她可以假装它们是活的。最后她诚实地说："我对这些东西一点兴趣都没有，因为它们既不能陪我一起玩，也不能和我说话。如果水里有个小孩儿，就像以前一样，而且我能看到他们的话，那该多好啊！"

"水里的孩子？你这个奇怪的小丫头。"教授说。

"没错，"艾莉说，"我知道以前水里就有小孩子，还有美人鱼和雄人鱼。我在家里的一幅画上看到过。一个美丽的小姐坐在一辆由海豚拉着的车子上，孩子们在她身边飞舞，还有一个坐在她的大腿上；美人鱼在水里嬉戏游动，雄人鱼在吹用海螺壳做成的号角。这幅画的名字叫《伽拉忒亚的胜利》（意大利著名画家拉斐尔于1511年创作的经典湿壁画作品，描绘了海洋仙女伽拉忒亚逃离独眼巨人的故事），就挂在大楼梯上，我从小就常常看到它，在梦里见过它一百次。它太美了。那一定是真的。"

但是教授无法认同她的观点，不能只是因为画太美了，就说那是真的，这简直太荒谬了。教授更进一步说，没人能强迫他人相信任何事物是真的，除非那些东西是看得见、听得到、摸得着或尝得到的。

在很多事情上，他都坚持着一些奇怪的见解。比如他曾在澳大利亚墨尔本（澳大利亚南部滨海城市，以纪念英国首相威廉·兰姆——第二代墨尔本子爵而命名，有"澳大利亚文化之都"的美誉）给英国科学促进会宣读了一篇论文，使当时所有觉得自己在那个领域有所建树的人都大为震惊。这篇论文是这么说的：除了人以外，任何地方、任何时间、任何方式都不存在任何理性或半理性的生物，过去没有，现在没有，将来更不可能有。水泽之神、森林之神、农牧之神、矮人、巨人、小精灵、地精、仙女、棕仙、女水妖、威尔妖、小鬼、女妖精、鬼火、酒仙人、无尾猿、小妖精、恶魔、老鼠精、神灵、食尸鬼、佩里斯、天使、大天使、顽童、妖怪，或是一些更坏的东西，根本不存在。于是，一个很了不起的聪明的牧师将他称为坚定的撒都该人（古时候犹太教的一个教派，不相信灵魂的不灭、肉身的复活、天使以及神灵的存在，藐视口传法律），这样说或许十分正确。作为回敬，教授称他为虔诚的法利赛人（一个犹太人宗派，在耶稣时代十分流行，但这个宗派过于强调摩西律法的细节，不注重道理），这样说或许也十分正确。但是他们之间并没有发生争吵，因为一个人一旦认定自己属于某个世界，便会把那些难听的话自动过滤掉。那天晚上，教授和牧师共进晚餐，并在饭后一起在沙发上坐了一个小时，谈论南极洲的女性劳动力状况，都说对方是自己生平遇到过的最好的伙伴。这就是两个分属不同世界的人的优势所在啊！

总而言之，你一定已经猜到了，教授一点也不认同小艾莉的观点。他把那篇在英国科学促进会上发表的论文——改写后的简明版，很适合年轻人看——给了小艾莉。不过，小艾莉一定是一个很笨的孩子，因为她没有被教授说服，还把同一个问题重复问了一遍。[赏析解读：这里把没有被教授说服的艾莉称为"笨孩子"，但她真的是笨孩子吗？还是说她的坚持是对的呢？]

"但是世界上为什么没有水孩子呢？"

"因为就是没有。"我相信并且希望教授的回答之所以如此生硬，是因为蚌壳戳痛了他脚上的鸡眼。[赏析解读：教授的回答简短而生硬，表现出了他此时隐忍的愤怒，同时也为下文做铺垫。]说完，他把网撒进水里，在水草间狠狠地捞了一下，就这样，他刚好捉住了可怜的小汤姆。

他感到网变沉了，便迅速地把网捞出水面，而汤姆整个被缠在了里面。

"我的天啊！"他大声叫道，"好大一只粉色的海参啊！竟然还有手！他一定和锚参（海参纲无足目的1科，体细长，蠕虫状，体表光滑）是亲戚。"

然后他把汤姆从网里拿了出来。

"他竟然还有眼睛！"他嚷嚷道，"啊，他一定是一只乌贼（又称墨鱼，因遇到强敌时会以"喷墨"作为逃生方法而得名）！真是太奇怪了！"

"不，我不是！"汤姆拼命扯着嗓子嚷道，他可不想接受他人的侮辱。

"那是水孩子！"艾莉叫道。她说对了，汤姆当然是个水孩子。

"水——你在胡扯些什么呢，亲爱的！"教授说着，急忙转过身去。

毋庸置疑，这就是一个水孩子。可是就在刚才，他还十分肯定地说世界上根本没有水孩子。这让他怎么办呢？[赏析解读：教授此刻的心情一定十分复杂，他刚刚否定了水孩子的存在，就亲自捉到了一个水孩子，这让他在惊讶的同时还产生了不安。]

当然，他想把汤姆放在水桶里带回家。他不会把汤姆浸泡在酒精里，而是会让他好好活着，把他当成宠物来喂养（因为他是个非常仁慈的老绅士），然后他会写一本关于他的书，给他取一个很长的名和一个很长的姓。但是这样一来，那些博学的人会怎么看待他在英国科学促进会上发表的演讲呢？艾莉又会怎么说呢？毕竟之前他还对她说没有水孩子。[赏析解读：连续两个反问句，说明了教授此时矛盾的心情，同时为他之后的选择埋下了伏笔。]

一个聪慧的老异教徒说过这样的话："最大的敬畏来源于孩子。"换言之，大人千万不要在孩子面前说不该说的话或是做不该做的事，以免给孩子树立坏榜样。可是有些人——恐怕教授也是其中之一——他们把这句话解释成：你必须在孩子面前守住尊严。换言之，就是不要在他们面前承认错误，即使明知道错了也不行，不然孩子们就会失去对他们的敬意。[赏析解读：那些在意名望的家伙们为了死守自己的面子，即使知道错了也不承认，这种自欺欺人的做法实在是令人看不起。]

现在，如果教授对艾莉这样说："没错，亲爱的，这是一个水孩子，他简直太奇妙了！虽然我钻研了四十年，但对蕴含着诸多奇迹的大自然还是知道得太少了。我刚才还对你说世界上没有水孩子，可是现在就来了一个，他的出现给了我的狂妄一记重击，使我明白大自然能够创造，甚至已经创造出来了，这是人类那可怜的想象力远不能及的。"——我想，如果教授说了这些话，小艾莉一定会比以前更相信他、尊重他、爱戴他。

然而他犹豫了，既想把汤姆占为己有，又希望自己根本没有捉到他，到最后几乎想要摆脱他了。于是他转过身，用手指戳了下汤姆，想出来一个更好的办法。他漫不经心地说："我亲爱的小姐，你昨天晚上一定是梦见水孩子了，所以你满脑子里都是水孩子。"

这段时间内，汤姆一直处于深深的恐惧中，不敢出声。无论他被称为海参还是乌贼，他都尽量保持安静。因为他现在只有一个想法，那就是如果被一个穿衣服的人抓住了，那个人就会给他穿上衣服，再次把他变成一个脏兮兮、黑乎乎的扫烟囱的孩子。[赏析解读：从前扫烟囱的生活，使汤姆的心理受到了极大的创伤，所以在被人抓到时第一个想到的就是会再次成为扫烟囱的孩子。]但是，当教授用手指戳他的时候，他实在受不了了，就像被逼到墙角的老鼠一样，害怕而愤怒地一口咬住了教授的手指头，把它咬出了血。

"哦！啊！呀！"教授大叫着，暗自庆幸自己终于找到了一个摆脱汤姆的借口。他马上把汤姆扔到了海草上。于是，汤姆潜入水中，一会儿就不见了。

"那真的是水孩子，我听到他说话了。"艾莉叫道，"啊，他不见了！"她从石头上跳下来，想在汤姆溜到大海之前抓住他。

太晚了！更糟糕的是，她跳下去的时候滑了一跤，摔出去大约六英尺远，脑袋撞在了一块尖石头上。接着艾莉便躺在那里一动不动了。

教授把她抱起来，想把她弄醒，他喊着她的名字，趴在她身上痛哭——因为他真的非常爱她。但是，无论怎么样都喊不醒她。[赏析解读：从教授一连串的动作及反应中不难看出，他真的非常喜欢艾莉，这表明他虽然骄傲古板，但也非常有人情味，并非冷酷无情。]于是他把艾莉抱起来，把她带到她的家庭女老师那里，然后他们一起回了家。小艾莉被放到床上，一动不动地躺在那里，偶尔会醒过来，喊着水孩子。但没有人知道她说的是什么，教授也没有说，因为他实在不好意思说。

一周以后，在一个月圆之夜，仙女们飞过她的窗户，给她带来了一对翅膀。[赏析解读：在童话故事中，死亡这样悲伤的事情也会被渲染得很唯美。]那是一对无比美丽的翅膀，艾莉急切地把它们穿在身上。然后，她和仙女们一起飞出窗子，飞越陆地，飞越大海，飞入云中，在这以后的很长一段时间里，谁也没有看到过她，也没有听过关于她的任何消息。

那么，教授怎么样了呢？一个老仙女抓住了他，把许多奇怪的事物塞进了他的脑袋里，希望他能更喜欢它们，又让他去相信世界上存在着一些比水孩子更匪夷所思的生物——独角兽、火龙、四不像、蛇怪、两头蛇、格里芬（古希腊神话里的狮鹫，长着狮子的躯体与利爪，鹰的头和翅膀）、凤凰、巨鸟、兽人、狗头人、三头犬（古希腊神话中的地狱看门犬，为提丰与厄喀德那所生）、吉里昂（古希腊神话中三体有翼的动物），以及其他稀奇古怪的生物。可怜的教授完全被吓坏了，医生说，他精神错乱了三个月。[赏析解读：教授的精神错乱，为下文医生们对他展开救治埋下了伏笔。]

于是，城里所有的医生都被召集过来为教授诊治，把教授的病情当成个案来研究。最后，他们起草了一份诊断报告，报告中说：我们带着荣誉和忧伤，为这位伟大的人做出了初步诊断，他的脑数字区域和腹膜双突起内皮吻合，这种症状非常恐怖，被称为普斯特豪森，呈蓝色卵泡状。

现在，这些医生可以按照自己的方式行事了。他们工作起来十分认真，给可怜的教授服用了各种各样的药，药方从古希腊的希波克拉底（公元前460—公元前370年，被西方尊为"医药之父"，西方医学奠基人）一直到19世纪的弗希德斯勒本（奥地利维也纳的精神病医生），具体如下：

1. 藜芦，即

阿伊塔（即阿埃塔，阿埃塔人是菲律宾一个少数民族，大多居住于吕宋岛北部山区）的藜芦。

加拉提亚的藜芦。

西西里岛的藜芦。

以及其他品种的所有藜芦。

他们参照藜芦学家培育藜芦的方法来用药，但是没有效果。因为蓝色淋巴结根本不肯从教授脑部的数字区域移动分毫。

2.尝试找出他的病因，还使用了以下医师的方法：

希波克拉底，

阿雷提乌斯（公元2世纪的希腊医师，著有《论急慢性疾病的成因和特征》），

塞尔苏斯（公元前25—50年，古罗马时期的一位医学家，编纂了著名的百科全书，关于医学的八卷称为《论医学》），

塞利乌斯·奥雷利安努斯（公元前5世纪西罗马帝国最后一位医学作家），

伽林（129—201年，出生于小亚细亚的帕加蒙，著名医学人物，著有《论疾病定位》等）。

但是像大多数人遇到的情况一样，他们又增添了许多麻烦。于是他们只好求助于——

3.紫草

烧灼

在他的头上钻个孔，让那些奇怪的想法挥散掉。（戈尔杜纽斯说）"毫无疑问，这样做会很有效。"但是并没有。

牛黄。

双云片母。

加香料熬制的公羊脑髓。

苦艾油。

尼罗河水。

酸豆。

好酒（但是找不到）。

铁匠的锻铁水。

龙涎香。

曼德拉草做的枕头。

榛睡鼠的脂肪。

野兔的耳朵。

饥饿疗法。

樟脑。

盐和番泻叶。

麝(shè)香。

鸦片。

紧身衣。

恐吓。

撞击。

放血。

浇冷水。

敲击。

还有用膝盖将他的胸口压碎等方法。他们用尽了中世纪的办法,甚至连苦行僧修行的方法都试了一遍,但是依然没有效果。[赏析解读:这些医生们的做法,恰恰说明了他们的昏庸与愚昧。]

蓝色淋巴结还是雷打不动地待在原地。

接着——

4. 哄骗。

亲吻。

香槟和龟。

熏青鱼和苏打水。

好的建议。

园艺。

缒(zhuì)球戏。

音乐晚会。

索缇姑妈。

淡烟草。

一周回顾。

有侍从的马车，等等。

现代的医疗手段都用尽了，但还是没有效果。

如果教授是个犯了罪的疯子，那他们还有其他办法对他进行治疗——

东汉普斯特德平原，那里是英格兰最舒适的环境。

自由地在温莎森林里奔跑。

每天早晨的《泰晤士报》。

<u>一把双筒枪和指极星，为了保护黑松鸡不被灭绝，允许他一周最多可以射杀三个惠灵顿公学</u>（1859年成立，是维多利亚女王为纪念惠灵顿公爵而命名的，是英国最大的、最辉煌的世界顶级贵族名校之一）<u>的男孩子，不能多打。</u>[赏析解读：此处的描写，充分表现出了人性中的凶残与冷漠。]

但教授并没有疯到或是坏到那种程度，所以他没有权利享受那样的特权。于是医生们变得绝望起来，开始使用更糟糕的方法，比如——

5. 硫黄熏蒸。

为他准备独一无二的"疯子喝的饮品"。

但他们也不知道那到底是什么。

熏蒸某种鱼肝油。

只不过他们忘了那种鱼的名字，所以格雷医生无法为他们准确地找出样本来。

金属拖拉机。

霍洛韦的药膏（1837年，37岁的托马斯·霍洛韦用平底锅和烧水壶在自家厨房熬制药膏，一举成功暴富，他的秘诀是打广告，实际上药膏中不含任何有实际功效的医药成分）。

电生物学。

瓦伦丁·格瑞特里克（1628—1682年，因具有用双手治愈疾病的本领而闻名，隔着衣服对病人进行抚摩，在当时受到一些科学家和英国国王查理二世的关注）的敲击疗法。

击桌鬼魂术。

霍洛威的药片。

桌灵转。

莫里森的药片。

顺势疗法。

帕尔的生命药片。

催眠术。

胡言乱语。

驱魔，为他朗读《女巫之锤》（是天主教修士兼宗教裁判官克拉马和司布伦格于1486年写的关于女巫条约的书，教导女巫猎人和法官识别巫术、检验女巫并对女巫施以酷刑）、尼德日的神学论，以及德尔里奥与维鲁斯的著作，等等。

但是找不出一个提到水孩子的。

水疗法。

瑞秋夫人的长生不老药。

波基普西预言家的预言。

用不能孵化的卵制成的烧酒。

焦酚疗法。

这种方法为老检察官治好了他的头脑疾病，现在波斯的法官也使用它治疗自己的风湿病。

地理疗法，或者说把他埋进土里。

大气疗法，或者说用蒸汽蒸他。

在使用了瓦伦丁发明锑的方法以及肯奈姆·迪格拜发明的武器，即软膏疗法后——有些人说是加了一根狗毛，那只狗咬了他——又使用了同情疗法。

埃尔默疗法，就是把水银灌进他的喉咙，用来祛除动物妖邪。

天体疗法，就是说到月亮上去寻找他丢失的心智，鲁杰罗曾为疯狂的奥兰多（指叙事诗《疯狂的奥兰多》，又称《疯狂的罗兰》，是中世纪一部具有史诗格局的传奇作品，鲁杰罗与奥兰多都是书中的人物）使用过这种方法。因为没有鹰头马身的翼兽，他们只好用热气球，结果却掉进了南海，被一艘雅茅斯的捕鲱鱼艇救起。回家后，这些人就全都变得理性了。

憎恶疗法，就是指把他当成"同胞兄弟"一样来使唤他。

冷漠疗法，就是说什么也不干。

所有其他疗法——无论是好的还是不好的——都用尽了，但是什么疗效都没有。教授整天喊着要去找水孩子，来把脑子里的妖怪赶走。当然医生们并没有真的去找，因为他们根本不相信这世界上有水孩子，他们满脑子里只有那个蓝色淋巴结。[赏析解读：在这些医生们眼里，教授只不过是患了精神失常的病，他们与教授一样不相信世界上会有水孩子存在。] 这是一个普遍会犯的错误，他们本末倒置，因果颠倒。

最后，他们不得不让可怜的教授放松一下，去读一本好书，这本书里的所有观点都同他过去的所有观点相反。比如，书中说月亮是用绿色的芝士做成的，上面的螨虫（你偶尔可以通过望远镜清楚地看见它们，只要你的望远镜镜片够脏）并不是什么虫，只是一些婴儿，他们成千上万地在月亮上孵化，如果我们世界上的小孩子想要一个小弟弟或小妹妹，他们就会从那里降临。

这种观点肯定是错的，但是当善良的老教授读完这本书时，他感到他的蓝色淋巴结好多了。不过，有些东西在不知不觉中被永远地改变了：骄傲和虚荣，盲目和无情，全都变成了他的智慧。那些才是导致蓝色淋巴结形成的真正原因，也是许多丑恶的事情发生的真正原因。从此以后，他变成了一个更悲伤却又更聪慧的人，[赏析解读：这说明教授接受了许多之前从来不相信的事情，同时也说明他在其他世人的眼里变得更疯癫了。] 这种变化是一件非常好的事。

第五章　水孩子的世界

[名师导读]

汤姆因为帮助了他的龙虾朋友，可以看到其他水孩子了，这对他来说无疑是个巨大的惊喜。他跟着那些水孩子来到了他们居住的小岛上，在那里他看到了惩恶仙女。由于汤姆还是喜欢折磨海里的生物，所以他并没有像其他水孩子那样从惩恶仙女那里得到糖果，而是得到了一个石子。他会改掉自己的坏毛病吗？福善仙女的关爱会让他成为一个好孩子吗？

严苛的立法者！你依然呈现，

上帝脑中最仁慈的恩典；

你脸上的笑容是如此美妙，

是我们平生所未见过的；

花儿在你面前的花圃上欢笑着，

你的脚下弥漫着芳香；

你维护众星辰，不使其失序，

因为你，最古老的天空得以新鲜而强壮。

——华兹华斯《责任颂》

汤姆后来怎么样了呢？

我之前说过，他从礁石上滑进了水里，却忍不住一直想着小艾莉。他已经忘了她是谁，但知道她是个小姑娘，尽管她足有他的一百倍那么大。这没什么稀奇的，大小和种类是没有关系的，一棵细小的水草完全有可能是一棵大树的亲戚。总之，汤姆知道艾莉是一个小姑娘，他一整天都在想她，想和她一起玩，不过很快他就要去考虑一些别的事情了。

那天，汤姆正在三英寻（海洋测量中的深度单位，1英寻等于1.8288米）深的水中，沿着礁石向前走，观看鳕鱼捉对虾；隆头鱼（属于鲈形目隆头鱼科，头部有一个明显的突起，嘴唇像香肠一样厚实；有共生性，是大型鱼类的"清洁工"，通过捡食其他鱼类身上的寄生虫和老化组织获取养分。广泛分布于全世界的热带和温带海域，以珊瑚礁中为最丰富）从石头上啃食藤壶、贝类以及其他各种甲壳生物。

正当他看得入神时，他看到了一个绿柳枝做的圆笼子，而笼子里面坐着的不是别人，正是他的龙虾朋友。他看上去非常烦躁，而且这次他没有摆弄自己的大钳子，而是摆弄着自己的触须。

"怎么回事？因为你太淘气了，他们把你关起来了吗？"汤姆问道。

龙虾对汤姆的这种想法感到有些生气，但是他很沮丧，懒得和汤姆争吵，只是说："我出不去了。"[赏析解读：落入圆笼子里的龙虾，将故事的剧情推向了一个高潮，同时也是汤姆的生活发生改变的开始。]

"那你为什么进去呢？"

"为了那块讨厌的死鱼肉。"

当初他还在笼子外面的时候，可没有觉得它讨厌，他觉得它是那样诱人，闻起来是那么香。

"你是从哪里进去的？"

"从上面那个圆洞。"

"那你为什么不从洞口出来呢？"

"我出不去啊。"龙虾一边说，一边更加使劲地折腾着他的两只触须。

"我已经向上、向下、向后、向左、向右跳了至少四千次了，但还是跳不出去。我总是跳到下面来，根本找不到那个圆洞。"

汤姆看了看那个笼子。他原本就比龙虾聪明得多，所以很容易就看出是怎么一回事了。如果你看看那只龙虾笼子，你也会明白的。

"停下来，"汤姆说，"把你的尾巴竖起来对着我，我把你倒拖着拉出来，这样你就不会被上面的刺戳到了。"[赏析解读：汤姆不仅很聪明，而且十分热心。在他的帮助下，龙虾能否成功逃出笼子呢？]

但是龙虾很笨，总也找不到那个洞。就像许多猎狐人一样，在自己的地盘时，感觉特别灵敏，但一旦离开了那里，马上就会晕头转向。这只龙虾也一样。

汤姆爬上笼子，把身子从洞里探下去，好不容易抓住了龙虾的尾巴。但是，不出我们所料，这只笨龙虾使劲一拖，将汤姆一个倒栽葱拖进了笼子。

"哎！看你干的好事！"汤姆说，"现在用你的大螯，把那些尖刺都钳掉，那样我们很容易就能出去了。"

"天哪，我怎么就没想到这个呢，我白积累那么多的经验了！"

你看，只有丰富的经验是不够的，还要有足够的智慧，才可以让经验发挥作用。无论是对人还是对龙虾来说，都是一样的。这世界上有许多人几乎什么事情都见过了，但是最终仍然比孩子强不了多少。

但是，他们刚把尖刺弄掉一半，便看到头顶上来了一大团乌云。啊，原来是那只水獭。

水獭一看到汤姆，顿时咧开嘴笑起来。"啊！"她说，"你这个爱管闲事的坏蛋，我可逮住你了！你向鲑鱼透露我的行踪，现在我要给你点惩罚！"说完，她爬到笼子上，想要钻进来。[赏析解读：水獭的语言及行动描写，一方面写出了水獭心胸狭窄，另一方面写出了她的愚蠢。]

这可把汤姆吓坏了，当水獭发现了上面的洞，拼命扭动着身子挤进来时，那龇（zī）

牙咧嘴的模样让汤姆更加害怕了。但是水獭的头刚伸进来，勇敢的龙虾先生就猛地钳住了她的鼻子，紧紧地夹着不松手。

此时，笼子成了他们三个的战场。笼子的空间本来就有限，龙虾撕扯着水獭，水獭也揪着龙虾，可怜的汤姆被他们挤来挤去，撞来撞去，都快透不过气来了。最后，幸亏他爬到了水獭的背上，安全地从洞口逃了出去。否则，还不知道会发生什么呢。

汤姆出去以后非常高兴，但是他不愿抛弃刚才救了他的龙虾朋友，所以他一看到龙虾的尾巴朝上竖起时，就马上抓住它，用尽全身力气往外拖。[赏析解读：汤姆不愿抛弃朋友自己逃走，体现出了他的善良、友爱和勇敢。]

但是龙虾不愿意松手。

"快出来，"汤姆说，"你没有看到她已经死了吗？"没错，水獭被淹死了。

这就是那只恶毒的水獭的下场。

但龙虾还是不愿意松手。

"天啊，你这愚蠢的泥棍儿，"汤姆叫道，"再不放手，渔夫就会把你抓走了！"汤姆说得没错，他已经感觉到上面有人在向上提笼子了。

但是龙虾依然不愿意松手。[赏析解读：龙虾的固执让人又想气又想笑，也让人为他和汤姆捏了一把汗。]

汤姆看到渔夫把笼子提到了船舷边，心想龙虾这下要完了。龙虾一看到渔夫，就猛地用力一拉，挣出笼子，安全逃回了大海。但是，它那个长着瘤节的爪子被弄丢了，因为他的笨脑子从来没有想过要松手，所以干脆把自己的螯甩掉了。

汤姆问龙虾为什么一直不松手，它毅然决然地说，这对龙虾来说是个原则问题。确实如此，就像普利茅斯（位于英国英格兰西南区域德文郡，是英国皇家海军基地，拥有丰富的航海史，1620年"五月花"号就是从这里载着102名清教徒前往美洲）的市长，他是在付出代价后才明白这一点的——当然，那是八九百年前的事情了。

有一天，那位市长坐在一张硬椅子上，十分烦躁。他穿着一件华丽的毛袍子，脖

子上戴着金项圈,只见警察一个接一个地走进来,说着:"这么一大早,我们要拿这个醉酒的水手怎么办呢?"他们每个人得到的回答都一模一样:

"把他放进圆屋里,等他酒醒了就好了,这么一大早。"

这件事结束后,他就从椅子上跳起来,和小镇文书一起玩蛙跳游戏,直到筋疲力尽。[赏析解读:此处的叙述描写,说明了普利茅斯市长的不务正业。]他在吃了午饭后又玩了一会儿,然后说道:"潮水涨得不高,下午我要出去采刺山柑(gān)。"

他要采的并不是煮羊肉时一起吃的那种配料,而是驻扎在瓦莱塔(马耳他首都,有"地中海的心脏"之称)的一个炮兵司令官自娱自乐时采的那种刺山柑,他还在一个堡垒上刻上了一句话:"除了我,谁也不许在这里采刺山柑。"然而市长的意思是,他下午要出去找乐子,用铁钳子去捉龙虾。

于是他就去缪斯顿寻找龙虾了。他走到一处石头缝前时,由于太过激动,忘了把钳子伸进去,而是直接把手伸了进去。当时龙虾先生正好在那个洞里,它一下子夹住他的手指,紧紧不放。

"哎呀!"市长叫道,使劲往外拔他的手指,但他越拔,龙虾就夹得越紧。最后,他只好安静下来。

然后他试着用另一只手去拿钳子,但石缝太窄了。

他又继续拔手指,却又受不了那个疼。

于是他开始大声呼救,但是除了防波堤内的那些战士,附近没有一个人。

他的脸色开始变得苍白,因为潮水一直在涨,但龙虾仍然夹着他的手指不放。

然后他的脸色完全白了,因为潮水已经涨到了他的膝盖处,而龙虾依然不松手。

于是他想砍断自己的手指,但那样做需要两样东西:勇气和刀子。这两样他一样也没有。

他的脸色变得蜡黄,因为潮水已经淹没了他的腰,可是龙虾依然不松手。

然后他回想起自己干过的所有调皮捣蛋的事：往糖里掺沙子，在茶叶里放黑刺李叶子，朝糖浆里加水，往烟草叶里掺盐。

接着他的脸色变青了，因为潮水已经涨到了他的胸口，可是龙虾依然不松手。

这时我敢肯定，他一定非常后悔他做的那些事情并且想要去弥补。[赏析解读：这里反映了人们做错事后的心理状态，总是在不能挽回时才会后悔。]

很快，市长变得面无血色了，他像在雷鸣中受惊的鸭子那样眼睛往上翻，因为潮水已经淹没到他的下巴处了，而龙虾依然不松手。[赏析解读：此处对市长的神色描写，充分体现出了当时他内心的恐惧。]

这时，缪斯顿附近驶过来一艘战船，看见探出水面的脑袋后，有人说那是一个白兰地桶，另一个人说是一个可可坚果，还有一个人说那是一个松开的浮标，还有人说那是一个黑皮肤的潜水员，并想开枪射击他（这对市长来说可不是一件有趣的事）。正好在这时，一个洞里发出了一声大叫，值班的战士马上猜到发生了什么，他们飞快地靠过去拉他。水手们使尽力气，终于把龙虾从石头缝里拉了出来，市长也重获了自由。此后，他再也没去捉过龙虾，我们希望他也不要再往烟草叶里掺盐了。

这就是普利茅斯市长的故事。讲这个故事有两个好处：第一，这是一个真实的故事；第二，故事里没有任何道德说教的成分，虽然人们总说好故事都应该有道德说教的作用。但事实上，这本书没有任何说教的成分，因为你知道，这只是一个童话故事。

就在这时，发生了一件最美妙的事情。汤姆与龙虾分别后还不到五分钟，他就遇到了一个水孩子。

这是一个真正的、活生生的水孩子，她坐在白沙上，正忙着摆弄一块小石子。她看到汤姆后，抬起头端详了一会儿，然后叫道："嗳，我怎么没有见过你，你是新来的吧！啊，真高兴啊！"

她向汤姆跑来，汤姆也向她跑去，两个人紧紧抱在一起，相互亲吻着，有好长一段时间，他们都不知道为什么要这样做。[赏析解读：此处的描写，一方面表达出了汤姆的兴奋与喜悦，另一方面也说明了水孩子的友好和热情。] 不过在水下，是不用相互介绍什么的。

最后汤姆问："这些时间你们都在哪里呢？我找了你们很长时间了，我太孤独了。"

"我们一直都在这啊，已经有很长一段时间了。在石头附近有几百个水孩子呢。每天傍晚回家前，我们都会唱歌，嬉闹一番，你怎么会看不到我们，听不到我们的歌声呢？"

汤姆又重新看了看那个水孩子，然后说道："这太奇妙了！像你们这样的人我不知道看过多少次了，但是我一直以为你们是贝壳或是其他的海中生物。我从来没有把你们当成和我一样的水孩子。"

这不是很奇怪吗？为什么汤姆把龙虾救出笼子后，才能看到水孩子呢？如果你把这个故事读上九遍，再想一想，就会明白了。把什么事情都告诉小孩子并没有什么好处，那样他们就不会自己动脑筋去思考了。[赏析解读：此处可谓一石二鸟，既教导了小孩子要助人为乐，又道出了独立思考的重要性。]

"那么现在，"那个水孩子说，"你过来帮帮我吧。否则，在我的兄弟姐妹们回来之前，我就做不完了，已经到了回家的时间了。"

"我能帮你做什么呢？"

"帮帮这块可怜的小石头。在上次的暴风雨中，一块笨重的大石头滚了过来，把这块石头的头撞掉了，上面的花儿也都掉光了。现在我要重新在这上面种上海草、珊瑚和海葵（一种长在水中的食肉动物，形状像花，属刺胞动物，几十条触手上都有一种特殊的刺细胞，能释放毒素，对人类伤害不大，但是如果不小心摸到它们的触手，就会受到拍击而有刺痛或瘙痒的感觉。假如把它们采回去煮熟吃下，会产生呕吐、发烧、腹痛等中毒现象。因此海葵既不能摸也不能吃）。我要把它变成海边最漂亮的石花园。"

于是，两个人在那块石头上忙活起来，他们在上面种上花草，把石头周围的沙子铺平。他们干得开心极了,一直到潮水来时才停下。这时,汤姆听到别的水孩子也来了,笑声、歌声、喊叫声和嬉闹声传了过来。这时,汤姆才知道以前自己一直能听到和看到水孩子,只不过并不认识他们,那是因为他的眼睛和耳朵没有被打开。[赏析解读:汤姆一直没有看到其他水孩子,其实是因为他之前是个顽劣的坏孩子,在他开始学会帮助别人后,才看到了其他水孩子。]

上百个水孩子过来了,有的比汤姆大一点,有的比汤姆小一点,全都穿着干净雪白的小游泳衣。他们听说汤姆是新来的水孩子,就过来拥抱、亲吻他,然后把他放在中央,围着他在沙滩上跳起舞来。此时此刻,没有比可怜的小汤姆更幸福的人了。

"不过现在,"他们一起说道,"我们必须回家了,否则潮水退去后我们会被晒干的。[赏析解读:水孩子们提到的"家"为汤姆日后的去处做了铺垫,也引起了读者的好奇心。]我们修好了所有损坏的海藻(是生长在海中的藻类,也是植物界的隐花植物,像海带、紫菜、石花菜等都是海藻),把石池子也整理好了,所有蚌壳又被重新放到了沙上,谁也看不出那里在上个礼拜遭受过可恶的风暴的洗礼。"

原来这就是那些石池子总是整齐干净的原因,每场风暴过后,水孩子们都会来到岸上打扫,把它们重新摆放整齐。

水孩子最不喜欢的就是难闻的气味。如果陆地上的人浪费,把污水排进海里(节俭的人就会非常理性,会把垃圾都堆放在田野里);或是把鲭鱼的头、死鲛鱼(是鲨鱼的一种,即白斑星鲨,分布于东海、黄海)以及其他垃圾扔进海里;又或是把干净的海岸弄得很乱时,水孩子们就不来了,他们或许会离开几百年,让海葵和螃蟹来打扫。[赏析解读:这里对人类大肆污染环境、破坏大自然的行为进行了控诉,告诫人们要爱护环境。]直到干净的大海用泥沙掩埋了一切肮脏的东西,把被人类弄脏的东西全都洗刷掉以后,他们才会再次来到这里,在松软的泥和干净的沙上种上活的海扇、蛾螺、牡蛎、海鼠(一般指海参,是一种名贵海产,形状多为圆筒状,但粗细、形状和大小随种类不同而有很大的差异。海参有很强的再生功能,少数海参被切成2~3段后,各段能再生为完整个体。在水质污浊、氧气缺乏时,海参还会将内脏从肛门排出,然后再生新的内脏。海参是"海八珍"之一,具有多种中医特指的补益养生功能。食用海参大多生活于潮间带或浅海,深海甚至深渊也有海参分布)和金冠贝,重新在海边建起一座美丽的活花园。汤姆在海边没有发现水孩子的身影的原因就是这吧。

那些水孩子的家乡在哪里呢?就在布伦丹(即圣布伦丹,是一位6世纪的爱尔兰教士,相传他是第一个到达美洲的欧洲人)的仙人岛。

你没有听说过这位好心的布伦丹?以前他生活在荒凉的凯里郡(位于爱尔兰岛西南部,也是最西的一个郡,有著名的基拉尼国家公园)海边,与另外五个隐士一起给未开化的爱尔兰人布道。但是,那些爱尔兰人并不愿意听他们劝导,最后布伦丹和他的朋友们都感到厌倦了。[赏析解读:此处交代了布伦丹给爱尔兰人布道失败的故事,作用是引起下文,为圣布伦丹岛的"登场"做铺垫。]

因此,布伦丹跑上山顶叹息道:"啊!如果我能像鸽子那样有一双翅膀该多好!"这时他看见在遥远的天边,离太阳落下的地方不远处有一片蔚蓝的仙海,还有许多金色的岛屿。他说:"那些岛,赐给神佑的人。"然后他和朋友们坐上小船扬帆西行,此后就再也没有人听到过他们的消息了。

布伦丹和五个隐士来到这座仙岛,发现岛上长满了杉木,到处都是各种美丽的禽鸟。布伦丹坐在杉木下,为天空中所有的禽鸟祈祷。那些禽鸟也非常喜欢他的布道,就去告诉海里的鱼儿。然后鱼儿也来了,布伦丹就为鱼儿祈祷。鱼儿又告诉了住在岛下洞穴中的水孩子们,于是水孩子们也来了。他们每到周日就会来,一来就是几百人,这样布伦丹就有了一所小小的、但是很干净的星期日学校了。布伦丹就在那里教水孩子们功课,教了千百年,他的眼睛变花了,胡子也很长了,因为怕踩着胡子把自己绊倒,他甚至不敢随意走动了。最后,他和那五个隐士躺在杉木树下沉沉地睡去,直到今天。但是仙女们非常喜欢这些水孩子,她们自己带着水孩子们,教他们功课。

有人说布伦丹会再次醒来继续教水孩子；也有人说他会一直睡下去，直到怪兽到来的那天。在晴朗的夏日傍晚，水手们看着夕阳穿过金色的云彩，然后沉入海中，这时他们常常会产生幻觉，觉得自己看到了圣布伦丹岛（传说中的天堂岛，位于北大西洋，据说是圣布伦丹发现的鸟类天堂，后来小岛突然开始晃动，然后漂走了。最后圣布伦丹又找到这个岛，并以他的名字命名，在哥伦布的地图中也标有它，但是消失不见了），就在那遥远的西方。

但是，无论人们有没有看见过圣布伦丹岛，它确实真的存在过：它是遥远海洋中的一个大岛，海浪不断冲刷着它。柏拉图（公元前427—公元前347年，古希腊哲学家，与苏格拉底和亚里士多德并称为希腊三贤，主要作品有《理想国》）老人把那个地方叫作亚特兰蒂斯（位于欧洲直布罗陀海峡附近的大西洋之岛，最早出现于古希腊哲学家柏拉图的著作《对话录》里，称其在公元前一万年被史前大洪水毁灭），他讲了许多奇怪的故事，说岛上住着许多非常聪明的人，古时候他们还在那里发动了战争。从那个岛上带出来的许多奇花异草，至今还在我们这块土地上生长着：遍布科尔山脉的康沃尔郡杜鹃花、铜钱状珍珠菜、精致的铁线蕨、耐阴的虎耳草、德文郡小小的粉红色捕虫堇（jǐn）属植物、爱尔兰的蓝色捕虫堇属植物、康马拉郡的杜鹃花、托克瀑布旁的刚硬的蕨类，以及其他许多奇异的植物。那些都是神仙们留给没住在圣布伦丹岛的好孩子们和聪明人的纪念品。

汤姆来到圣布伦丹岛上时，发现整个岛是架在圆柱子上的，岛的底部遍布着洞穴。那些柱子有的是黑岩石，有的是红绿相间的蛇纹石，有的是点缀着红色、白色和黄色条纹的砂石。那些洞穴有的是青色的，有的是白色的，洞壁上都挂着海藻，有红色的、绿色的、紫色的、褐色的，各种颜色都有。地上铺着柔软的白沙，水孩子们每天晚上睡在上面。为了保持干净和甜美，那些海蟹把地上零星的东西钳起来，像猴子那样一股脑地全吃掉。岩石上爬满了成千上万的海葵、珊瑚和石蚕，他们整天都在清洗海水，使海水保持纯净鲜美。不过，为了对他们从事肮脏的工作进行补偿，神仙们给他们都穿上了颜色和花纹最漂亮的衣服，让他们看上去就像一大片鲜艳的花田。一位名叫佛力亚的老绅士说过，我们应该对那些扫烟囱的人和打扫房子的人一视同仁，应当给予他们应有的尊敬，而不是歧视。那是一位非常聪明的老绅士，但不幸的是，他的这些话在世人听起来就像三月繁殖季的兔子一样疯狂。[赏析解读：在当时的社会背景下，等级制度非常严格，人们认为那些打扫烟囱的人和打扫房子的人是所谓的下等人，不应受到尊重。]

另外，在岛上维持夜间秩序的不是巡查的人或警察，而是成千上万条水蛇。这些水蛇非常奇妙，仙女照看着它们，它们的名字也是仙女取的，比如欧尼斯、波尼奴、菲罗多斯、沙马特。水蛇们穿着丝绒的衣服，有绿色的、黑色的和紫色的等等；身上有着一节一节的箍。有些水蛇有三百个脑子，如果它们是一个侦探家，绝对会特别机灵。有些水蛇的尾巴上长有眼睛，有些水蛇的每一节上都长有眼睛，因此对四周发生的事情异常机警。[赏析解读：此处对水蛇外观的描写，突显出了它们的奇妙之处，令人叹为观止。]当它们将要生小蛇时，就会从尾巴上生出一个，等到小蛇能够自食其力后，就会从尾巴上脱落。如果有什么坏东西靠过来，这些水蛇就会猛地扑过去。每条水蛇都有几百只脚，那时它们的脚上就会涌现出许多刀具，足够开一座刀具铺了。这里面包括：

镰刀、钩刀、

鹤嘴锄、叉、

切纸刀、两刃剑、

刺刀、匕首、

曲口剑、长剑、

镖枪、长矛、

古时候的戟（jǐ）、钺（yuè）、

开山斧、钓鱼钩、

锥、手钻、

木塞起子、长针、绣花针，等等。

它们用这些武器刺、砍、戳、捣、抓、钻，直打得那些放肆的畜生四下奔逃，溃不成军。不然就会被切成碎片，然后被吃掉。[赏析解读：此处通过一连串的动作描写，形象地刻画了水蛇的凶猛，同时从侧面说明了它们是很好的守护者。]

岛上有成千上万的水孩子，不止汤姆数不过来，你也数不清。好心的仙女喜欢每一个孩子，因为他们的父母都很冷酷，不喜欢他们；因为他们都是些没有受过教育，或是被人遗弃、遭人虐待、被忽视的、遭遇不幸的孩子；他们有的遭受了大人的毒打，从小被人教会喝酒，受教唆去喝热水壶里的水，甚至不幸掉进了火里；有的是在街头、破落乡村里流浪的孩子，还有死于发烧、霍乱、麻疹、猩红热，以及其他恶病的孩子（这些疾病本不应该染上的，而且有一天人们有了常识之后，就不会再害怕这类疾病了）；有的是被残忍的主人和冷酷的士兵杀死的孩子；所有的孩子，仙女们都喜欢，他们全都在那里。[赏析解读：从此处的描述中可以看出，岛上的水孩子们都是曾经在世间受苦受难的孩子，既体现了仙女们的仁爱之心，也是对现实世界的黑暗与残酷的鞭挞。]当然，除了伯利恒（巴勒斯坦南部城市，由于是耶稣的出生地而闻名世界，是基督教圣地，建有耶稣诞生教堂，地位仅次于耶路撒冷的圣墓教堂。又有拉结墓，因此也是犹太教圣地）那些被邪恶的希律王（大希律王，公元前73—公元前4年，是罗马帝国在犹太行省耶路撒冷的代理王。在《圣经》中，希律王是俗世暴君的象征，当他得知伯利恒有个君王诞生了，就下令将伯利恒及其周围境内两岁及以下的所有婴孩都杀死，是西方人心目中典型的恶棍国王形象）杀死的孩子，因为在很久以前他们就已被带到天堂去了，这件事众所周知，我们称他们为圣婴。

不过，我真心希望汤姆放弃他那些淘气的恶作剧，不要再折磨那些不会说话的动物了，因为现在他已经有了许多能够一起玩耍的伙伴。但是，他总是对那些动物捣蛋，除了那些水蛇，因为水蛇不会容忍任何胡闹。他搔石蚕的痒痒，让它们不敢张开嘴巴；

他吓唬海蟹，吓得它们躲进沙子里，只敢偷偷地在沙里用眼梢看他；他还把石头放进海葵的嘴里，让他们以为是晚饭到了。[赏析解读：此处体现了汤姆的顽劣，他的顽皮淘气正是下文中使他受到惩罚的导火索，同时也促使着他的改变。]

其他水孩子警告他说："你要小心，不要乱来。惩恶仙女要来了哦。"但是汤姆毫不在意，照样嘻嘻哈哈，一副乐不可支的样子。终于，在一个星期五的早晨，惩恶仙女真的来了。

这是一个体形巨大的仙女，水孩子们一见她，全都站得直直的，排成一排，还用手把自己的浴衣抚平，把双手放在身后，就像在接受检阅似的。她戴着一顶黑帽子，披着一条黑披肩，没有穿硬衬裙；绿色的大眼镜架在巨大的鹰钩鼻上，它弯得那么高，甚至比她的眉毛还高；腋下夹着一根巨大的戒尺。[赏析解读：此处对这位古怪仙女的外貌描写，突显了她的丑陋和严厉。]她真的太丑了，汤姆很想对她做个鬼脸。不过他并没有那么做，因为她腋下的那根戒尺看上去不是很和善。

她挨个看了看那些水孩子，看起来对他们非常满意，只是她从来不过问他们都干了什么。然后她开始分发各式各样的海货：海饼、海苹果、海桔、海糖果等。她还把海冰激凌奖励给表现最好的水孩子，那是一种用海牛乳做成的冰激凌，在水里不会融化。[赏析解读：惩恶仙女给水孩子们的奖励让人大开眼界，富有童真童趣，引人遐想。那么汤姆会得到什么呢？]

如果你不完全相信我，只需要想一想：还有什么比海里的石头更便宜、更多样呢？为什么不能是海糖果呢？在潮水比较低的时候，谁都能找到海柠檬（即使找到也都已经被切成四份了）；有时还能找到海葡萄，它们成串儿地挂在那里；如果你去莱斯，就会发现鱼市场里到处都是海水果。

海水果——意大利语是这么叫的。不过我想他们现在管它们叫"海鲜"，在法语中是这个意思。[赏析解读：原来"海水果"就是各种海鲜，只不过在水孩子的世界里叫法不一样罢了。这样的设定既有趣，又与现实生活联系了起来，具有很强的真实感。]

汤姆看见大家拿到的这些好吃的，馋得直流口水，眼睛瞪得和猫头鹰的眼睛一样圆。最后，终于轮到他了。惩恶仙女把他叫到前面去，手里拿着什么东西，扑地一声塞到了他的嘴里。哎呀，快看，原来是一块又凉又硬的石头。[赏析解读：此处先写汤姆对奖励的期待，然后用一块石头打消了这种期待，形成了强烈的对比。那么惩恶仙女为什么要给他一块石头呢？]

"你这个残忍的女人。"汤姆说完，哭了起来。

"你这个残忍的水孩子。是谁把石头放进海葵嘴里，让它们以为是好吃的，把它吃进去的？你怎么对待它们，我就怎么对待你。"

"是谁告诉你的？"汤姆问道。

"你告诉我的，就在刚才。"

汤姆刚才并没有说话，所以这让他十分吃惊。

"是的，每个人都会老实地告诉我他做了哪些错事，虽然他们自己并不知道，所以休想瞒我。去吧，做个好孩子吧。如果你不再向别的动物嘴里扔石子，那么我也不会向你的嘴里扔石子。"

"我不知道那有什么害处。"汤姆说。[赏析解读：汤姆并没有意识到自己的做法是错的，那是因为他没有接受过教育，跟着劣迹斑斑的师父学到的全都是恶习，在他的认知中没有好与坏、对与错。]

"那么现在你知道了。人们总是这样说，但是我想告诉他们：不要以为不知道火会烫伤你，火就真的不会烫伤你。同样的道理，你不知道脏会让人生病，不代表你就真的不会生病，或是生病不会要了你的命。就像那只龙虾，它并不知道钻进笼子有什么害处，但它还是钻了进去。"

"天哪，"汤姆心想，"她什么都知道！"没错，她知道一切。

"所以，不能因为你不是故意的，做了错事就不用受罚。但是比起明知故犯的人来说，这只是个小惩罚，小家伙。"总之，这位仙女看起来还是很仁慈的。[赏析解读：这位古怪的仙女在告诉汤姆一个道理，那就是人做错了事就应当接受惩罚。]

"但是，你对一个可怜的小家伙还是稍微严厉了些。"汤姆说。

"一点儿也不，我是你有生以来最好的朋友。但是我要告诉你，人们犯错时，我会忍不住去惩罚他们。他们不喜欢惩罚，我也不喜欢。我常常为那些可怜的家伙而感到难过，但是我没有办法。即使我不想惩罚他们，结果还是要做。我就像一架时钟，里面全是轮子和弹簧，一旦上足了发条，就只能机械地去做，因为我也控制不了。"

"我的发条是一次上足的，不需要再上第二次。时间太久了，久到连我都忘了是从什么时候开始的了。"

"天啊，那你一定被造出来很长时间了吧？"汤姆问。

"我不是被造出来的，我的孩子。我永远存在，我像永恒一样老，又像时间一样年轻。"

这时，惩恶仙女的脸上掠过一丝古怪的神情：那是一种非常严肃、犹豫，但又很美的神情。她抬起头望向远方，目光仿佛越过了大海、天空，望向了更远的地方。她这样凝望的时候，脸上浮现着一种宁静、温柔、包容、充满希望的微笑。这一刻，汤姆觉得她一点儿也不丑。她确实不丑，就像许多人一样，虽然没有漂亮的脸蛋，却很可爱，小孩子看到她马上就会爱上她。因为脸就像房子，外表虽然寻常，窗户里却有一个美丽善良的灵魂正在向外张望。

汤姆看着此时此刻的她笑了。这个古怪的仙女也笑了，她说："你刚才认为我很丑，不是吗？"[赏析解读：惩恶仙女能够听到孩子们的心声，这也是汤姆明明没有说话，她却知道汤姆做了坏事的原因。]

汤姆垂下了头，脸一直红到耳根。

"我确实很丑，我是世界上最丑的仙女。我会一直丑下去，直到人们全都认识到自己的错误并改过自新，那时我就会变得和我妹妹一样漂亮。她是世界上最美的仙女，叫福善仙女。我们做的工作各占一半，我做不到她做的，她也做不到我做的。那些不愿意听她说的人就必须听我说。现在你们都走吧，汤姆可以留下来看看我接下来要做些什么。在他上学之前，这或许是个很好的警告呢。"

"汤姆，听我说，从现在起，每个礼拜五我都会到这里来，把所有虐待孩子的人召集在一起，用他们对待孩子们的方式来对待他们。"[赏析解读：这位惩恶仙女对待恶人的方法，就是我们常说的"以彼之道还之彼身"。]

她的话让汤姆感到十分害怕，他爬到一块石头下面躲了起来。这使原来住在那里的两只螃蟹非常生气，他还吓得他们的朋友滑鱼（即鳝鱼，俗称黄鳝）扑扑跳，但汤姆仍然不愿意让开。

惩恶仙女先把那些给孩子们胡乱吃药的医生召集过来，他们大多是老医生，因为年轻的医生更博学。她让他们站成一排，他们看起来都很沮丧，因为他们十分清楚接下来会发生什么。

惩恶仙女先把他们的牙齿全都拔掉，然后划破他们的身体放血，接着给他们服用轻粉、泻药、盐、巴豆、硫黄和糖浆，吃得他们全都愁眉苦脸的。然后她又让他们吃下大量的催吐芥末和水，却不给他们脸盆。[赏析解读：从惩恶仙女惩罚这些医生的方法中可以看出，这些医生当初所谓的治疗，给孩子们带来了多么大的痛苦。]做完后再从头来一遍，一个早上就这样过去了。

然后，惩恶仙女叫来一群愚蠢的妇人，她们都给自己的女儿缠过脚、束过腰。惩恶仙女先用非常紧的马甲将她们勒得喘不上来气，她们憋得鼻子变红，手脚发胀。接着，惩恶仙女把她们的脚硬塞进紧得要命的小皮靴里，让她们穿着跳舞，这令她们十分难受。惩恶仙女问她们这种感觉好不好，当她们都说不好时，惩恶仙女才会放她们走。因为她们那样做只不过是愚蠢地想赶时髦，但事实上蜂腰小足并不好看，而且很不卫生，对人也没有任何好处。

随后,她又把所有粗心的保姆叫来,在她们的全身扎上针,让她们坐在摇车里,用皮带勒住她们的肚子,让她们的头和手臂都挂在摇车外面,就这样来回推着她们走,直到她们头昏眼花,难受得快要中暑为止。不过,因为她们是在水下,所以更确切地说不是中暑,而是受寒,但是无论哪一种都一样难受。记住,如果你在航海时听到海底传来一种轰隆隆的声音,水手们会告诉你那是海底地震,不过这时你应该知道,其实那是惩恶仙女在海底用摇车推这些保姆所发出的声音。

到这时,惩恶仙女已经很累了,就停下来去吃午饭了。

吃过午饭后,她又继续工作。她召集了所有残酷的老师,多达上万人。惩恶仙女一看见他们就皱起眉头,接着便认真工作起来,好像这是一天的工作中最重要的部分。

[赏析解读:对惩恶仙女神情的描写,充分说明了这些老师们生前对孩子们所做的事情是多么残忍。]这些老师中有一多半都是臭烘烘、脏兮兮、令人厌恶的天主教老僧侣,因为不敢打个头与他们差不多的成年人,就以打小孩子为乐。你或许看过老主教格列高利(罗马教皇的称号,共有十六世,这里应是指格列高利一世,他发明了格列高利圣咏,由男人或男孩组成的唱诗班在教堂中演唱)的画吧,他一边教孩子们唱"法米法米",一边在椅子下藏了根九节鞭。这些老僧侣因为自己没有孩子,就理所当然地认为自己(至今还有一些这样的人)是天底下唯一知道该怎么管教孩子的人。在古老的盎格鲁—撒克逊时代,这些天主教老僧侣开了个头,把惩治男孩子甚至是女孩子的风尚带进英国,惩治方式还不如对一条狗或一匹马仁慈。不过在很久之前,惩恶仙女就把他们全都抓来,让他们好好地品尝了自己的鞭子的滋味。那样做对他们是很有好处的。

她揪着这些老师的耳朵,用尺子敲打他们的头,抽他们的手心,说他们都是坏人,讲的都是假话。他们愤愤不平,甚至用自己的人格来捍卫自己的荣誉,声称自己说的都是真理。越是这样,惩恶仙女对他们的责骂就越厉害,说他们只是在撒谎。最后,她用那根巨大的戒尺把他们狠狠地打了一顿,还要他们每个人在她下个礼拜五再来之前,要念熟并背出三十万行的希伯来文(犹太人的民族语言,没有元音字母,只有22

个辅音字母，文字从右往左书写）诗。他们听到后全都号啕大哭，呜咽声让海水都沸腾了，就像汽水冒出的泡泡一样，这就是海里有气泡的原因之一。当然还有别的原因，但是和孩子有关的原因主要就是这个。[赏析解读：这里将海里有气泡的原因之一，归结于那些受惩罚的人的哭泣，增添了故事的趣味性和童话性。]这时，惩恶仙女已经辛苦工作一整天，很累了，也很乐意停下来。

汤姆并不十分讨厌这位仙女，但他总是忍不住觉得她有些过于狠毒了。其实，这一点儿也不能怪这位可怜的仙女，因为必须要等到人们全都改过自新时她才能变漂亮，那是一段极为漫长的岁月。

可怜的惩恶仙女啊！还有许多艰苦的工作等着她去做呢。她宁愿自己生来就是个洗衣妇，整天站在洗衣盆前面就行了。不过你要知道，人们并非总有机会选择自己的职业。[赏析解读：此处的叙述，说明惩恶仙女也不想以这样的方式来警醒世人，说明她是一个善良的人。]

不过，汤姆急切地想要问她一个问题。事实上，不论什么时候，惩恶仙女看汤姆的神情都是温和的，偶尔还会露出一丝怪异的笑容，这带给了汤姆勇气。于是他终于说："对不起，夫人，我可以问你一个问题吗？"

"当然可以，亲爱的。"

"你为什么不把那些坏师父带到这里来，狠狠地惩罚他们呢？那些敲打煤矿童工的工头，那些用锉刀锉平徒弟的鼻子、用锤子敲平他们手指头的打铁匠，还有所有扫烟囱的师父，就像我的师父格里姆斯那样，为什么不把他们带来呢？很久以前，我看见我的师父掉进了水里，所以我挺想看到他在这里的。他对我真的很坏，我没有冤枉他。"[赏析解读：从这里可以看出，格里姆斯给汤姆带来的伤害是很深的，否则汤姆不会对此念念不忘。而且相信汤姆的疑惑，也是所有读者的疑惑。]

听到这话，惩恶仙女的脸色变得非常严厉，使汤姆很害怕，他后悔自己不该这么大胆。但是她并不是对汤姆生气。她只是答道:"整整一个礼拜我都在看管他们,他们待的地方与这里完全不同,因为他们是明知故犯。"

她的声音非常平静,但是里面某个地方使汤姆听起来忍不住浑身打战,就好像掉进了一丛海荨麻(一种体型很大的水母,水母体为金褐色,最大伞径可达1米,拥有24条触手和4.5米长的白花边状口腕。有毒性,会用其身体所带的刺细胞中的毒液将经过的小鱼等生物进行麻痹,从而捕获食物;若人被蜇到会感觉很痛苦)中间一样。

"但是这里的人,"她继续说道,"他们并不知道自己做的是坏事,他们只是愚蠢、没有耐心,所以我只是稍微惩罚一下他们,让他们变得有耐心些,能够像有理智的动物那样运用常识就可以了。至于那些扫烟囱的孩子、煤矿童工和打铁学徒,我的妹妹已经安排人去阻止了。这样一来,那些残忍的师父就不能再虐待那些可怜的孩子,而我变漂亮的日期至少能提前一千年。从现在开始,你要做一个好孩子,别人怎么对待你,你就要怎么对待别人。如果你愿意做个好孩子,等下周日我的妹妹福善仙女来时,你或许能够引起她的注意,她会教你到底应该怎么做。关于这些事,她知道的比我多。"说完,她就走了。

听到再也没有机会见到格里姆斯时,汤姆非常高兴。不过一想到以前格里姆斯有时会给他喝剩下的啤酒,他又有一些难过。[赏析解读:汤姆之所以难过,是因为在他看来格里姆斯给他喝剩啤酒是对他好的体现,他对此心怀感激,反映了他的善良。]他决定星期六一整天都要做一个好孩子。到了那一天,他真的这样做了。他不再吓唬螃蟹,也没有再挠石蚕的痒痒,不再把石子放进海葵的嘴里。到了星期日的早晨,福善仙女真的来了。一看到她,所有孩子都拍着手跳起舞来。汤姆也拼命地跟着跳舞。

说到这位美丽的仙女,我说不出她的头发和眼睛的颜色,汤姆也说不出。因为任何人只要见到她,心中就只剩下一个念头:这是他们见过的或是想见到的最好看、最仁慈、最温柔、最有趣、最快乐的脸庞了。她的身材像她姐姐的一样高,但是又不像她姐姐那样满身长着疙瘩磷薛,粗糙扎人,相反,她是所有照顾婴儿的女人里皮肤最光滑、最香软、最滋润、最腻滑的。[赏析解读:通过对福善仙女和惩恶仙女之间的鲜明对比,突显出福善仙女的漂亮与亲切。]她十分了解孩子们,因为她自己也有许多孩子。她唯一的快乐就是空闲时和孩子们玩耍。孩子是世界上最好、最有趣的伴侣,她跟孩子们玩耍时会非常体贴。所以,孩子们一见到她,就会不由自主地上前去,拉着她坐在一块石头上,或是爬到她的膝上,或是抱着她的脖子,或是握着她的手。然后,孩子们都将大拇指放进嘴里,像许多小猫那样,发出咪咪呜呜的声音。那些没有在她身上找到落脚地方的孩子则坐在沙子上,靠着她的脚。[赏析解读:福善仙女非常喜欢孩子,孩子们也非常喜欢她,这与惩恶仙女到来时的场面形成了鲜明对比。]汤姆站在那里盯着他们看,因为他不明白这是怎么回事。

"你是谁,亲爱的?"福善仙女问道。

"啊,他就是新来的水孩子!"他们一边把手指从嘴里拿出来,一边叫道,"他以前就没有妈妈。"说完,大家又全都把手指放进嘴里,因为他们不想浪费一点儿时间。

"那么我来做他的妈妈,他应该有一个最好的位置。现在,你们全都下来。"

说话的同时,福善仙女用两只手臂夹起了许多水孩子,一只手臂上夹着九百个,另一只手臂上夹着一千三百个,她把他们全都抛进了两边的水里。[赏析解读:此处用"九百个""一千三百个"这样具体的数字来说明福善仙女的身形有多么巨大,令人震撼。]但是那些孩子们一点也不在乎,连嘴里的大拇指都没有拿出来,就又扭动着身体游回了她身边,以至于她的身上除了爬满的孩子,其他什么也看不到。

福善仙女把汤姆抱在怀里,把他放在她身上最柔软的地方,吻着他,轻轻拍着他,温柔地、轻声地与他说话,那些事情汤姆以前从来没有听说过。汤姆看着她的眼睛,爱上了她,最后在这纯洁的爱中睡着了。[赏析解读:汤姆从来没有感受过这样的温暖,也从来没有人抱过他,与世人相比,福善仙女更加温柔、仁爱和包容。]

等他醒来的时候,福善仙女正在给孩子们讲故事。她讲的是什么故事呢?她讲的那个故事是从每一个平安夜开始的,但是永远都不会结束。她讲故事的时候,孩子们都把大拇指从嘴里拿了出来，认真地听着，汤姆也在听，而且怎么也听不够。他听了很久很久，终于又睡着了。等他再次醒来时，福善仙女仍然轻抚着他。

"别走，"汤姆说，"这太美了。以前从来没有人爱抚过我。"

"别走。"所有的孩子一起说，"你还没有给我们唱歌呢。"

"好吧，我只有唱一支歌的时间。那么唱什么呢？"

"《你丢掉的布娃娃》！《你丢掉的布娃娃》！"所有孩子齐声喊道。

于是，那位古怪的仙女唱了起来：

我曾经有一个可爱的小布娃娃，亲爱的，

她是世界上最好看的布娃娃；

她的脸是那么红，又是那样洁白，亲爱的，

她有一头那么可爱的卷发。

但是有一天我在灌木丛里玩耍，亲爱的，

我弄丢了我的布娃娃；

我为她哭了一个多星期，亲爱的，

但是我一直没能找到她在哪里。

有一天我又来到灌木丛玩耍，亲爱的，

我居然找到了我的布娃娃。

别人都说她已经变得不成样子了，亲爱的，

她脸上的胭脂被洗掉了，

她的胳膊已经被牛踩断了，亲爱的，

她那头卷发也没有了。

但是因为旧日的交情，亲爱的，

她还是那个世界上最好看的布娃娃。

一位仙女唱这样的歌，是多么的愚蠢！然而竟然有那么多愚蠢的水孩子，十分乐意听这样的歌！但是，在海底的他们原本就是这样天真的啊！[赏析解读：这里看似在说仙女和水孩子们愚蠢，实际上是在赞美他们的天真，同时从侧面抨击了世俗世界的肮脏与复杂。]

"现在，"福善仙女对汤姆说，"你是不是愿意为了我做一个好孩子，在我回来之前再也不折磨海里的动物了呢？"

"你能再抱抱我吗？"可怜的小汤姆问。[赏析解读：从汤姆的反问中可以看出，他是多么渴望得到别人的疼爱和爱抚。]

"当然会，我的小宝贝儿。我很愿意把你带在身边，一直抱着你，只是我不能那么做。"说完，她就走了。

于是汤姆真的做起好孩子来。从此以后，他再也没有折磨过海里的动物。而且我要告诉你，他现在仍然活着。

那些有慈爱的妈妈疼爱，还能听到她讲故事的小孩子们，真的应该成为一个好孩子啊！他们应该担心自己如果变得淘气了，妈妈那双美丽的眼睛里就会有眼泪流出来！

第六章　艾莉消失了

[名师导读]

汤姆由于没有得到糖果，便打起了惩恶仙女的糖果的主意。他竟然偷吃了仙女的糖果，并且全都吃光了，虽然事后惩恶仙女看起来并没有发现。但是汤姆的内心一直非常不安，最终向惩恶仙女主动承认了错误。为了帮助汤姆，惩恶仙女带来了一位女老师负责教他，没想到这位女老师竟然是那个雪白的小姑娘——艾莉小姐。汤姆跟着艾莉学习了七年，但是有一天艾莉突然消失了。这是怎么回事呢？

你这个站在人的高度的孩子啊，

在夜空里闪耀天赋自由的荣光，

你为何如此迷茫竟然向岁月挑衅，

急切地请求时光把注定的重轭（è）加诸在身上呢？

就快来了！你的灵魂很快就会背上尘世的重负，

世俗的苦楚会压着你的心，

像冰霜那样的凌厉，像生命一样深远。

——华兹华斯

<u>现在我要讲这个故事最悲伤的那部分了。</u>[赏析解读：此处总结性的开头，为下文

的展开做铺垫，也为后面的故事奠定了感情基调。]我知道，有人会觉得很可笑，认为这是在哗众取宠。但我知道有一个人不会这样想，他是一位军官，两撇灰白的胡子有你的胳膊那么长。有一次他与别人闲聊时，说他在这个世界上见过的事情中有两件事情最让人伤心：一是孩子为了摔坏的玩具哭泣，二是孩子偷糖果吃。只要看到这两件事，他一定会想尽办法去阻止或弥补。在座的人并没有当面取笑他，但是等他走开后，他们就说他过于多愁善感了。但有一个人除外，那是一位戴着白帽子的小个子老夫人，她可爱而且心地善良，一般不会袒护士兵，她用平静的语调说：

"朋友们，我敢保证他才是一位真正的勇士。"

现在你或许会想，汤姆想要的一切现在都有了，他应该已经变成一个好孩子了。如果你这么想，那就错得太离谱了。[赏析解读：此处的转折点使故事达到了另一个高潮，开启了汤姆的另一段奇遇。]舒适是一件很好的事，但并不能使人变好。事实上，舒适有时反而会让人变得更淘气。汤姆现在就是这样的，他越来越喜欢吃海球形硬薄荷糖和海棒棒糖了，他那愚蠢的小脑袋里整天想的都是能多得到一些糖果，盘算着那位古怪的惩恶仙女什么时候再来，会给他带什么样的糖果、带多少，给他的会不会比给别人的多一点儿。[赏析解读：糖果现在对汤姆有着致命的吸引力，正是这种强烈的渴望才让他犯了错。]

结果，他开始格外注意那位惩恶仙女，想找出她放糖果的地方。他躲躲藏藏、偷偷摸摸地跟在惩恶仙女身后，眼睛四处张望，假装是在看别的地方，或是在寻找什么东西。终于，他发现惩恶仙女把糖果放在了岩石缝深处一个美丽的珍珠母匣子里。

汤姆很想去打开那个小匣子，可又有些害怕。不过后来他实在忍不住了，害怕就被抛到了脑后。[赏析解读：此处体现了汤姆无比纠结的矛盾心理，但最终人性中的贪婪战胜了恐惧。]一天晚上，当其他水孩子都睡着后，他想糖果想得无法入睡，就悄悄地从石头缝里爬到了匣子旁边，再一看，发现匣子竟然是开着的。

不过，当他看见匣子里的好东西时，不但没有很开心，反而更害怕了，甚至希望自己从没来过这里。可是匣子里的东西实在太多太好了，于是他想着只是碰一碰应该没关系吧，便碰了一下。然后又想尝一块也没关系吧，便尝了一块。后来又想着再吃一块就好了，便又吃了一块。然后又想着只吃两块、只吃三块……后来又想到仙女或许会过来把他抓住，心里十分害怕，于是索性狼吞虎咽起来。他吃得太快，没有时间好好品尝这些美味，当然就谈不上享受到什么乐趣了。就这样，他把一匣子的糖果都吃完了。[赏析解读：此时用"吃一块""又吃了一块""两块""三块"等词汇，体现出了汤姆的贪婪，同时从侧面说明了他的自制力很差。]

当他做这些事的时候，那位惩恶仙女一直紧紧地跟在他的身后。

看到这里，有人可能要说她为什么不把匣子锁起来呢？啊，我知道，这看起来似乎很奇怪，但她从来就没有给匣子上过锁，谁都可以去尝，尝完后自己付出代价。也许她是想让人们通过玩火，去避免手指被烧伤的危险。

惩恶仙女摘下眼镜，因为她不忍心看得太多。她的心被怜悯充斥着，她的眉毛却皱得几乎碰到了头发，眼睛睁得很大，大得几乎把全世界的悲伤都装了进去，里面噙满了泪水。[赏析解读：此处对惩恶仙女神情的描写，表达了她此时内心的悲痛，她为汤姆的所作所为感到伤心。]

她只说了一句话：

"哎！你这个可怜的小家伙！你和其他人一样。"

不过她是说给自己听的，汤姆并没有听到，当然也没有看到她。但你不要觉得她心软了，如果你认为在你、我或其他人犯了错时，她会因为心软而放弃惩罚，那就大错特错了。

那么，这位古怪的惩恶仙女看到糖果被汤姆吃光后会怎么做呢？[赏析解读：惩恶仙女会怎么对待偷吃糖果的汤姆呢？这是个令人十分好奇的问题，此处的设问为下文的展开做铺垫。]

她是不是会扑向汤姆，把他抓起来，使劲打他，呵斥他，压着他，催促他，敲打他，戳他，拽他，捏他，捶他，罚他站墙角里，使劲地摇晃他，扇他耳光，让他坐在冰冷的石头上反省呢？

并没有。因为她很清楚，如果她那样对待汤姆，汤姆就会挣扎反抗，他会又踢又咬、说脏话，变回原来那个顽劣、野蛮的小孩。

那么，她会不会责问他、逼迫他、吓唬他、威胁他，让他承认呢？也不会。因为如果她那样做了，汤姆就会因为害怕而说谎。这样对他会更加不好，甚至比变回那个顽劣、野蛮的扫烟囱的小孩更糟糕。

她不会那么做的，那样的事情她留给没有耐心的父母和老师去做。[赏析解读：惩恶仙女并没有采取上面所说的种种方式去对待犯了错的汤姆，因为她非常有耐心，而且她很清楚怎么做才是对汤姆最好的。] 孩子们所期盼的、要求的，不过是一个公平的仲裁，但是父母和老师没有那么做，他们只是恐吓孩子们，逼迫他们承认自己犯的错——这简直太残忍、太不公平了。而那些父母和老师甚至会对孩子们施以惩罚，就只是为了迫使他们认错。他们还说："我们培养孩子，让他走上正道，他长大后却脱离了正道。"他们没有想过，或许问题的根本在于殴打、逼迫、恐吓和质问的方法，本身就不是管教孩子的正道。[赏析解读：此处是在告诫那些想要引导孩子走向正道的成年人教育孩子要采用正确的方法。]

也许有人会说："啊！惩恶仙女已经知道了一切，她就没有必要那样做了。"话虽没错，但是，即使她不知道，她的做法也不会比父母和老师更过分。

所以，第二天汤姆和其他孩子一起来领糖果时，她对这件事只字不提。汤姆十分害怕，不敢来，但是更不敢不来，因为他害怕那样会引起别人的怀疑。他更加害怕的是根本就没有糖果可领了，因为糖果已经被他吃完了，惩恶仙女肯定会问糖果是谁偷吃的。

但是，瞧！惩恶仙女把糖果拿了出来，一点也没有少。汤姆惊呆了，心里也更加害怕了。当惩恶仙女直视着汤姆时，汤姆从头到脚都在发抖，但是惩恶仙女仍然分给了他与其他孩子一样多的糖果，于是他想惩恶仙女可能没有发现他做的坏事。

但是，当他把糖果放进嘴里时，那种味道令他十分讨厌，甚至作呕，他只好尽快离开了那里。从这之后的整整一个星期，他都难受得要命，一直闷闷不乐，还很暴躁。到了第二个星期发糖果的时候，他又领到了属于自己的那一份，惩恶仙女又直视着他。她的神情悲伤极了，那是平时从未有过的悲伤。这次的糖果味道依然令汤姆难以下咽，但他还是拿了属于他的那一份。[赏析解读：从汤姆的种种表现中可以看出，汤姆已经意识到了自己的错误，同时内心也备受煎熬，这种煎熬使他最喜欢吃的糖果都变得难以下咽了。]

等到福善仙女来时，汤姆也想和别的孩子那样得到她的爱抚。但是她异常严厉地说：

"我很愿意抱着你，但是我做不到，因为你身上长满了尖刺。"

汤姆低头看看自己，果然身上长满了尖刺，就像海胆（海洋里一种古老的生物，与海星是近亲，呈球形、盘形或心脏形，浑身长满了刺，像一个仙人球。海胆天生胆小，只要一见敌人就会逃跑，但是不能很快地移动，若食物丰富，每天可以移动超过1米；若食物稀少，则可能只移动10厘米）一样。

这并不奇怪，因为你必须明白并相信：人的灵魂制造了人的身体，就像蜗牛制造了自己的壳一样（我并不是在开玩笑，亲爱的，我说这话的时候是非常严肃、认真的）。所以，汤姆的顽劣让他的灵魂长满了刺，这样就没有人再愿意抱他或是和他一起玩了，甚至连看都不想看到他。

现在，汤姆除了走开躲在角落里哭泣，还能干什么呢？没有人愿意和他玩耍了，至于是什么原因，他自己很清楚。[赏析解读：由于汤姆做了错事，所以让自己再次陷入了一种孤独的状态中。]

整整一个星期，汤姆都十分沮丧。等到惩恶仙女到来，再次直视着他时（她的神情比以往任何时候都要严肃、悲伤），汤姆再也受不了，他猛地把糖果扔在地上，说："不，我不要糖果了，我再也受不了。"说完就放声大哭起来。可怜的小家伙当场就把偷糖果的事全都告诉了惩恶仙女。

说完后,他害怕极了,他觉得惩恶仙女一定会非常严厉地惩罚他。但是她并没有,反而把他抱起来亲了一下。[赏析解读:汤姆终于忍受不了内心的谴责,主动承认了自己偷吃糖果的事情,正是因为他主动承认了错误,惩恶仙女十分宽容地原谅了他,她的一番苦心终于没有白费。]那个吻并不怎么让人舒服,因为仙女的嘴很粗糙,但是汤姆太孤单了,粗糙的亲吻总比没有亲吻好。

　　"我原谅你,小家伙!"她说,"一个人犯了错,只要愿意主动承认,我总会马上原谅他。"

　　"那你会把我身上这些讨厌的刺弄掉吗?"

　　"那完全是另一回事。你身上的刺是你自己长出来的,只有你自己才能弄掉。"

　　"我该怎么弄掉呢?"汤姆问道,再次哭了起来。

　　"啊,我想你应该去上学了,我会给你找一位女老师,她会教你怎样除掉身上的这些刺。"说完,仙女就离开了。[赏析解读:此处的描述开启了故事的另一个高潮,这位女老师的出现会带给汤姆怎样的改变呢?]

　　一想到女老师,汤姆就很害怕,他想,这位女老师一定会带着戒尺或棍子来,然后他又安慰自己说,也许她是一个像文代尔的那位老妇人那样的女老师。但是没有想到,惩恶仙女带来的这个女老师与那位老妇人完全不一样,那是一位非常漂亮的小姑娘,长长的卷发就像一片金黄色的云朵,长袍在她的身体周围飘动,就像是一片围着她的银色云朵。

　　"这就是汤姆,"惩恶仙女说,"你必须教他学好,不管你愿不愿意。"

　　"我知道。"小姑娘虽然这样说,但好像并不那么愿意。她把手指放在嘴里,看向汤姆的眼神里满是忧郁。汤姆也把手指放在嘴里,神情沮丧地看着她,因为他觉得很难为情。

　　小姑娘好像不知道怎样开始才好。如果不是因为可怜的汤姆放声大哭,并请求她教他学好,帮助他弄掉身上的刺,她也许永远也不会开始。但是看到汤姆这副样子,她心软了，开始教起他来。世界上没有任何一个孩子得到的教育比这好。[赏析解读：由此处的描写中可以看出，这是一个善良、有爱心、乐意帮助他人的小姑娘。]

小姑娘到底教了汤姆些什么呢？她首先教他的是你们在妈妈膝下念祷告时学到的一切，只不过她教他的东西比那些简单多了，因为汤姆的世界里的功课与世俗世界的功课不同，没有那么多生字，所以水孩子们比你们更喜欢功课，而且他们都希望能学到更多东西。

从星期一到星期六，她每天都在教汤姆，只在每个星期天回家，由惩恶仙女来代她上课。她只是教了汤姆几个星期，汤姆身上的刺就几乎没有了，他的皮肤再次变得光滑干净。

"天哪！"小姑娘说，"我现在认出你了。你就是跑到我房间里的那个扫烟囱的孩子啊。"

"天哪！"汤姆嚷道，"我现在也认出你来了。你就是我看到的那个躺在床上的白衣小姐。"说完他走上前，想紧紧地抱抱她、亲亲她。但是他没有那样做，因为他想到她是一位出身高贵的小姐。[赏析解读：从此处汤姆的隐忍中可以看出，他有着很深的自卑感。]所以他只是绕着她蹦蹦跳跳，不停地转啊转，直到跳不动了为止。

然后，他们都谈起各自的遭遇——汤姆讲自己是怎样掉到水里的，小姑娘讲自己是怎样从石头上摔下来的；汤姆讲自己是怎样游到大海里的，小姑娘讲自己是怎样飞出窗子的。两个人就这样东一句西一句，把所有的话都讲完了。然后他们又从头讲了一遍，至于谁说得更快些，我也搞不清楚。

接着他们又开始做功课，现在他们都非常喜欢上课了。七年的时间在不知不觉中过去了。你一定会以为汤姆在那七年中会觉得幸福快乐，但事实上并不是这样。他总惦记着一件事，那就是——小艾莉每个星期天都会回家，她的家到底在哪里呢？

她说过那是一个非常美丽的地方，但是那个非常美丽的地方到底是什么样子的呢？它在哪里呢？而这些都是她无法用言语表达出来的。这很奇怪，却是事实，任何人都说不出来。那些常常去那个地方的人，甚至是离那个地方最近的人，也无法用言语描述出它的样子。有不少人住在"天外天"这个地方（汤姆后来也去了那里），自认为清楚这地方从北至南每一寸地方，好像他们是邮局的邮递员。不过，由于他们安安稳稳地住在那里，离这里有九万九千九百万英里远，他们说什么也和我们完全没关系。

但是，想要从去过那个地方的人——好人、圣人、智者、自我牺牲的人——那里打听到什么是根本不可能的，他们最多只会说那是世界上最美丽的地方。如果你追问他们，他们就会谦虚地保持沉默，怕被别人取笑。不得不说，他们这样做是正确的。

所以，善良的小艾莉只能说，世界上所有地方加起来也比不上它。她越是这样说，汤姆就越想到那个地方去。[赏析解读：汤姆对那个美丽的地方充满了好奇，这是他决定旅行的原因所在。]

"艾莉小姐，"他终于说，"我一定要知道，为什么你每个星期天回家时，我都不能和你一起回去。你不说我就不能安心，自然也不会让你安宁。"

"那你得问惩恶仙女去。"

所以，在惩恶仙女再来的时候，汤姆便向她问起这事。

"只配和海里的动物一起玩的小孩子是无法到那里去的，"她说，"能到那里去的人，必须先去他不喜欢的地方，帮助他不喜欢的人，做他不喜欢做的事。"[赏析解读：让汤姆去他不喜欢去的地方，帮助他不喜欢的人，做他不喜欢做的事，这成了他日后的使命。]

"那么，艾莉也那样做过了？"

"你去问她。"

艾莉红着脸说："没错，汤姆。一开始我并不喜欢来这里，因为我在家里快乐得多，那里每天都是星期天，而且一开始我很害怕你，汤姆，因为……因为……"

"因为我浑身都是刺吗？但是我现在身上没有刺了，不是吗，艾莉小姐？"

"是的，"艾莉说，"我现在非常喜欢你，而且我也很喜欢到这里来。"

"或许你也可以像艾莉那样,"惩恶仙女说,"学会喜欢去你不喜欢的地方,并且帮助你不喜欢的人。"

然而汤姆把手指放进嘴里,垂下了头。他并没有明白这里面蕴含的道理。

当福善仙女来时,汤姆又向她打听。因为现在他的小脑袋认为,她并没有她的姐姐那么严厉,或许她会透露点什么给自己。

啊,汤姆,汤姆,你这个愚蠢的家伙!我不知道我为什么要责备你,毕竟在许多成年人的脑子里也存在着这样的念头吧![赏析解读:许多人都会打着这样的小算盘,希望通过投机取巧得到自己想要的东西,显然汤姆也犯了这样的错,但这恰恰体现了人的本性。]

但是,当他们这样想的时候,他们得到的回答刚好与汤姆得到的是一样的。福善仙女说的话和惩恶仙女的话一模一样。

这样一来,汤姆就更郁闷了。等到星期天艾莉回了家,他很沮丧,还哭了一整天,惩恶仙女讲的那些好孩子的故事,他一点也听不进去,尽管那些故事比她以前讲的任何故事都好听。事实上,这样的故事他听得越多,就越是听不下去,因为那些故事里讲的全都是某个孩子怎样去做自己不喜欢做的事,不辞辛劳地去帮助别人,自己怎样努力工作去养活弟弟妹妹,而不是自顾自地玩耍,诸如此类。[赏析解读:惩恶仙女讲的这些故事,正是对孩子们的正确引导,目的是教他们学会宽容,学会助人为乐。]汤姆再也受不了了,他远远地逃开,躲进了岩石里。

等艾莉回来后,他又有些害怕,觉得艾莉会因为自己是个胆小鬼而看不起他。之后他又对她十分生气,认为她比自己厉害,能做到自己无法做到的事情。可怜的艾莉对这种令人费解的情况感到很伤心。最后,汤姆放声大哭起来,但他还是不肯把自己的真心话告诉她。[赏析解读:汤姆此时的矛盾心理既折磨着自己,也折磨着艾莉。]

原来在这段时间里,汤姆一直对艾莉回到哪里去了这个问题十分好奇,以至于没有心思和其他小伙伴玩耍，也对海里宫殿什么的失去了兴趣。这样一来反倒是件好事，因为他对周围的一切都感到不满意，所以待在哪里或是去哪里，这些他都不在意了。

"唉，"他终于开口说道，"我在这里太难过了，我要离开这里，你会跟我一起走吗？"

"啊！"艾莉说，"我很希望能跟你一起走。但不幸的是，惩恶仙女说了，如果你一定要走，只能一个人走。哎，别捅那只可怜的螃蟹，汤姆（这时的汤姆很淘气），否则惩恶仙女又要惩罚你了。"

汤姆几乎要脱口而出："我才不在乎她会怎么惩罚我呢。"但是，他又及时把话咽了回去。

"我知道她想要我去做什么，"他伤心地哭诉，"她要我去找那个可怕的老格里姆斯。我不喜欢他，这很明显。如果我找到他，我知道，他会再把我变成一个扫烟囱的孩子。这是我一直以来最害怕的事情。"[赏析解读：汤姆很清楚惩恶仙女的意图，只是当初格里姆斯的所作所为给他造成了严重的心理阴影，只要一想到格里姆斯，他就会忍不住地害怕。]

"不，他不会，这个我倒是很清楚。没有谁能够把水孩子变成扫烟囱的孩子，也没有谁能伤害到水孩子，除非他们本身就是个坏人。"

"啊，"淘气的汤姆说，"我知道你要干什么了。你想说服我去找他，因为你已经厌倦我了，想要摆脱我。"

听到汤姆的话，小艾莉不可思议地睁大了眼睛，泪水涌了上来。[赏析解读：对汤姆的质疑和责备，艾莉感到十分伤心，也十分委屈。]

"啊，汤姆，汤姆！"她伤心极了，接着叫道，"汤姆，你在哪里？"

汤姆也叫道："艾莉，你在哪里？"

原来他们看不到对方了，完全看不到了。小艾莉消失了，汤姆听到她喊他的声音越来越远，直到最后什么也听不到了。

还有谁比这时的汤姆更害怕呢？他在石头中不停地游动着，游得比以前任何时候都快，但还是没有找到艾莉。他大声呼喊着她的名字，却听不到她的回应。他问所有的水孩子，但他们都说没有见到她。最后他游到水面上，呼喊福善仙女，但是她没有来。后来他又哭喊着呼唤惩恶仙女，这是他唯一能做的事了。[赏析解读：从汤姆的一系列动作中，可以看出他此时有多么的害怕、不安和慌乱，反映出他和艾莉之间的深厚情谊。]果然，她马上就来了。

"啊！"汤姆说，"天哪，天哪！我太淘气了，我杀了艾莉，我知道是我杀了她。"

"你没有杀了她，"惩恶仙女说，"但是我把她送回家了，我也不知道她下次什么时候才会再回来。"

惩恶仙女这样一说，汤姆哭得更伤心了，大海都因为他的眼泪涨了起来，所以这一天的潮水比前一天高出了零点三九五四六二○八一九英寸，但那也可能要归因于月亮在变圆。

"你把艾莉送走了，真是太残酷了！"汤姆呜咽道，"无论如何，我也要找到她，哪怕走到世界的尽头，我也要再次找到她。"[赏析解读：从汤姆要找到艾莉的决心可以看出，艾莉对他来说是非常重要的伙伴。]

惩恶仙女没有抽汤姆耳光，让他闭嘴，反而温柔地将他抱在怀里，就像她的妹妹那样，并且让他明白这不是她的错，因为她就像钟表一样，有些事无论她想不想做，都必须去做。她告诉汤姆，他已经被照顾得太久了，如果他想成为一个男子汉，就要趁现在到外面的世界去见识见识了。他必须一个人去，就像古往今来的每个人一样，用自己的眼睛看，用自己的鼻子闻，自己睡自己铺的床。她还告诉他，如果一个人在这世界上足够勇敢、正直、善良，他就会发现世界是个奇异有趣的地方。她对他说，无论遇到什么事都不要害怕，只要记好以往的教训，做认为是正确的事就好，那样的话任何东西都无法伤害到他。可怜的小汤姆被她安慰了好半天，此时恨不得马上就走。

[赏析解读：惩恶仙女描述的外面的世界，使小汤姆产生了强烈的好奇心，他迫不及待地想要得到成长，去看一看外面的世界。]

"只是,"他说,"如果我能在出发之前,见一见艾莉就好了!"

"你为什么会这么想呢?"

"因为……因为如果能让我知道她原谅了我,我会很开心的。"

一瞬间,艾莉就出现在了汤姆面前,她微笑着,看上去非常快乐。汤姆情不自禁地想要亲吻她,但是他害怕那样做会对她不尊重,毕竟她是个出身高贵的小姐。

"我走了,艾莉!"汤姆说,"哪怕是要走到世界的尽头,我也要去。但是我一点也不想去,这是真心话。"

"呸!呸!呸!"惩恶仙女说,"你会喜欢这次旅行的,你这个小坏蛋,而且你明明知道。要是你不喜欢的话,我也会让你喜欢的。你过来,看看那些只做自己喜欢的事情的人都是什么下场。"[赏析解读:惩恶仙女一眼就看穿了汤姆的"谎言",这让她看起来更加可爱了。那么,只做自己喜欢的事情的人究竟会有怎样的下场呢?这实在是让人十分好奇。]

惩恶仙女的石头缝里放着各种式样的神秘橱柜,她从一个橱柜里拿出了一本十分奇妙的防水书,书里有许多你从来没有见过的照片。原来,她早在一千三百五十九万八千年前(这是真的)就发明了照相术,那时还没有人类。而且她的照片不但有光和影,还有色彩,各种颜色都有,就像黑雄鸡的尾巴或蝴蝶翅膀那样。所以她的照片非常稀奇,也非常有名。只要一打开,孩子们都会怀着莫大的喜悦去看。

这本书的扉页上写着:"逍遥国历史,这个伟大而著名的国家是勤苦国的分支,所以他们国家的人整天只想着弹琴。"[赏析解读:这里出现了两个名字很奇特的国家——逍遥国和勤苦国。从名字就可以猜出,逍遥国的人和勤苦国的人有着完全不同的行事作风。]

他们在第一张照片里看到逍遥国的人居住在现成州的土地上,位于乐天山脚下,山上遍布着懒果。

他们过的生活很像西西里岛上那些快活的老希腊人,因为他们根本不用去工作。

第六章 艾莉消失了

他们不住在房子里，而是住在美丽的岩洞中，每天在温泉里洗三四次澡。至于衣服，因为那里很暖和，所以男人们走动时只戴着一顶尖帽子，穿一条短裤或是类似这样轻便的东西。女人则在秋天时（她们在秋天时没有那么懒）采集些蜘蛛网来制作她们的冬衣。

他们都很喜欢音乐，但又嫌学钢琴或小提琴太麻烦。至于跳舞，那要耗费太多力气，所以他们成天坐在蚂蚁山上弹琴。如果蚂蚁咬他们，他们就起身换一座蚂蚁山来坐，再咬就再换。

他们坐在懒树下，等着懒果掉进嘴里；他们坐在葡萄树下，把葡萄挤成汁喝；小猪烤熟了会自己跑过来，对他们说："来吃我吧。"他们就张着嘴，等小猪自己来碰他们的嘴，那时再心满意足地咬上一口。[赏析解读：在童话的世界里，一切都有可能，此处的描写充满了童趣和奇异。从逍遥国人的生活状态中不难看出他们非常懒，只做自己喜欢做的事情。]

他们从来不需要武器，因为没有敌人能靠近他们的领土。他们也不需要工具，因为所有东西都是现成的。那位严厉的老仙女也从来不靠近他们，驱赶他们起来，或是逼迫他们思考，又或是杀掉他们。

世界上没有一个民族能像他们那样舒服、无忧无虑地生活。

"唉，那种生活才是快乐的。"汤姆说。

"你是这么想的吗？"惩恶仙女说，"你有没有看到后面那座山顶上有烟冒出来的高大的山峰？"[赏析解读：这里提到的那座山峰，最终成了导致逍遥国居民不幸的源头，渲染出神秘的气氛。]

"看到了。"

"你有没有看到附近到处都是灰烬和火屑？"

"看到了。"

"那你翻到五百年后，看看发生了什么事情。"

这一看可不得了，火山像火药桶似的爆发了，然后像开水壶一样沸腾着。三分之一的逍遥国人被炸到了天上，另外三分之一被炸成了灰烬，只有三分之一的人活了下来。[赏析解读：灾难突然降临在逍遥国人的头上，这种毁灭性的打击让人不禁对逍遥国人心生同情。但是他们为了生活舒适而住在火山上，不得不说是咎由自取。]

"你看，"惩恶仙女说，"生活在火山上就是这样的结果。"

"哎，那你为什么不警告他们呢？"

"我也曾经想尽办法警告他们。我让烟从火山口里冒出来，哪里有烟哪里就有火呀。我还把灰烬和火屑撒得到处都是，因为有火屑的地方就可能再次引起火灾。但是他们编了一个神话故事（那肯定不是我讲给他们听的），他们说，这些烟是一个巨人吐出的气，那巨人当年是被某个神埋在山下的，那些火屑是某些小矮人烤小猪时撒下的，还有其他乱七八糟的荒谬的话。对这样的人，除了用棍子狠揍一顿，我无法教他们。"[赏析解读：对这种顽固不化、愚昧的人，就连惩恶仙女也束手无策，这也是逍遥国人最终退化的主要原因。]

她把书又翻到了五百年后，那些活下来的逍遥国人懒得从火山边搬走，还是像以前一样过着悠闲的生活。他们是这样说的："火山已经爆发过一次了，不会再爆发了。"他们的人数已经很少了，但他们只是说："人多热闹，人少好生活。"但事情的真相并非如此，因为懒树都被烧死了，烤猪也都吃完了，而且也不能指望烤猪生出小猪。因此他们的生活变得十分艰苦，只能用树枝从地里挖草根和干果来填饱肚子。他们中有些人说起了种稻子的事，不过他们已经忘了怎样制作耕犁（这时他们甚至连怎样做琴都忘了），而且他们把多年前从勤苦国带来的稻种都吃完了。离开本土去找一些来过于麻烦，所以他们只好靠吃草根和干果生活，由于太过艰苦，所有瘦弱的孩子都死于一种大肚病。[赏析解读：逍遥国人的遭遇虽然令人感到痛心，但他们之所以会生活得如此凄惨，最主要的原因还是由于他们太懒，由此可见勤劳的重要性。]

"唉，"汤姆说，"他们变得比野人强不到哪儿去。"

"你再看看，他们变成什么样子了。"艾莉说。

"的确。人如果没有烤牛肉和果子蛋糕吃，只靠少量的蔬菜度日，他们的下巴就会变大，嘴唇会变得粗糙。"

接着惩恶仙女又把书往后翻了五百年。这时他们已经全都在树上生活了，在树上做巢来躲避风雨，树下全是觅食的狮子。

"唉，"艾莉说，"这些狮子好像已经吃掉许多人了，现在活下来的人少了很多。"

"是的，"仙女说，"你看，只有最强壮、最灵敏的人才能爬上树，逃脱被狮子吃掉的命运。"

"你看看他们的肩膀多宽，背多厚啊，这群强壮的家伙。"汤姆说，"我从来没有见过这样粗野的人。"

"是的，现在他们变得非常强壮了。而那些女人只愿意嫁给最强壮、最凶猛的男人，因为只有他们才能够帮助她爬到树上，以免被狮子吃掉。"

她把书又往后翻了五百年。到这时，他们的人数更少了，也变得更强壮、更凶猛了。不过他们的脚变得很奇怪，大脚趾能钩住树枝，就像手指一样。[赏析解读：为了适应在树上的生活，逍遥国人的外貌特征发生了明显的变化，虽然更强壮、凶猛和灵活了，但是也变得丑陋了。]

两个孩子看了都感到十分奇怪，便问惩恶仙女是不是她干的。

"是，但又不是，"惩恶仙女微笑着说，"因为只有那些能够把脚用得像手一样灵活的人才能活下去，或是能够娶妻，因此他们凭借着这样的优势，让其他人都饿死了。于是那些剩下来的人延续着那种大脚趾像大拇指的纯种血脉。"

"但是他们中有一个人身上有毛啊。"艾莉说。

"啊！"惩恶仙女说，"他将成为他们这个时代的大人物，会成为整个部落的首领。"

她把书又往后翻了五百年，上面的内容证实了她刚才说的话。

只见那个身上长毛的首领生了许多身上长毛的孩子，这些孩子又生了许多毛更多的孩子。于是每个女人都希望嫁个身上长毛的丈夫，生下身上长毛的孩子。因为那时的气候已经变得非常寒冷，只有身上长毛的人才能活下去，其他不长毛的人都患上了伤风咳嗽，还没有长大成人就都得了痨病。仙女又翻过了五百年，他们的人数变得更少了。

"这里怎么有一个人趴在地上找草根呢？"艾莉说，"他已经不能直立行走了。"

他确实不能再直立行走了，因为就像他们变了形的脚一样，他们的背也变了形。

汤姆说："我确定他们就是猿猴。"[赏析解读：逍遥国人为了过着逍遥的生活，付出了惨重的代价，不仅失去了家园，还退化成了猿猴，令人唏嘘。]

"你说得没错，这些可怜愚蠢的家伙啊，"惩恶仙女说道，"他们现在已经变得很笨了，脑子也几乎不能思考问题，这是因为他们千百年来都没有动过脑。他们也几乎忘了怎么说话，因为每个愚蠢的孩子都会忘记从父母那里学到的语言，而自己又没有本事创造新的语言。不仅如此，他们全都变得十分凶猛、野蛮，互相猜忌，所以各自闷闷不乐地待在黑暗中生闷气，再也不说话了。最后，他们都差不多忘了怎么说话了。恐怕他们很快就会完全变成猿猴了。这样的结果全是因为他们只做自己喜欢的事啊。"

果不其然，又过了五百年，由于食物匮乏，逍遥国的人几乎都死光了，只留下一个身材高大的老家伙，站起来足有七英尺高，他的下巴长得像扑克牌里的"J"（杰克）那样。一位享有盛名的猎人走到他面前，看到这个老家伙吼叫着拍打着自己的胸脯，便向他开了一枪。这时老家伙才想起自己的祖先曾经也是人，于是他想说："难道我不是人，难道我们不是同胞吗？"但是现在的他已经忘记怎样使用舌头说话了，他想起来要去找医生，但是已经忘了医生叫什么，所以他只能发出"呜布布"的声音，然后就死了。

这就是伟大悠闲的逍遥国的结局。汤姆和艾莉看到书的结尾时，神情都十分悲伤和庄重。

"难道你不能救他们一下，不让他们变成猿猴吗？"最后小艾莉问道。

"一开始我是可以的，亲爱的。只不过他们要像人类那样，去做自己不喜欢的事才行。但是他们拖得越久,就越像那些愚蠢的野兽,只做自己喜欢做的事情,这样一来,他们就会变得越来越蠢,越来越笨。[赏析解读:这里看起来像是在说逍遥国人,实则是在劝告读者,人不能只做自己想做的事情,这样一来就与野兽没有什么分别了。]直到最后无药可医,因为他们已经不想用脑子去思考问题了。我之所以会变得这么丑,也正是因为这些事情,我也不知道什么时候才能变漂亮。"

"现在他们在哪里呢?"艾莉问道。

"在他们该在的地方,亲爱的。"

"的确!"惩恶仙女合上书的同时,半是自言自语、半是严肃地说,"现在人们说,我能把野兽变成人,或许他们是对的。所以我劝告他们要像个人,做人要做的事。[赏析解读:人与兽最大的区别在于人可以独立思考问题、分辨是非对错,而野兽不能。]凡事都有两面性,有进化也会有退化。如果我能把野兽变成人,那么我也能把人变成野兽。你有一两次差点被变成野兽,小汤姆。其实,如果你没有下决心出去看一看这世界,去闯一闯,我都不知道你最后会不会变成池塘里的一条水蜥蜴。"

"天哪!"汤姆说,"我得赶快走,现在就走,哪怕要走到世界的尽头,我也要去。"

第七章　浮冰下的光辉城

[**名师导读**]

汤姆向着光辉城出发了。一路上,他不断地向其他动物打听去光辉城的路,也遇到了许多善良热心的动物为他指路,有鲱鱼王、大海雀、海燕、海鸥等。汤姆跋山涉水,终于来到了位于浮冰中间的光辉城。他在这里看到了护持婆婆,这是位神秘、温柔的老仙女。两人之间会发生怎样的故事呢?汤姆接下来又会去哪里呢?

大自然,这个上了年纪的护士,

把孩子抱在她的膝上,

说:"这有本故事书,

是你的父亲为你写的。"

"同我一起去逛一逛吧,"她说,

"漫游在那人迹未至的地方,

读一读上帝的手稿里,

未被人读过的篇章。"

跟着亲爱的老护士,

他越走越远;

她日夜为他唱着,

那天地万物的诗篇。

——朗费罗

"现在,"汤姆说,"我准备动身了,到那世界的尽头去。"

"好的!"惩恶仙女说,"你很勇敢,好孩子。但是,如果想要找到格里姆斯,那你要去比世界的尽头更远的地方才行,因为他在'天外天'。你要先到光辉城,穿过那个永远都不打开的白色城门,然后去和平池和护持婆婆港。护持婆婆港就是善良的鲸临死前到达的地方,在那里,护持婆婆会告诉你怎么去'天外天',你在那里就可以找到格里姆斯了。"

"天哪!"汤姆说,"但是我不知道去光辉城的路,我对它在哪里一无所知。"

"小孩子不能怕麻烦,必须自己去寻找答案,否则永远长不大。你可以去问海中的生物和天上的飞鸟。只要你对他们友好,他们就会愿意告诉你怎么去光辉城的。"[赏析解读:惩恶仙女在教给汤姆一个道理,愿望要靠自己去实现,只有这样才能让自己获得成长,而且只要对人友好谦逊,就一定会从别人那里得到帮助。]

"好,"汤姆说,"那将是一场漫长的旅行,所以我最好马上动身。再见了,艾莉小姐!你知道我已经长大了,我必须去闯一闯。"

"我知道你必须去,"艾莉说,"但是请你不要忘了我,汤姆,我会在这儿等你回来。"

她和他握了手,道了别。汤姆又想要亲吻她,但是因为她的小姐出身,让汤姆觉得那样做是对她的不尊重,于是答应不会忘记她。不过由于他满脑子都是去闯荡世界的念头,所以还不到五分钟,他就已经把艾莉小姐忘得干干净净了。尽管他在脑子里把她忘记了,可是心里却没有忘。[赏析解读:人在专心致志地做一件事时,总会忘掉其他事情,所以汤姆暂时忘记艾莉是很正常的。但是他和艾莉之间情谊深厚,他并没有真的忘记她,所以才说"心里却没有忘"。]

汤姆一路上都在向海里的生物和天上的飞鸟打听怎么去光辉城,但是谁也不知道。为什么呢?因为他所在的地方距离南边太远了。

后来他遇到了一艘船,这艘船比他从前见到的船都要大,那是一艘巨大的海轮,船后面拖着长长的黑烟尾巴。一大群海豚正在追着船跑,在船的周围绕来绕去。汤姆向它们打听去光辉城的路,但是它们都说不知道。汤姆想不通,为什么这艘船没有帆也能航行,于是游到旁边去看个明白。他兴高采烈地在船底下玩了一天后才想起自己该动身上路了。他马上观察甲板上的水手,还有戴着风帽、拿着小伞的妇女们。不过甲板上没有人能看到他,因为他们的眼睛没有打开——事实上,世界上大多数人的眼睛都没有打开。[赏析解读:这里所说的"眼睛没有打开",指的是拥有纯真善良的灵魂。只有拥有纯真善良的灵魂的人才能看到水孩子,而这样的人太少了。]

一位非常漂亮的夫人走到船尾甲板上,她穿着一身深黑色的寡妇丧服,怀里抱着一个婴儿。她的身体靠在后船舷上,一次又一次地望向远方的英格兰,她一边回望,一边唱着:

温柔的、温柔的风,从芳香的南方吹来,

随风飘来的云朵就像银色的网,笼罩着夏日的海;

薄薄的雾,在沾染着露珠的手指上凝结成晶状,

织成了一层斑斓的薄纱,遮住了我和我的孩子。

深藏在你内心深处的,那永恒的爱,

将自己播向四海、大地和天空,啊,主啊;

隐藏在你神圣的额头里的,那颗被折磨得憔悴疲惫的心,

为无助的我和孩子,挡住悲伤、罪孽和羞辱。

她的声音是那样轻柔,音调是那样美妙,汤姆喜欢得能听上一整天。此时,她

正抱着孩子倚靠在栏杆上,指给他看跳跃的海豚和翻腾的海浪。看,那个小家伙看到汤姆了。[赏析解读:孩子未经世事,是最纯洁无瑕的,所以他能够看到汤姆。]

他们的目光在半空中相遇了,以至于汤姆确信那个孩子看到了自己。那个孩子笑着向他伸出手,汤姆也笑着向孩子伸出了双手。那个孩子在美夫人的怀里蹬着小腿,身体不停地向前跳跃,似乎想跃过甲板来到汤姆身边。

"你究竟看到了什么,宝贝儿?"美夫人说着,目光随着孩子望去的地方看了过去,她终于也看到了正在下面的浪花中游泳的汤姆。

她被吓得轻轻地尖叫了一声,然后十分平静地说:"你是海里的宝贝吗?啊,或许对孩子来说,那里才是最快乐的去处吧。"她向汤姆招招手,接着喊道,"等一下,宝贝儿,稍等一会儿,也许我们也想和你一起去,因为那样会让我们得到安息吧。"[赏析解读:从美夫人短短的几句话中,可以看出她的内心正经历着痛苦。同时她可以看到水孩子,说明她虽然是一个成年人,却是一个有着纯真善良的灵魂的人。]

这时,一位穿着一身黑衣的老保姆走过来对她说了些什么,然后把她拖了进去。汤姆转过身向着北方游去,他看起来十分悲伤,而且很迷茫。他看着海轮静静地驶向远方,直到融入暮色之中,船上的灯一个个露出光来,又一个个地消隐。那道长烟也渐渐淡入暮霭之中,最终完全从视野中消失了。

他继续向北游去,游了一天又一天。后来他遇到了一条鲱鱼王,汤姆向他打听去光辉城的路,他说:

"如果我是你,年轻人,我就去伶仃石上问一问那只最后的大海雀(又称大海燕,体长75~80厘米,体重5千克,长得略似企鹅。是一种不会飞的鸟,曾广泛存在于大西洋周边的各个岛屿上,但由于人类的大量捕杀而在1844年灭绝。它在水中的游动速度非常快,但由于双翼已经退化,只能在水面上低低滑翔,不能够飞行,在陆地上的行动也比较缓慢。英语中的企鹅一名最开始就是指大海雀,在灭绝后,名字让给了南极发现的企鹅,而它们就被称为大海雀),她是一个非常古老的部落的一员,几乎和我的家族一样古老。她知道许多现代人不知道的事情。"

汤姆向他打听去她那里的路，鲱鱼王好心地告诉了他。他是一个彬彬有礼的旧派老绅士，只不过长得丑极了，装扮也十分古怪。汤姆向他道过谢，正准备游走时，听到他在后面喊道："我说，你会不会飞啊？"

"我从来没有试过，"汤姆说，"怎么？"

"因为如果你会飞，我劝你绝对不要对那位大海雀老夫人说。你千万要记住，再见。"[赏析解读：可以看出鲱鱼王十分善良、热心，同时他的警告也让读者对大海雀老夫人产生了强烈的好奇心。]

汤姆又游了七天七夜，最后遇到了一大群鳕鱼（鳕鱼是生活在海洋底层和深海中下层的冷水性鱼类，肉质鲜美、营养丰富，有极高的经济价值。冰岛和英国曾因为捕捞鳕鱼的渔业冲突爆发了三次鳕鱼战争），那是他从来没有见过的景象。在海底经常潜伏着成千上万条鳕鱼，它们整天狼吞虎咽地吃着贝壳；上面还有上百条青色的鲨鱼游来游去，鳕鱼一游上去就会被它们吃掉。[赏析解读：自然界的生存准则就是弱肉强食，此处的叙述正好暗合了这一准则。]

在这里，汤姆看到了那只最后的大海雀，她孤独地站在伶仃石上。那是一位十分精神的老夫人，足有三英尺高，而且站得笔直，就像某些高原部落的酋长一样。她穿着一件黑天丝绒长袍，戴着白色帽子，系着白色的围裙，她的鼻梁很高，上面架着一副白框眼镜，这使她看上去非常古怪，但这是她家族的古老习俗。

她没有翅膀，只长着两只有羽毛的手臂，被她充当扇子给自己扇风用，她总是抱怨天气太热，嘴里一直轻哼着一支老歌。那是很久以前当她还是一只雏鸟时学会的歌：

两只小小鸟，坐在石头上，

一只游走了，一只很悲伤，

还有个孤苦无依的老夫人。

另一只也游走了，变得空荡荡，

只留下那块孤零零的冷石头，

陪着那孤苦无依的老夫人。

原本应该是"飞走了",而不是"游走了",但是由于她不能飞,所以她有权力加以修改。[赏析解读:想必看到这里,读者们就明白了鲱鱼王提醒汤姆不要说会飞这件事情的原因,起着回应上文的作用。]但是无论如何,她唱这支歌非常合适,因为她自己就是个老夫人。

汤姆恭恭敬敬地走上前去,鞠了一躬。她第一句话就问:"你有翅膀吗?你会飞吗?"[赏析解读:大海雀看到汤姆后的第一句话就是问他会不会飞,很明显她十分在意自己不会飞这件事情。]

"天哪,我不会飞,夫人。这样的事情是我想也想不到的。"狡猾的小汤姆答道。

"那我就很乐意和你说话了,亲爱的。如今能看到没有翅膀的东西可太难得了。确实,现在所有新发迹的鸟儿都有翅膀,都要飞,它们要用飞来抬高自己的地位,这到底是为了什么呢?在我祖先的那个时代,从来没有鸟会想要拥有一双翅膀,没有翅膀也能过得很好。现在它们都嘲笑我古板,就连那些可怜至极的小东西——那些卑贱的海燕和海雀——也有了翅膀。我想我的那些表亲——北极鸟也一样。它们的出身都很好,应当自重些,为什么非要去模仿那些不如它们的呢?"[赏析解读:可以看出,大海雀对鸟儿长翅膀这件事异议很大,在她的认知里,鸟儿不长翅膀才是正确的。很显然这样的想法令人难以认同。]

她不停地说着,以至于汤姆都插不进话。最后,在这个老夫人说得喘不上气、开始给自己扇风时,汤姆终于找到了插话的机会,向她打听怎么去光辉城。

"你是说光辉城吗?没有谁比我更清楚。几千年前我们都是从光辉城来的,那时的气候十分寒冷,正适合上流人士生活。可是现在的气候如此炎热,还有这么多长着翅膀的下等东西飞上飞下,有什么吃什么,连上流人士的猎物也被它们剥夺了。一千年前,那些家伙谁也不敢靠近离我们一英里远的地方。可是现在,无论你是去寻找吃的还是离开这块礁石,你都有可能遇到它们。我在说什么?我们在这世界上完全没落了,亲爱的,除了姓氏之外什么也没有了。我是我们家族中仅存的一个了。[赏析解读：从这句话中可以看出，大海雀家族面临着绝种的危险，与"伶仃石"这个名字相呼应，令人同情。]我和一个朋友是在年轻时来到这块礁石上定居的，就是为了避开那些卑贱的东西。以前我们曾经是个大国，遍布北方的所有岛屿。但是人类朝我们开枪，敲我们的脑袋，拿走我们的蛋。唉，你相信会发生这样的事情吗？他们说在拉布拉多（北美洲最大半岛，世界第四大半岛，为美洲大陆最东端。东部属加拿大纽芬兰省，西部和西南部属魁北克省）海岸，水手们经常会把木板从礁石上架到他们称为船的东西上，沿着木板成群地驱赶我们。我们成堆地摔倒在船里，然后那些可恶的家伙们就会把我们吃掉。嗨，但是——我说到哪儿了？最后，我们的家族几乎全体覆没，只有在人们爬不上的海燕岛（指冰岛西南端的一座小岛，这座小岛距离大陆约42千米，去那里要冒很大的风险，冰岛的民间传说让人们不敢涉足此地，无意中保护了大海雀。1830年3月，一座海底火山突然爆发，大海雀的避难所随之消失在了巨浪中）上还有一些存活着，但即使在那里，我们也不得安宁。有一天，那时我还是一个小姑娘，陆地突然摇晃起来，海水沸腾，天昏地暗，空气中充满了浓烟和灰尘，海燕岛忽然陷进了大海里。那些海燕和海雀理所当然地飞走了，可是我们的骄傲让我们不屑于这么做。[赏析解读：大海雀灭绝的原因除了人类的滥捕滥杀之外，还因为它们的古板与固执，为了所谓的尊严将自己置身于危难之中。]我们中有的被撞成了碎片，有的被淹死，幸存下来的逃到了艾尔帝，后来海雀告诉我，它们如今也都已经死了（逃到艾尔帝的大海雀也没有逃过人类的毒手。维多利亚时代的科学家热衷于收集动物标本，大海雀引起了他们的兴趣，这给大海雀带来了灭顶之灾。冰岛的渔民开始猎捕大海雀，当场拧断它们的脖子，将它们带回村子里，剥皮、吃肉。然后把大海雀的皮毛低价卖给来自雷克雅未克的商人，最后再由这些商人转卖给欧洲博物馆。1844年7月3日，在冰岛附近的火岛上，最后一对大海雀在孵蛋期间被杀死），还说在以前的海燕岛旁边又升起了一座新的海燕岛，只不过那里地势低洼，生活在那里很不安全。所以我只得独自一人待在这里。"

这就是大海雀的身世，虽然听起来很离奇，但这就是事实。

"你们要是有翅膀就好了！"汤姆说，"那样你们就可以和别的鸟一样飞走了。"

"你说得没错，小伙子。如果不是出生在世家，或是能够忘记贵族的身份，就能和其他为所欲为的人一样，没有什么是不能做的，在这世界上过日子就会变得很容易了。唉，如果当时我能抛弃自己的身份，也不至于像现在这样孤孤单单的了。"[赏析解读：大海雀老夫人的一番话，明显让人感觉到了她深深的懊悔之情。]可怜的老夫人叹息道。

"这是怎么回事呢？"

"唉，亲爱的，当时有一位绅士同我一起来到这里，我们在这里待了一段时间后，他想要结婚——实际上，他真的向我求婚了。我不否认，当时我年轻漂亮，可是我不能接受他的求婚，因为他是我已故姐姐的丈夫，你明白吗？"

"那当然不行了，夫人。"汤姆说道。其实他并不明白那是怎么回事。"她一定病得很厉害吧？"

"你没有理解我的意思，亲爱的。我是说，我作为一个小姐，声名显赫，有责任拒绝他，取笑他，不停地啄他，和他保持适当的距离。有一次我把他啄得太厉害了，那个可怜的家伙向后跌倒，从岩石上摔了下去——确实，他很不幸，但那不是我的错——一条鲨鱼从旁边经过，看见他在那里扑腾，就扑上去吃掉了他。从那以后我就一个人孤零零的啦。我很快也要离世了，亲爱的，没有人会想念我，到时候就只剩下这块可怜的礁石了。"[赏析解读：大海雀的话让人感受到了她那深深的孤独感，这也是她的固执和刻板导致的。]

"不过，请告诉我，去光辉城怎么走啊？"汤姆问。

"哦，你要走了，亲爱的，你要走了。让我想想，我敢肯定，是这样，没错，我的脑子已经完全糊涂了。你知不知道，亲爱的，恐怕，如果你想知道的话，你就得去问问这一带那些讨人厌的鸟了，因为我已经完全忘记了。"

可怜的大海雀老夫人哭了起来,她流出的眼泪像清油似的,让汤姆也为她感到难过,同时也为自己感到难过,因为他实在不知道要去问谁了。

就在这时飞来了一大群海燕,它们长着白色的尾巴,是护持婆婆的孩子。汤姆觉得它们比大海雀老夫人漂亮多了。它们像一大群黑燕那样在波浪上漂过来,两只小脚十分轻快灵巧,还相互轻柔地说着话,汤姆马上就爱上了它们,于是问它们怎么去光辉城。[赏析解读:此处对海燕的描写,为读者刻画出了一群生动、讨喜、温柔的海鸟形象,与大海雀形成了鲜明的对比。]

"光辉城?你想去光辉城吗?那就跟我们走吧,我们给你指路。我们是护持婆婆的孩子,她派我们到大海的各处给那些好心的鸟儿指明回家的路。"[赏析解读:可以看出这些海燕十分善良、热情、乐于助人,这样汤姆的旅途一下子变得有希望了。]

汤姆高兴极了,他对大海雀鞠了个躬后就朝海燕们游了过去。大海雀并没有还礼,她仍然笔直地站在那里,一边流着眼泪,一边唱着:

只留下那块孤零零的冷石头,

陪着那孤单的老夫人。

但是她唱错了,因为那块石头并不是孤零零的。在汤姆下次经过这里的时候,他将会看到截然不同的景象。[赏析解读:"截然不同的景象"为读者设置了一个悬念,为进一步叙述和说明做铺垫,起着启示下文的作用。]

那时大海雀已经过世,但是有更好的事物来替代她。等到汤姆下次来的时候,将会看到成百条小渔船停在那里,有从苏格兰来的,有从爱尔兰来的,有从奥克尼(在苏格兰北方沿海32千米处,由南、北罗纳德赛、巴雷、霍侬等70多个岛屿组成,首府是柯克沃尔)来的,有从设得兰群岛(位于苏格兰以北210千米,由约100多个岛屿组成,人口不过五万,都是维京人后裔。是欧洲最好的三文鱼产地,也是英国最有可能看到极光的地方)来的,还有从北方港口来的,这些船上装满了海中霸王——北方海盗（指的是北欧的维京人）的后代。那些人会用渔网捕捞成百上千的大鳕鱼，直到他们的手拉渔网拉得又酸又痛才停下来。他们将鳕鱼制成鱼肝油和肥料，把鱼肉腌制起来。有一条军舰会停在这里保护他们，一座灯塔将会在礁石上为他们指明道路。你和我或许有一天会去伶仃石上看看那里的夏季海滨美景，捕捞一些人们从来没有见过的海洋动物。那时汤姆会看到这一切，也许你我也会看到。但我们还是会感到伤心，因为再也不会有什么大海雀了，更不会出现足够多的大海雀，让人们可以把它们赶进石头圈里，然后杀死它们。不过我们要记住丁尼生（阿尔弗雷德·丁尼生，1809—1892年，英国维多利亚时代最受欢迎及最具特色的诗人，代表作品为组诗《悼念》）先生说过的话：

"旧秩序的改变，是为了给新秩序让位，因为上帝是通过诸多方式来实现自我的。"［赏析解读：世界上没有一成不变的东西，也没有什么会永远存在下去，旧的事物总会消亡，被新的事物所取代，这就是这个世界的法则。］

现在，汤姆迫切地想要动身到光辉城去，但是海燕们说不行，因为它们要先去水禽国，等那里的水禽大会结束后，才能动身去北方岛屿间的夏季孵育场，在那里一定能遇到去光辉城的鸟。但是，它们要汤姆保证不说出水禽国的位置，否则人类就会到那里射杀鸟儿，把它们制成标本，放进愚蠢的博物馆里，使它们无法在护持婆婆的水上花园里游戏工作、生儿育女，而那里才是它们原本应该去的地方。［赏析解读：作者在这里含蓄地抨击了人类滥捕滥杀的行为，这种行为给自然界的生灵们带来了灭顶之灾，所以它们都对人类敬而远之。］

因为这个原因，所以没有人知道水禽国在哪里。汤姆在那里等了许多天，而在此期间，他看到了一件古怪的事：岸边的兔子窝旁聚集了许多只毛头鸦，就像你在剑桥见到的那种，它们发出强烈的噪音，吸引着汤姆去一探究竟。

原来这些毛头鸦正在举行它们一年一度的北方会议。其中那些矮胖的演说家在当众演说，它们都站在由一具老羊的头盖骨充当的演讲台上。

它们呱啦呱啦地炫耀着这一年中所做的聪明事：啄掉了多少只绵羊的眼睛，吃掉了多少头死牛和多少只松鸡，抢劫了多少个松鸡蛋，以及如何用自己的尖嘴啄开那些松鸡蛋的（这是毛头鸦的拿手好戏）。[赏析解读：毛头鸦把种种恶行当成"聪明事"大肆炫耀，说明它们本性恶劣，迟早要受到惩罚。] 这样的吹嘘让毛头鸦得意扬扬，但事实到底是什么样的，我就不说了。

　　最后，它们牵来一位纯洁优雅、美丽绝伦的年轻的毛头鸦小姐，把她推到中间，接着全体毛头鸦一起向她发起攻击，鄙视她、侮辱她，原因竟然是这位小姐从来没有偷过松鸡蛋，还公然声称自己不愿意去偷。[赏析解读：在这些毛头鸦看来不偷东西是不对的，是有辱身份的做法，这位年轻的毛头鸦小姐还要因此受到惩罚，这是多么荒谬的事情啊。] 根据毛头鸦的法律，她必须接受公审（毛头鸦每年都会召开国会，想尽办法审判犯人）。这位年轻的毛头鸦小姐穿着黑色的衣袍，戴着灰色的头巾，站在它们中间，看上去十分温顺、整洁，因此它们马上向它发起了攻击。虽然她尽量在向它们解释，但是并没有什么用——

　　她说不喜欢吃松鸡蛋；

　　她说不吃松鸡蛋也能过下去；

　　她说她不敢吃松鸡蛋，因为那些看守的人令她感到害怕；

　　她说她不忍心吃，因为那些松鸡蛋看起来是那样漂亮、善良和快乐；

　　她说她还有很多很多原因。

　　其他的毛头鸦全都压在她的身上啄她，汤姆还没来得及去救她，她就被啄死了。而那些毛头鸦在她死后，全都得意地飞走了。[赏析解读：此处的描写突出了当时状况的惨烈，以及那些毛头鸦冷酷无情的性格特征。]

　　你说这件事是不是非常可耻？[赏析解读：此处的反问，恰恰强调了它们的所作所为是可耻的、罪恶的。] 这些毛头鸦为所欲为，还要求别人与它们做一样的事情。

幸好那些仙人们把那位好心的毛头鸦小姐拎起来，给了她九套换洗的新羽毛，她拥有了一身绿茸茸的衣服和一条长尾巴，变成了一只最漂亮的天堂鸟，仙人们还把她送到了盛产丁香和豆蔻的香料岛（世界上有四个地方叫"香料岛"，即印度尼西亚的马鲁古群岛、班达群岛，加勒比海的格林纳达，坦桑尼亚的桑给巴尔群岛。这里指格林纳达）上，让她享用果品去了。

这时，惩恶仙女去找那些狠毒的毛头鸦算账了，你想不到它们飞走时遇到了什么。原来，它们遇到了一只令人厌恶的死狗，于是马上又啄、又叫、又吵、又闹地饱餐了一顿。但是没过多久，它们全都两脚一蹬，栽在地上死了。[赏析解读：看到这些邪恶自大的毛头鸦死去，简直是大快人心，同时也告诉世人，坏人有坏报。]是什么原因让这些毛头鸦一下就死了一百二十三只呢？原来，惩恶仙女给看松鸡的看守者托了一个梦，让他在死狗的肚子里灌满马钱子碱，而看守者果然这样做了。

没过多久，水禽国的鸟儿开始聚集，成千上万只鸟儿黑压压的一片，把天空都遮了起来。有天鹅、小黑鹅、丑鸭、冰岛上的大海鸭和白眉鸭（是一种小型鸭类，体长34~41厘米，体重不到0.5千克，雄鸭头上有长而宽、一直延伸到头后的白色眉纹）。还有斑头秋沙鸭、秋沙鸭、大潜水鸥、分趾的鹎鹬（pì tī）、北冰洋的小海雀、即将灭绝的北极海鹅、身长十六英寸的弯嘴鹅。还有展开翅膀后足有六英尺长的全蹼大鲣（jiān）鸟（一种海鸟，大小与海鸥相当，成鸟胸部为纯白色，其余部分为深棕褐色，善于游泳和捕捉小鱼、昆虫）、白尾巴的小海燕、深色羽毛的大海鸥、细嘴燕鸥以及其他各种各样叫不出名字、多得数也数不清的海鸥。这些鸟在沙滩上划着水、溅起水花、洗澡、修翎、剔羽。他们身上掉下来的羽毛铺满了整个沙滩，白花花的一片。他们发出喳喳、咽咽、喃喃、唧唧、吱吱、喔喔的声音，商量着今年夏天去哪里孵雏，喧闹声远在十英里外都能听到。[赏析解读：此处罗列出了鸟儿的名字、行为和叫声，又用夸张的修辞手法来描绘鸟儿们掉在沙滩上的羽毛之多和喧闹声之大，让人有身临其境之感。]还好这里只有一个孤零零地住在内斯海岬上的一间小土屋里的看守者，他只在乎两件东西：一是《圣经》，二是他的鸟儿。当所有鸟儿都在迁徙时，他会步履蹒跚地从屋里走出来，向他们脱帽敬礼，祝他们一路顺风，安全返回。然后，他会把鸟儿脱落的羽毛都收集起来，洗干净后卖到南方。在那里这些羽毛会被做成鸭绒褥子，专门卖给那些肥胖的人睡觉时用。[赏析解读：此处一方面写出了看守者生活的窘迫和孤独，另一方面说明了他对这些鸟儿怀有感恩之情，可见他是一位正直善良、有礼数的老人。]

海燕问那些鸟儿，谁能带汤姆去光辉城，但是他们有些要去萨瑟兰（位于英国苏格兰高地北部的一个地区，郡治是多诺赫），有些要去设得兰群岛，有些要去挪威，有些要去斯匹次卑尔根群岛（挪威斯瓦尔巴群岛中最大的岛屿，靠近北极。由荷兰探险家巴伦支 1596 年 6 月 19 日首先发现），有些要去冰岛，有些要去格陵兰岛（丹麦属地，也是世界上最大的岛屿，位于北美洲东北部，北冰洋和大西洋之间。全岛超过 80% 的土地被冰雪覆盖，终年严寒。如果该岛的冰川全部融化，将使全球海平面上升约 7.2 米），可就是没有要去光辉城的。于是善良的海燕对汤姆说，他们可以带他一段路，但最远只能带他到詹·马银州岛，之后的路就得他自己走了。

这时所有鸟儿一起飞了起来，排成长长的、黑压压的队伍，分别向着北方、东北方、西北飞去。他们穿过夏日明亮的蓝天，其叫声就像一万只猎狗在叫，又像一万只铃铛在响。[赏析解读：这个场面是如此宏伟、壮观，人类在这样的自然景象面前实在是太渺小了。]

就在汤姆与海燕向着东北方向启程时，天空刮起了大风。原来，有个穿着灰色大衣的老绅士在墨西哥湾看管大铜水壶（指的是墨西哥湾流，这里是拟人化的写法。指从墨西哥湾开始，沿北美洲东岸北上，再向东横贯大西洋至欧洲西北沿岸，最后穿过挪威海进入北冰洋的暖流系统），他的工作稍微落后了些，护持婆婆便发了封电报，要他多加一些水蒸气。于是现在水蒸气来了，它们喷射着、怒吼着、打着转儿、嗖嗖直响，一时间你根本分不清哪里是天，哪里是海。[赏析解读：这里用"喷射""怒

吼""打着转儿""嗖嗖直响"等词来形容大风,生动地刻画出当时的风力之强劲、气候之恶劣。]

但是,汤姆和海燕一点儿也不在乎,因为对他们来说正好是顺风。他们越过巨浪的峰顶,就像许多飞鱼(银汉鱼目飞鱼科约40种海洋鱼类的统称,以"能飞"而著名,所以称飞鱼。飞鱼长相奇特,胸鳍发达,如同鸟类翅膀一样,一直延伸到尾部。它能够跃出水面十几米,能在空中停留40多秒,飞行的最远距离可达400多米。但飞鱼不是飞翔,只是滑翔)一样欢快地前进着。

最后他们见到了一幕恐怖的景象:一艘大船的一侧船舷泡在海水的浪槽里,黑乎乎的。烟囱和桅杆都掉到了水里,背风的那一面被海浪冲击着,随波起伏;甲板被冲刷得像打谷场的地板一样干净,船上已经没有什么活物了。[赏析解读:显然这艘船在巨大的风浪中失事了,场面十分惨烈。这场强风对汤姆和海燕来说是有益的顺风,对在海上航行的船只来说却是灭顶之灾,这就是事物的两面性。]

海燕们飞过去,围绕着船只哀号,看得出来他们真的非常难过,同时他们也想找到一些咸肉。汤姆爬到船上,四处张望着,既害怕又伤心。

船舷下面紧紧绑着一张小床,床上有一个熟睡的婴儿。汤姆马上就认出来了,那是他看到的那位唱歌的美夫人怀里的孩子。他走过去,想弄醒他。但是从小床下面蹿出一条黑褐色的小狗,朝着汤姆不停地狂吠着,不让他碰小床。

汤姆知道狗的牙齿不能伤到他,但狗可以把他推开,让他无法靠近小床;汤姆和狗厮打着,因为他想帮那个孩子,但又不想把可怜的小狗扔到海里。正在他们僵持不下时,一个绿色的大浪打来,跃过船迎风的那一面,把他们全都卷进了海里。

"哦,小宝宝啊,小宝宝!"汤姆尖声叫着。[赏析解读:汤姆此时的反应,充分地体现出他对小宝宝的关心和担忧之情。]但是紧接着他就不叫了,因为他看到小床在绿色的波涛里变得平稳起来,婴儿在里面笑着,很快又睡着了。他看到仙女们从海水下钻出来，温柔地托着婴儿和摇篮。他便明白没事了，在圣布伦丹岛上又会多一个新来的水孩子。

那条可怜的小狗呢？

哎哟，它因为跳来跳去，呛了一会儿，打了好几个喷嚏，直打到脱胎换骨为止，变成了一只水狗，围着汤姆跳舞，在浪峰上奔跑，冲着海蜇（即水母，单体、营漂浮或游泳生活）和马鲛鱼（体形狭长，头及体背部蓝黑色，夏秋季常结群作远程洄游。马鲛鱼肉多刺少，肉嫩味美，民间有"山上鹧鸪獐，海里马鲛鱼"的赞誉，隔夜的马鲛鱼不适宜食用，以免中毒）大叫，在汤姆去往"天外天"的路上，它一路跟随着。

他们重新上路了，终于远远地看见了詹·马银州岛的山峰，它像一个白面馒头似的耸立着，高出云层足有两英里。他们在这里遇到了一大群海鸥，它们正在啄食一条死鲸。

"让这些家伙给你带路吧，"护持婆婆的孩子们说，"我们不能再带你向北走了，因为我们不喜欢到浮冰中去，它会冻坏我们的足趾。不过这些海鸥倒是什么地方都能飞过去。"

海燕们向那些海鸥打招呼，但它们正忙着吃死鲸肉，你争我抢地，完全没空理会海燕们。[赏析解读：此处对海鸥的描写，突出了它们粗野贪婪的性格特征。]

"喂，喂，"海燕说，"你们这些又懒又馋的蠢东西。这位年轻的先生要去护持婆婆那里，如果你们不照顾他，护持婆婆就不会释放你们了，明白吗？"

"我们是很馋，"一只肥胖的老海鸥说，"可是并不懒。至于你们说我们是蠢东西，你们也比我们好不到哪儿去。让我来看看这个小伙子。"

它拍着翅膀径直飞到汤姆面前，毫不在意地盯着汤姆看了好一阵子（捕鲸人都知道，海鸥都是些厚脸皮的家伙），然后问汤姆从哪里来，最近有没有见过什么陆地。

汤姆一一做了回答，它听了似乎很高兴，夸他千里迢迢来到这里，是个有胆量的孩子。

"来吧，孩子们。"它对其他海鸥说，"看在护持婆婆的面子上，把这个小家伙抬起来飞过浮冰吧。今天我们已经吃了足够多的肥肉了，现在稍微花些时间来帮帮这个小伙子吧。"[赏析解读：虽然海燕看不起海鸥的作为，而海鸥确实是贪吃的家伙，但我们不能因此否认它们是一群热情、善良的鸟儿。]

于是，这些海鸥把汤姆背起来，带着他一边嬉笑打闹着，一边飞了起来。唉，它们身上的那股鲸油味太重了！

"你们是谁呀，你们这些快活的鸟儿？"汤姆问道。

"我们是当年格陵兰的船长（关于这点水手们都知道）的灵魂。几百年前我们在这里捕脊美鲸（即黑露脊鲸，是北太平洋濒危鲸的一个种类，已被列为世界上有灭绝危险的6种鲸之一。成体体长16~18米，雄性体重40~80吨，雌性体重47~69吨。体色蓝黑色或黑色）和弓头鲸（其名得自于巨大而独特的弓状头颅，体长可达21米，体重可达190吨，主要生活在极地）。[赏析解读：由此可以看出，这些海鸥当初都是一些响当当的人物，有着十分悠久的历史。那么它们为什么会变成海鸥呢？这就需要我们继续往下看了。]但是因为我们鲁莽又贪婪，所以被变成了海鸥，一辈子只能吃死鲸肉。但我们并不是蠢东西，就是现在我们也能驾船，技术不比北海的任何一个人差，但这些新兴的汽船可真让我们受不了。那些淘气的小黑海燕那样称呼我们真是太不像话了，他们不过仗着自己是护持婆婆的宠儿，就觉得自己可以随便骂人。"

"请问你是谁呢？"汤姆问。他提问的对象很明显是海鸥的王。

"我的名字是亨利·哈得孙（英国探险家与航海家，以搜寻西北航道而闻名。成功探勘了加拿大的部分地方，哈得孙湾、哈得孙郡、哈得孙海峡及哈得孙河都是以他的名字来命名的。1611年在探索西北航道的过程中，哈得孙遭到船员的叛变，和他的儿子一起被流放在北美海域，从此下落不明），是一个真正的好船长。虽然我犯过不少错，但我的名字会永远留在这个世界上。因为是我发现了哈得孙河，并给它起了那个名字。

在我发现它之后，从前那些不敢走这条路的人全都来了。但不能否定的是，我活着时是个残忍的人。我从缅因州劫来印第安人，把他们当成奴隶贩卖到弗吉尼亚州。最终，由于我对我的水手们过于凶残，当行驶到这一带的海域时，他们把我放在一条没有篷的小船上，丢进了海里，此后就再也没有人听过我的消息了。现在我是海鸥的王，要一直到刑满释放为止。"

这时它们已经到了浮冰边上。从浮冰上远远望去，透过雾气和风雪，已经可以看到光辉城那模糊不清的身影了。但是那些巨人般的冰块剧烈地滚动着、搏斗着、怒吼着，后面的冰块跃过前面的冰块，互相碾成粉末。看到这样的情景，汤姆都不敢去冒险了，害怕自己也会被碾成粉末，而且下面看到的景象让他更害怕了：那些冰块中间有许多大船的残骸，有些船的桅樯还竖在那里，有些水手被牢牢地冻在船上。这些人实在是太可怜了，他们都是拥有着坚定信念的英国人，为了寻找那扇至今还没有被人打开的白色城门，他们像许多武士那样从容就义了。[赏析解读：这里到处充满着危险的气息，稍有不慎就会葬身于此，说明光辉城对世人的诱惑力是非常大的，许多人都想找到它。]

不过，善良的海鸥们把汤姆和他的小狗背起来，带着他们平安地飞过那片浮冰，飞过那些怒吼着的冰山，把他们放在了光辉城的脚下。

"城门在哪里呢？"汤姆问。

"没有城门。"海鸥们说。

"没有城门？"这个答案令汤姆十分吃惊。

"没有。甚至连一条缝儿也没有。整个城的秘密就在于此，小伙子，从前那些比你强的人为此吃尽了苦头却一无所获。如果有城门，他们早就进去了，而且已经把海里游着的脊美鲸全都杀光了。"[赏析解读：这里借海鸥之口，再次揭露了人类的粗鲁和贪婪。]

"那我该怎么办呢？"

"如果你有胆量的话，可以从浮冰下面潜过去。"

"我走了那么远的路来到这里，坚决不回去，"汤姆说，"现在我就下水去了。"

[赏析解读：从汤姆斩钉截铁的话中，可以看出他的勇敢以及坚毅的信念。]

"祝你好运，小伙子，"海鸥们说，"我们早就知道你是好样儿的。再见了。"

"你们为什么不和我一起去呢？"汤姆问。

海鸥们只是哀叫着："我们还不能去啊，还不能去啊。"说完，便向着浮冰的另一边飞去了。

于是汤姆下水，潜到了那扇从未被人打开过的白色城门的下面，在黑暗中摸索着前进。他潜行了七天七夜，可是一点儿也不害怕，他为什么要害怕呢？他是个勇敢的小伙子，他的目的就是来好好看一看这个世界的。[赏析解读：在这里，读者们已经看到了汤姆的变化，他已经从胆小懦弱，变得勇敢坚定了。]

终于，他看到光亮了，头顶是清澈的海水，于是他从万丈深的海底浮了上来。他的头上密密麻麻地飞着许多海蛾（指海蛾鱼，暖水性近海小型鱼类，一般栖息在海滨浅水的底层。体长形，包于骨质环的盔甲中，头体盔甲完全愈合，胸鳍大且水平位呈翼状），汤姆从这群海蛾中游过，它们有的长着粉红色的脑袋、粉红色的翅膀和乳白色的身体，慢慢地拍打着翅膀；有的长着棕色的翅膀，飞快地拍打着翅膀。此外还有跳来跳去的黄色小虾，速度比任何东西都快；还有各种颜色的水母，不跳也不蹦，只是在那里闲荡着，打着哈欠，不愿给汤姆让路。小狗对着它们一个劲儿地乱咬，咬得下巴都酸了才停下来，但汤姆对它们视若无睹，他只是急切地想浮到水面上，去看看那些善良鲸的归宿——和平池。

这是一个巨大的水池，两岸间的距离不知道有多少英里。但是这里的空气太清澈了，对面的冰山看上去就像近在眼前。水池四周全是高耸的冰峰，它们有的像屏障，有的像尖塔，有的像堡垒，其中有山洞、桥梁、楼阁亭台，是冰雪仙人的住处，那些仙人常常赶走风暴和乌云，好让护持婆婆的水池一年到头都清澈安宁。太阳充当警察，每天都要出来巡视一圈，看一切是否正常。他偶尔也会变几个魔术，或是放一些烟花，给仙人们取乐。他还会同时变成四五个太阳，或在天幕上画上一些白热的圆圈、十字和月牙，自己就坐在中间，对着仙人们扮鬼脸。我敢保证，仙人们都很开心，因为这个国度里的一切都令人感到愉快。[赏析解读：作者笔下的这个冰雪世界清澈明媚、晶莹剔透，充满童真童趣，令人神往。]

就在这浓厚得像油一样的大海上，躺着许多善良的鲸，有脊美鲸、脊鳍鲸、刀背鲸、豚鲸，以及长着角、浑身斑的双角鲸，他们是一些幸福的、睡意蒙眬的巨兽。不过，那些抹香鲸（广泛分布于全世界不结冰的海域，其头部巨大，下颌较小，体长可达18米，体重超过50吨，是体型最大的齿鲸，也是潜水最深、潜水时间最长的哺乳动物，主要以乌贼为食。抹香鲸把大王乌贼一口吞下，但消化不了大王乌贼的鹦嘴。它们逐渐在小肠里形成一种黏稠的深色物质，这就是龙涎香，刚取出时臭味难闻，存放一段时间后逐渐发香）由于脾气暴躁，喜欢狂吼乱叫、折腾，如果护持婆婆让它们进来，和平池就再也没有安静的时候了。所以，她把抹香鲸们单独关在南极的一个大池子里。在那个水池里，抹香鲸们一年到头都不停地用它们的丑鼻子互相碰撞。

这个和平池里只有一些和善安静的动物，它们就像单桅小船的黑色船体一样躺在那里，不时喷出一道道白色的水沫，或者张着巨大的嘴巴游来游去，让那些海蛾游到它们的嘴里。[赏析解读：此处的环境描写，渲染出了安静祥和的气氛，强调了"和平池"的和平氛围。]在这里，它们不会被长尾鲨的尾巴击打脊背，不会被剑鱼（也称"箭鱼"，是世界上热带、亚热带海洋中一种常见鱼类，因其上颌向前延伸呈剑状而得名。剑鱼是世界游泳速度最快的生物之一，时速可达到130千米）刺破肚子，不会被锯鲛（底栖中小型鲨鱼，吻部突出，呈扁平筏状，两侧有大小不一的锐齿。最大体长可达1.4米，游泳速度极快，常以锯齿贯穿大鱼的腹部而食其内脏）划开皮肉，不会被冰川鲨鱼咬掉腰上的肉，更不会被捕鲸人的鱼叉和长矛伤到。它们在这里十分安全、幸福，唯一要做的就是静静地等着护持婆婆召唤它们去脱胎换骨，重获新生。

汤姆向离他最近的一头鲸游去,向它打听去护持婆婆那里的路。

"她就在池子中间坐着。"鲸说。

汤姆放眼望去,但是水池中间除了一座矗立的冰山之外什么也没有。"那就是护持婆婆,"鲸说,"你走到跟前去就能看清楚了。她一年到头都坐在那里,让老朽的动物重获新生。"

"她是怎么做到的呢?"

"这我就不知道了,那是她的事。"老鲸说完,张开大嘴打了个哈欠。由于它的嘴太大了,这一张开,嘴里就游进了九百四十三只海蛾、一万三千八百四十六只针头那么大的水母、九码长的一串樽海鞘(小型远海胶质脊索动物,身体呈桶状,透明,有的像茄子,有的像花朵,有的像茶壶,以浮游生物为食。这种只有人类拇指大小的生物几十亿地成群浮游在海水中,每天可以将成吨的碳从海洋表面运送到深海中,防止了它们重新进入大气圈,具有很强的清碳作用)和四十三只小冰蟹。[赏析解读:作者在这里用具体的数字,来说明老鲸的嘴有多么巨大,给人震撼之感。]那些小冰蟹相互钳了一下作为道别,之后便各自把腿缩到肚子下面,决定像恺撒大帝(罗马共和国末期杰出的军事统帅、政治家。公元前44年3月15日,恺撒遭到以布鲁图斯为首的元老院成员暗杀身亡)一样,死得体面一些。

"我想,"汤姆说,"她可能是把像你这样大的东西切成许多小海豚吧?"

老鲸听到汤姆的话后忍不住大笑,把所有的小动物都喷了出来。幸运的它们一从那个恐怖的、有去无回的鲸嘴里逃出来,便赶快游走了。汤姆一边喃喃自语,一边向着冰山游去。

他到冰山跟前一看,这时冰山已经变成了一位老夫人。他从来没有见过如此庄严的夫人,她坐在白色大理石的宝座上,浑身像白色的大理石一样。在宝座脚下,千万种新生的动物不断地游出来,游向大海,它们那千姿百态、五彩缤纷的模样,是人类做梦都想象不到的。它们都是护持婆婆的孩子,是她日日夜夜用海水造出来的。[赏析解读：洁白的护持婆婆、洁白的宝座，以及五彩斑斓的新生动物，这一切构成了一幅壮美、瑰丽的图画，充满了天马行空的想象，引人入胜。]

汤姆原本以为一定会看到她忙碌地裁剪、配样、量尺寸、缝纫、修补、码线、锉光、设计、锤铸、打磨、上模子、测量、雕刻、修剪，等等，就像人们制造东西时的样子。

但并不是这样的。她只是静静地坐在那里，用手托着下巴，两只大大的像海水一样深邃的蓝眼睛注视着大海。她的头发像雪一样白，她已经很老很老了，事实上，她和你可能碰上的任何古老的事物一样老。

她发现汤姆后，低下头温柔地看着他。

"你想要什么，我的小伙子？我在这里已经很久没有看到过水孩子了。"

汤姆对她说了自己来到这里的使命，并且向她询问去往"天外天"的路。

"你自己应该知道，因为你已经到过那里了。"

"我去过了吗，夫人？我肯定已经把它忘得一干二净了。"汤姆说。

"那么看着我。"

于是汤姆看着她那深邃的、大大的蓝眼睛，马上全都记起来了。[赏析解读：汤姆竟然已经去过"天外天"了，但护持婆婆并没有明说那到底是哪里。作者在这里设置了一个引人入胜的悬念。]

"你看，这难道不是很奇怪吗？"

"谢谢你，夫人，"汤姆说，"那我就不麻烦你了，我听说你很忙呢！"

"我从来没有像现在这样忙过。"她说，但连指头都没有动一下。

"我听说，夫人，你一直在把老动物变成新动物。"

"那只是人们的猜想而已。不过，亲爱的，我不会费神去制造什么东西。我只是坐在这里，让它们自己造。"

"这真是一位聪明的仙女啊。"汤姆心想。他的想法是正确的，这是善良的护持婆婆的一个最奇妙的本事。

"那么，我可爱的小伙子，"护持婆婆说，"你真的有信心去'天外天'吗？"

汤姆想了一下，哎，他又忘记了。

"那是因为你的目光离开了我。"

汤姆又看着她，果然又想起来了。之后他移开了目光，马上又忘了。

"那我该怎么办呢，夫人？如果我去到别的地方，就不能一直盯着你看了啊！"

"你不依靠我也能找到路的，就像许多其他人一样。你可以看着那条狗。因为它非常清楚那条路，而且永远不会忘记。另外，你或许会在那里遇到一些脾气很古怪的人，如果没有我给的这张护照，他们是不会放你过去的，所以你要把这张护照挂在脖子上，好好爱护它。而且因为狗总是跟在你后面走，所以你一路都得倒着走才行。"[赏析解读：护持婆婆在这里告诉了汤姆，也告诉了我们一个道理，那就是未来的路要靠自己去走，而且不能一直朝前看，要关注发生过的事情，从这些事情里面吸取经验教训，这样才能少走弯路。]

"倒着走？"汤姆失声叫道，"那我就看不到路了。"

"恰恰相反，如果你朝前看，无论如何都无法看到前面的路，而且一定会走错。但是如果你看着身后，仔细观察经过的一切事物，眼睛一直盯着狗，这样就永远不会出错，而且关于以后的路要怎么走，就能清楚得像照镜子一样。"

汤姆非常惊奇，但还是听了她的话。因为他已经学会了要永远相信仙女的话。

"就这样，我亲爱的孩子，"护持婆婆说，"我给你讲个故事吧，你听完这个故事就会知道我说的都是对的，就像我向来都是对的一样。"

"从前有两个兄弟，一个叫普罗米修斯（古希腊神话中的神明，名字的含义是"先见之明"，代表人类的聪明，给人类带来了火，教会了他们许多知识和技能），他总是向前看，吹嘘自己是先知。另一个叫埃庇米修斯（古希腊神话中的神明，名字的含义为"后见之明"，代表人类的愚昧，他是潘多拉的丈夫），他总是向后看，从来不吹嘘什么，说话谦逊，总是说宁愿后知后觉。"

"当然，普罗米修斯是一个非常聪明的家伙，他发明了许多奇妙的东西。但不幸的是，这些东西没有那么好使，所以至今也没有人知道他发明了些什么。"

"而埃庇米修斯是一个非常迟钝的家伙，做起事来总是很慢，也很笨拙，多年来几乎一事无成，但是他做过的事从来不用返工。"[赏析解读：埃庇米修斯虽然看起来不如普罗米修斯聪明，但是他比普罗米修斯踏实、务实。]

"结果怎么样呢？有一天，一位绝世美人带着一个古怪的盒子来到他们面前，这个美丽的女人叫潘多拉，这个名字的意思是诸神的所有礼物。普罗米修斯对貌美的潘多拉和她的盒子没有兴趣，他喜欢的是幻想、预测、猜疑、谨慎、理论、演绎、预言。"

"于是，埃庇米修斯接受了她和盒子，因为他从来不会拒绝。他们俩打开了盒子，想看看里面有什么东西——这是理所当然的事情，否则那个盒子对他们还有什么用呢？"

"从盒子里飞出来的东西能让人类的血肉之躯患上一切疾病，它们都是任性、无知、恐惧和肮脏四大妖孽的后代，例如：

麻疹　　饥荒

和尚　　庸医

猩红热　　未付的账单

偶像　　紧身衣

百日咳　　土豆

教皇　　劣质的酒

战争　　专制的暴君

和平贩子　　蛊惑人心的政客

最糟糕的是，还有顽劣的男孩和女孩。

但是，在盒子底下还留下了一样东西，那就是希望。

"这样一来，就像这个世界上的大多数人一样，埃庇米修斯因此惹上了许多麻烦。但是他也得到了这世界上最好的三样东西：好妻子、经验和希望。而普罗米修斯惹上的麻烦并不比他少，其中有许多还是他自己制造的（不用多久就会知道了）。但是，他除了自己满脑子编织出来的幻想，就再也没有其他东西了。"[赏析解读：与普罗米修斯的空想比起来，埃庇米修斯拥有的东西更加珍贵。]

"普罗米修斯继续看向前面很远的地方，结果鼻子着地，狠狠地摔了一跤（就像许多喜欢演绎的哲学家那样），他随身带着的火柴被点燃——他总是随身携带着火柴盒（那是他发明的唯一有用的东西，它有多大用处，就有多大害处）——把泰晤士河烧着了，这火到现在还没有被彻底扑灭呢。所以他被绑在山上，由一只秃鹫（jiù）看守。只要他一动，秃鹫就会去啄他，以免他用自己的预言和理论把整个世界颠倒了个个儿。"

"而笨拙的埃庇米修斯呢？他在妻子潘多拉的帮助下继续努力工作，总是盯着过去发生的事情，最后他学会了弄清楚将来会发生什么。[赏析解读：埃庇米修斯的经历告诉人们，人不能总是好高骛远地向前看，而是要注意总结过去的经验和教训，脚踏实地做好眼前的事情，这样才能看清楚以后要发生的事。]于是，他开始制造能够派上用场的东西，而且一直在制造。他耕种土地，给土地排水，发明创造了船桨、轮船、铁路、蒸汽引犁和电报，以及那些你能够在大型展览会上看到的东西；他还能预测饥荒和坏天气，甚至股票涨跌（这是最难的）。最后，他变得像犹太人一样富有，像农民一样肥胖。"

"他的孩子全都成了科学家，做的都是稳定持久的好工作。[赏析解读：此处提到了埃庇米修斯的孩子，为后续的故事埋下了伏笔。]而普罗米修斯的孩子们都是疯子和理论家，他们偏激、惹人厌烦，只会吵吵嚷嚷、夸夸其谈地告诉愚蠢的人们即将会发生什么，而不是去关注已经发生的事情。"

护持婆婆讲的这个故事难道不是很有趣吗？让我觉得很开心的是，她说的每一个字汤姆都相信。

护持婆婆的故事正好也是汤姆的故事。汤姆经受了极大的考验，虽然小狗跟在他的脚跟后面（或者不如说大脚趾，因为他不得不倒着走），这样一来，小狗走什么路，他就可以看得很清楚。只不过倒着走比正着走要慢得多。

更令人烦躁的是，汤姆刚从"和平池"出来，就遇到了一群魔术师、灵媒师、占星师、预言家、空谈家、变戏法的人，等等，这样的人到处都是。[赏析解读：这里表面上是在说汤姆遇到的人，实际上是在暗示世界上诸如此类的人都自以为是，常常给世人做出错误的引导。]比如，骑着扫帚的老修女希普顿（1488—1561年，英格兰修女，据说有预言和通灵的能力）、梅林（亚瑟王传说中的巫师，能预知未来，初见于谢菲的《不列颠诸王史》中）、蹩（bié）脚诗人托马斯（托马斯·坎贝尔，1777—1844年，苏格兰诗人，他于1799年创作的《希望之悦》是18世纪英雄体诗歌的典范）、赫伯特（爱德华·赫伯特，1583—1648年，英国哲学家、诗人，自然神论之父，有著作《论真理》）、法兰克人本笃会修道士和神学家拉巴努斯·莫鲁斯（卡洛林文艺复兴时期诗人、神学家、百科全书作者，著有百科全书《论宇宙》）、诺查丹马斯（1503—1566年，法国籍犹太裔预言家，有预言集《百诗集》）、拉斐尔（拉斐尔·桑西，1483—1520年，意大利著名画家，文艺复兴后三杰之一，代表作有《雅典学派》等）、莫尔（托马斯·莫尔，1478—1535年，欧洲早期空想社会主义学说创始人，著有名著《乌托邦》），还有许多身穿着黑色外套、打着白色领带的人，他们都自认为知道该怎么走，只不过由于他们是不同世纪出生的人，所以给出的答案也不同。他们不停地朝着汤姆尖叫、谩骂："朝前看，只朝前看，我们会带你去看那些从未有人见识过的东西，马上就到世界的尽头了。"

但是我可以骄傲地说，汤姆是个坚定、固执、率真的男孩，从"和平池"去往"天外天"的路上，他的头一次也没有转过去过，他的眼睛一直盯着那条狗，看着它东闻闻、西闻闻，不论季节冷暖，不论晴天下雨，不论登山下谷，不论道路曲直。[赏析解读：此处的叙述体现了汤姆坚定的信念以及不受外界影响的决心，这是他能够成功走到这里，并且取得最后的成功的重要原因之一。]所以，他不仅一次也没有走错，还看到了所有人想都想不到的奇妙事物。我的任务就是在下一章里把那些事情告诉你。[赏析解读：这句话起到结束全章、引起后文的作用，让读者迫不及待地想要往下看。]

第八章及尾声　男子汉汤姆

[名师导读]

　　告别护持婆婆后,汤姆来到了一个奇特的、正向上喷着水蒸气的大洞旁边,他勇敢地跳下去,来到了"天外天"的岸边。他在这里见到了许多奇怪的地方,比如废纸国、发明中心、普鲁普拉格莫辛岛、愚人村、黄金驴国、道听途说国、大头娃娃岛、无稽国等。最后汤姆来到了一座大房子前,这正是囚禁着格里姆斯的监狱。那么,汤姆能够顺利帮助格里姆斯,完成自己的使命吗?格里姆斯、汤姆和艾莉最后怎样了呢?

　　来吧,孩子们,

　　我听见你们在玩耍,十分开心。

　　曾经使我困惑的那些问题,

　　瞬间就烟消云散了。

　　打开东边那扇朝着太阳方向的窗户,

　　在那里,

　　思想犹如嘤嘤唱歌的燕子,

　　又如清晨的溪流涓涓流淌着。

我们所有的发明，

书中所有的智慧，

在你的爱抚和笑脸面前，

都黯然失色。

你是世间最美妙的歌谣，

最生动的诗句，

如果没有你们，

其他的一切都将失去活力。

——朗费罗

在去"天外天"的路上，汤姆遇到了许多奇妙的事情，现在就让我们来说说这些事情吧。这些内容所有好孩子都应该去读读，如果他们也有机会去"天外天"（这是非常有可能发生的），就不至于时而忍不住放声大笑，时而因受到惊吓想要逃走，或是做出什么愚蠢、丢脸的事情，冒犯到惩恶仙女。[赏析解读：还没有讲述汤姆遇到了什么，就假设其他孩子如果遇到了会有怎样的反应，起到了先声夺人的作用。]

汤姆一离开"和平池"，便来到了伟大的海洋母亲的白色裙兜里。她的裙兜足有一万英寻深，她整天在这里制造世界的熔浆，让蒸汽巨人揉面团，让火焰巨人烘烤，然后那些做出来的面包和糕饼会慢慢上升、变硬，直到变成大山和海岛。汤姆差一点儿就被揉进世界食品里，变成水孩子化石了。

当时，汤姆正踩着柔软的白色海底，在寂静的海上黄昏中漫步闲游，他的耳边突然传来了一阵嘶嘶嘶、轰隆隆、嘭嘭作响的声音，就像全世界的蒸汽机同时发动了一样。汤姆顺着声音走过去，发现海水变热了，虽然他丝毫没有受到影响，可海水变得越来越难闻，还像粥一样黏稠滑腻。他不断地被死贝壳、死鱼、死海豹和死鲸绊倒，它们都是被热水烫死的。

最后他遇到了一条大海蛇（一种生活在海洋中的爬行动物，主要以鱼为食，有毒。海蛇咬人无疼痛感，其毒性发作又有一段潜伏期，容易使人麻痹大意，其毒液是类似眼镜蛇的神经毒，被咬伤的人可能在几小时至几天内死亡。多数海蛇是在受到骚扰时才伤人）。这条大海蛇已经死了，粗壮的身体躺在海底。汤姆爬不过去，只好绕了过去，为此走了大半英里冤枉路。等他绕了一圈后，他走到了一个叫"停止"的地方。恰巧他及时在那里停住了脚步。

当时他站的地方是海底一个大洞的边缘。大洞上方正呼呼地向上喷着纯净的水蒸气，那力量足以同时发动世界上所有的蒸汽机。[赏析解读：此处的描写充分说明了当时大洞喷出的水蒸气的数量之多、威力之大。] 这些水蒸气非常清澈，连海底都因此变得明亮起来。向上看，汤姆几乎可以看到海面；向下看，无人知晓那个洞到底有多深。

汤姆刚弯腰从洞边探头向洞里看，鼻子就被里面喷出来的卵石狠狠打了一下，于是他又连蹦带跳地缩了回去。原来水蒸气向上喷时冲到洞壁，把泥土、砂石和灰等东西一起冲到了海里，它们被喷上来以后，向四面弥漫，然后又沉积下去，很快就把那些死鱼盖住了，汤姆在那里站了不足五分钟，淤（yū）泥就已经埋到了他的脚踝处。他开始害怕自己会被活埋在这里。

或许他真的会被活埋，正当他想到这一点时，脚下的那块地方就整个儿掀了起来。汤姆被弹了起来，蹿出一英里高，当时他真不知道接下来会发生什么事情。

他终于停了下来，砰！他觉得自己被紧紧地缠绕在一些腿中间了，它们是一种他从未见过的海怪的腿。

我不知道这海怪有多少翅膀，它们像风车叶子一样大，而且像风车叶子一样展开成了一个圆。凭着这些巨大的翅膀，海怪在冲上来的蒸气上飞来飞去，就像一只在喷泉上翻滚的球。它的每一只翅膀下面都长着一条腿和一只形状像梳子一样的爪子，在腿根处都长着一个鼻孔。中间没有肚子，只有一只眼；它的嘴巴全都长在了一边。[赏析解读：这个海怪的样貌不仅奇怪，还很恐怖，它究竟是什么呢？会给汤姆带来麻烦吗？]

"你想干什么?"它显得十分不高兴,"碍手碍脚的。"它想把汤姆甩开,但是汤姆觉得还是紧紧地抓着它的爪子比较安全,所以不肯松手。

汤姆告诉它自己是谁,带着怎样的使命。那怪物眨了眨它的独眼,以一种轻蔑的语气说道:

"我一大把年纪了,你别想骗过我。你是来偷金子的——我知道你肯定是。"[赏析解读:从海怪的语言描写中可以看出在汤姆之前曾经有人来这里寻找金子。]

"金子?什么金子?"汤姆确实不明白,但这个疑心重的老海怪是不可能相信他的。

不久后,汤姆开始明白它说的意思了。蒸气从洞里喷上来时,那个海怪就用它的鼻子去闻,接着用它的许多像梳子一样的爪子去梳理分类。蒸气碰到它的翅膀后就化成一阵金属雨。一只翅膀落的是金雨,另一只翅膀落的是银雨,再一只翅膀落的是铜雨,还有锡雨、铅雨等。[赏析解读:此处的叙述描写,给前面海怪的话做出了解释,同时让人对它的技能感到惊叹。]最后这些金属雨全沉进松软的泥土中,形成很多矿脉裂缝,再凝成固体,这就是岩石中间有许多金属的缘故了。

突然,下面有人把蒸气关掉了,大洞顿时变得空荡荡的,接着水便倒灌进洞里,形成一个漩涡。海怪在漩涡上直打转,快得就像一只陀螺。但是它对这种事早就习以为常了,满不在乎地对汤姆说:

"年轻人,现在到你了。如果你真的想要完成你的使命,那就下去吧,反正我不相信你会这么做。"

"你等着瞧吧。"汤姆说完便纵身跳了下去,就像吹牛大王敏希豪生男爵(出现在德国的埃·拉斯培和戈·比尔格两位作家共同创作的童话《吹牛大王历险记》中,该童话首次出版于1786或1787年,通过描写敏希豪生男爵的游历故事,刻画了一个既爱说大话又机智勇敢、正直热情的神秘骑士形象的主人公)一样勇敢。他随着那道像瀑布一样奔流的水冲了下去,就像波里索戴尔瀑布里的一条大马哈鱼(鲑鱼的一种,著名的冷水性溯河产卵洄游鱼类,出生在江河淡水中,却在太平洋的海水中长大,一生中只产卵一次,产卵后便死亡),到达洞底以后,他不停地游啊游,最后被安全地冲到了"天外天"的岸边。他惊奇地发现"天外天"和人类生活的世界很像。

汤姆第一个经过的地方是废纸国。这里漫山遍野都是成堆的无聊的书,,就像冬天树林里遍地的落叶一样多。[赏析解读:这里将这些无聊的书比喻成冬天树林里的落叶,形象地说明了其数量之多。] 他看见人们在那里挖呀、刨呀,从不好的书里找出更坏的书来。他们的生意出奇地好,特别是当客户是孩子们时。

然后汤姆经过烂泥海,来到乱七八糟山和糖果糕点地。那里的地面黏糊糊的,因为它们是用坏了的太妃糖(西式糖果,也是糖的一个种类的统称。一般是由炼乳、可可液、奶油、葡萄糖浆、香兰素和榛子经过充分细致地搅拌、烘烤而制成。味道香甜,内有软糖心,但是比较硬和难嚼,英国的埃弗顿地区盛产这种糖。英超足球俱乐部埃弗顿因为球场叫太妃糖,因此也常被称为太妃糖)做成的(当然不是埃弗顿太妃糖)。路面到处是深深的裂缝和洞穴,里面堆满了风吹落的烂果子、生醋栗、黑刺李、酸苹果、茎豆浆果、蔷薇果、野山楂等一切有害的东西。这些东西只要到了孩子手里,他们就会吃下去。不过,那里的仙女只要一看到它们,就会尽快把它们藏起来,虽然她们十分辛苦,却没什么效果,因为她们藏起旧垃圾的速度远比不上愚蠢邪恶的人制造新垃圾的速度。人们在那些垃圾上涂上石灰和有毒的颜料(那是他们从科学夫人的书里偷来的配方,专门用来制作给孩子们吃的有毒食物),再拿到集市上和糖果店里出售。[赏析解读:此处通过夸张的想象,揭露和抨击了现实社会中的不良商人将有害食品出售给孩子们的行为。] 好吧,就让他们继续这么干吧,虽然"由他去吧"博士和"包罗万象"博士设下陷阱整天守着也捉不到这些人类,但是拿着桦树棒的仙女们会在适当的时候把他全都捉住,逼迫他们从商店的这一头吃到那一头,把出售的东西全都吃下去。到那时,他们会肚子疼,这才是医治他们毒害孩子们的坏毛病的最好办法。

接着汤姆看见了世界上的所有小人,他们正在编写世界上所有的小书,写的是关于世界上其他小人的故事。或许是因为他们那里没有大人可以写,所以他们的书名不是《吱吱叫》,就是《驳船打火机》,或是《小小国》,要么就是《唠叨个没完的小山》,再不然就是《孩子们的废话日》……总之就是诸如此类的名字。世界上其他的小人就读这些书,把自己想得和总统一样伟大。也许他们没有错,因为最了解自己的当然是自己本身。但是汤姆想要读到一些更好的童话故事,诸如《巨人杀手杰克》《美女和野兽》之类的,因为从那些书里他可以学到一些自己不知道的东西。[赏析解读:此处看起来是在写小人国的童话书,实则是在警醒世人要开阔眼界,不要像井底之蛙那样只看得到眼前的一小块地方。]

接着,汤姆来到了发明中心(当地人管那里叫中心地区),它位于南纬四十二点二一度、东经一百零八点五六度。汤姆发现这里所有的聪明人都在推崇招魂术,连他们自己的房子烧着了也视若无睹。当汤姆告诉他们着火了的时候,他们立刻义愤填膺(胸中充满了正义的愤恨,形容十分愤怒)地召开了会议,并且一致认为应当绞死汤姆的狗,因为他们坚信正是因为这只嘴里有火药的狗进入了他们的国家,才导致房子着火的。[赏析解读:此处暗示了人性的丑陋,讽刺了那些推卸责任、滥杀无辜的人。] 汤姆忍不住说,虽然你们自认为在两百年前离开林肯郡(位于英格兰东米德兰兹)时,带走了林肯郡里所有的智慧,但是如果你们中间哪怕有一位像老好人老亚伯勒勋爵那样真正的、善良的君子,也会先叫消防车,而不是先想到杀死别人的狗。不过无济于事(对事情没有什么帮助或益处,比喻不解决问题),小狗还是被绞死了,并且汤姆连保留它尸体的请求都不被准许,因为这个国家早就废除了保留尸骨的法令了。于是他们大获全胜,就像他们过去一直大获全胜一样。然而出了一点小失误,他们忽视了一个小小的细节,那就是作为一只水狗是不会死的。小狗穷凶极恶地咬住了他们的手指,无奈之下,人们只好放了汤姆和他的狗,然后重新开始研究招魂术。

紧接着,汤姆来到了普鲁普拉格莫辛岛,有些人称它为"坏人窝",不过他们这样叫是错的,因为"坏人窝"位于布拉姆斯森林中央,并且在很久以前县里的警察就对它进行了清剿。在这个岛上，每个人都对邻居家发生的事情了如指掌，胜过对自己家的了解，这里所有的居民都是"人类议会和世界联盟"中站错了队的前任官员，他们总是撇着嘴，叫喊着说仙女的葡萄是酸的。[赏析解读：此处看似在描述童话世界里的景象，实则影射了现实社会中一些官员的丑恶嘴脸。] 依此就可以想象出，那将是怎样一个嘈杂的地方。

在岛上，汤姆看到了犁拉马，钉子敲锤子，鸟巢掏孩子，书写作者，公牛看瓷器店，猴子给猫刮胡子，死狗训练活狮子，瞎眼将军当上了大学校长，著名演员成了受欢迎的传教士，总之，大家都在做自己不会的事，因为他们在自己会做的和假装会做的事情上都没有成功过。

那里矗立着伟大的失败者神殿，政客们在神殿里演讲着本来应该已经实施的宪法，阴谋家们在里面讨论本来应该已经取得成功的革命，经济学家们在里面描绘本来应该已经让人民富有的宏伟计划，工程师们在里面讲解着本来应该纵火焚烧泰晤士河的发现（指发生于1666年的伦敦大火，此次火灾烧掉了包括圣保罗大教堂在内的大量建筑，但是也解决了鼠疫问题，是英国伦敦历史上最严重的一次火灾）。

补鞋匠们在里面介绍脚矫正术（且不管那到底是什么），因为他们的鞋子卖不出去；诗人们在里面传授美学（也不管那美学到底是什么），因为他们的诗歌无人问津；哲学家们大肆宣扬英国如果再次变成天主教国家，就会成为全世界最自由、最富有的国家；窘迫的文人肆意谩骂着《泰晤士报》（是英国的一张综合性全国发行的日报，一直被认为是英国的第一主流大报，被誉为"英国社会的忠实记录者"），因为他们才智不够，无法与《泰晤士报》的编辑们相提并论。年轻的小姐们走来走去，拿着装有查理一世（英国国王，1625—1649年在位，是英国历史上唯一被公开处死的国王，也是欧洲史上第一个被公开处死的君主）头发的装饰盒（或许那里面装的是另外一个人的头发，因为犹太古董商那里的真品早就卖没了），盒子上面还刻着一行整齐的文字——其实那行文字早已在这个国家流行开来。孩子们，如果你们读到了这句话，并在适当的时候翻译出来，你们就会明白这句话到底在说什么了：

"胜利者得到诸神的喜悦,失败者得到少女的欢心。"

汤姆来到镇子中央时,人们马上围了上来,要给他指路,或者说要为他指出他不认识的路,然而在帮他指路之前,没有人想到至少要先问一问他想去哪里。[赏析解读:这里的人们充满热情,但这种热情是盲目的,所以才会有那么多失败者。作者是在告诫我们做事情一定要有目的,否则将很难成功。]

有人把汤姆拉到这边,另一个人把他拽去那边,还有一个人嚷嚷道:

"千万不能向西走,我告诉你,向西走你会惹上麻烦的。"

"我并没有打算向西走呀。"汤姆说。

又有人说:"东边是这边,亲爱的,我向你保证,这边是东。"

"可是我也不往东边走,"汤姆说。

"好吧,这没什么不同,无论你往哪里走,都不对。"他们齐声嚷嚷道,这是他们唯一一致的观点,而且他们同时指向了指南针上标的三十二个方位,让汤姆觉得英格兰所有的路标都挤到了一起,彼此打起了架。

这时,如果不是那条小狗,汤姆说不定就很难脱身了。小狗觉得那些人会把他的主人撕成碎片,猛地扑了上去,咬住了他们的小腿肚子。趁着他们去揉自己的小腿时,汤姆和小狗赶紧逃离了那里。

在这个岛的边缘,汤姆找到了愚人村,那里是聪明人居住的地方。那些聪明人因为看到月亮倒映在水池里,便认为月亮掉到了水里,于是开始在水里捞月亮;为了让这里四季如春,他们建起树篱,把布谷鸟围在里面。汤姆还发现这里的人正在用砖头堵住村口大门,说是由于门太宽阔了,矮小的人走不进来。汤姆问他们为什么要这样做,他们说这是神的旨意。[赏析解读:此处看起来是在写这些住在愚人村的聪明人的日常行为,其实是作者对那些所谓聪明人的嘲讽。]反正这不关汤姆的事,所以他继续赶路。

随后汤姆来到了黄金驴国,这里遍布着蓟(jì)草,荒无人烟,原来这里的人都变成了驴子。他们像小说里的鲁斯休斯那样，只会为自己不理解的事情忧愁，最后全都变成了耳朵足有一码长的驴子。[赏析解读：因为这里的人常常庸人自扰，所以变成了驴子，这样的描写增添了故事的趣味性，也起到了对读者的警示作用。]所以，他们只好用这样的想法来安慰自己：耳朵越长，身上的皮越厚，再也不用担心因为一顿毒打而受伤了。

然后，汤姆来到了道听途说国，这里除了有三十几个国王之外，还有半打共和团体。在这个国家里，汤姆陷入了一场黑暗、凶残、毁灭性的战争中，战争的一方是政治和宗教上的首领和拥有权势的人。但是你能想到谁是敌人吗？如果我不告诉你，你永远都猜不出来，也不会知道他们为什么发动此次战争。他们的全部军事战略和战术就是堵住耳朵，并尖叫道："啊，别告诉我们！"然后逃跑。这真是一种安全又简单的办法。

当汤姆来到这个国家时，发现这里的人——男人、女人和孩子——无论出身如何，都在日夜不停地奔波逃命，尖叫着不让别人把他们不知道的东西告诉自己。然而这个国家是个岛国，他们又不会游泳，所以只能永远沿着海岸转圈子。那个岛四周的环境和我们居住的地球一模一样，绕着海岸跑是一件非常艰苦的事，尤其是对那些要照管生意的人而言。[赏析解读：这个国家的人的古怪行径，使汤姆产生了好奇，同时也设下悬念，引出下文。]

跑在队伍最前面的是一位绅士，他挥舞着刀要杀一头猪，这个人是他们的队长兼指挥者；猪的哀号声引导着人们继续逃命，战争的成败无人在意。他们不停地奔跑着，因为他们还存有一个念想，那就是至少还有猪毛作为补偿来提高士气，抵偿他们所受的痛苦。

跟在他们后面日夜奔跑着的是一位身体消瘦、衣衫褴褛、筋疲力尽的老巨人。如果能够好好地供养这样一位老人，再给他找个好妻子，让他跟孩子们一起玩，那么他也能变成一个体面的老绅士。因为他本有一副好心肠，尽管他的心和脑子都大得相当畸形。

他的身体主要由鱼骨头和羊皮纸缝制而成，又用酒和加拿大香油牢牢地粘起来，所以他的身上总有一股很浓的酒味。他的鼻梁上架着一副大眼镜，一只手拿着捕蝶网，另一只手拿着采集矿物的锤子。他的衣服上都是口袋，口袋里装着各种工具——标本盒、瓶子、显微镜、望远镜、晴雨表、军用图、解剖刀、夹钳、照相器材以及其他用来搜索事物的用具。最让人觉得奇怪的是，他不是向前跑，而是向后跑，而且能跑多快就跑多快。[赏析解读：对巨人的描写，突显了巨人的外貌特征以及古怪的行为，引起读者的好奇。]

所有的人都在躲避这个巨人，除了汤姆，他留在原地，在巨人的两条腿之间闪躲。巨人经过他的身边时，低下头看了看，好像很高兴、很欣慰地冲他喊道：

"喂？你是谁啊？你为什么没有像其他人那样逃跑呢？"他把眼镜摘掉了，否则他看不清汤姆的样子。

汤姆告诉巨人自己是谁，巨人立刻掏出个瓶子，拔开瓶塞，想把汤姆装在里面。

然而汤姆是一个小机灵，他在巨人的两腿之间和他的面前跳来跳去，这样巨人就完全找不到汤姆了。

"不，不，不！"汤姆说，"我环游世界，通过世界的中心来到护持婆婆的天堂，可不是为了被网抓住，被人叫作海参、鱿鱼之类的，怎么能让你这个巨人装到瓶子里去呢？"

当巨人明白了汤姆是怎样一个伟大的旅行家后，便立刻休战了。他很高兴，因为他找到了一个可以跟他谈些他过去不知道的事情的人。他希望能把汤姆一直留在身边，这样就能让汤姆把他知道的全都告诉他了。[赏析解读：突显了这位老巨人的孤单，以及对外界事物强烈的好奇心和求知欲。]

"啊，你这条幸运的小狗！"最后，他十分简短地说——因为他就是那位无意中把地球翻了个儿的巨人，是最简单、最令人愉快、最忠诚正直的老参孙（《圣经》旧约中的人物，生于公元前1世纪的以色列，拥有超人的力量，以徒手击杀雄狮并只身与以色列外敌腓力斯丁人争战周旋而著名）——"啊，你这条幸运的小狗！如果我到过你去过的那些地方，看到过你看到过的东西，那该多好啊！"

"这样吧,"汤姆说,"如果你也想去看看,最好就像我那样,把头在水下泡上几个小时,变成一个水孩子,或是其他什么孩子,那样你就有机会了。"

"变成一个孩子?如果我能那样做,哪怕只有一个小时能够了解我周围的一切,就是死了也没有遗憾了。但是我不能再次变成小孩子了,因为要是那样,我就对自己周围的事物一无所知了,那还有什么用呢。哎,你这条幸运的小狗!"可怜的老巨人说。

"但是你为什么要追赶那些可怜的人呢?"汤姆问道。这时他已经很喜欢这位巨人先生了。[赏析解读:与老巨人短暂的接触后,汤姆已经从一开始的害怕变成了对他的喜爱,从侧面说明了汤姆是一个善良、富有同情心的孩子。]

"亲爱的孩子,是他们在追赶我。他们的子子孙孙都在追赶我,已经追了我好几百年了,他们用石头砸我,把我的眼镜砸掉了五十次。他们骂我是戴头巾的凶残暴君,说我打了一个威尼斯人,还背叛了国家。谁知道他们在说什么,毕竟我也没有读过诗。他们不停地追赶着我,因为每当我回到原来的地方时,我就会比之前跑得更快,也会比之前长得更高。事实上,我很想和他们交朋友,告诉他们一些对他们有用的东西,就像乔恩普·埃德尔先生那样。不过他们十分害怕听到这些,这真是太奇怪了。不过,我想可能是因为我不是个通晓世故的人,没有什么智慧。"[赏析解读:从巨人的话中,可以看出他并非没有智慧,相反他知道很多事情,通晓很多道理,待人也很和善。此处通过巨人自谦的话,将巨人和追赶他的人放在一起作对比,讽刺意味十分明显。]

"那你为什么不转过身来告诉他们呢?"

"因为我不能。我是埃庇米修斯的后代,要走路就只能倒着走,除非我不走。"

"那你为什么不停下来让他们追上你呢?"

"那是不行的,亲爱的,你想一想,如果我停下,蝴蝶和鸟儿都会从我身边飞过去,那样我就再也逮不到新奇的标本了。我的身体就会生锈、发霉,然后死掉。我不想死,因为我还有使命没有完成,虽然我并不清楚那到底是什么,也不在乎那是什么。"

"不在乎？"汤姆说。

"没错。我的座右铭是'做近在眼前的工作，捉最先看到的那只甲虫'，几百年来我都是靠着这句话激励自己进步的。好了，现在我要走了，跟你说话的这会儿工夫，至少已经有九个新品种逃走了。"

说完，巨人再次倒着跑了起来，他的样子就像陶器作坊里的牛，最终他撞上了一座供奉着巨大神像的神庙的尖塔（那里的人都是神灵崇拜者，否则他们也不会害怕巨人了），他把尖塔的上半截撞倒了，自己的后腰也因此伤得很厉害。[赏析解读：此处的描述一方面说明了这位老巨人的身材高大，另一方面说明了他的威力巨大。]

但是他好像什么事都没有发生一样，撞倒的尖塔的废墟堆在他的两腿之间，他拨弄起那些被他撞下来的石头，聚精会神地在里面搜寻着，时而推动眼镜，还把放大镜也掏了出来，叫道：

"一只全新品种的潮虫！还有三只稀有的雪蚤（耐寒昆虫，长度不到1厘米，能爬能跳，能在水面停留）！啊，我还发现了鲁·罗尔·迪·帕皮昂氏声称只有在冰河时期才有的蛾子。这个发现才是最重要的啊！他犯了一个错，那就是不该过于草率地下结论。"

巨人在神庙的中殿坐下（他确实十分粗俗），开始仔细研究他刚刚捉到的雪蚤。可想而知，神庙的顶整个儿塌了下去，砸碎了那些供奉的神像，吓得牧师们纷纷从门和窗户逃了出去。[赏析解读：这个巨人鲁莽的行为把他人吓坏了，这也成为下文中巨人与人们之间矛盾升级的导火索。]

但是巨人丝毫没有注意到这些，这时从烟尘里飞出来了一只蝙蝠，马上就被巨人捉住了。

"天哪！这个更重要了！马可尼里奥·布朗一直认为它只会在西藏的寺院里出现，没想到在这里发现了与它同源的物种。我想这是因为气候的不同而导致的变种现象。"

于是他把蝙蝠装进口袋里，站起身来继续跑。为了三只奇怪的雪蚤和一只蝙蝠，巨人就毁了他们的神庙，这个理由让人们无法接受，于是纷纷起身开始追赶他。

"啊,"汤姆心想,"真是一场激烈的争斗啊,看起来双方都占理,不过这并不关我的事。"

确实和他没有什么关系,因为他是一个水孩子,他能像孩子们那样独立思考,其实不论是水孩子也好,陆地上的孩子也罢,就连空中的孩子,只要他们纯净聪慧,就都会独立思考问题。[赏析解读:孩子学会了独立思考问题,就有了最基本的辨别是非的能力,这是每个孩子成长必经的过程,这里的描述体现出了汤姆一直在成长。]

巨人就转着圈子追赶那些人,那些人也转着圈子追赶巨人,他们就这样追呀追,直至今日。我想必须要等到巨人或是那些人,或是所有人都变回孩子时,这场追逐才会结束。就像莎士比亚(威廉·莎士比亚,1564—1616 年,英国文艺复兴时期剧作家,诗人,代表作有《哈姆雷特》等四大悲剧及《仲夏夜之梦》等四大喜剧)说的(这个肯定是对的):

少年将会配上少女,

没有什么会出问题,

公的会重新拥有母的,

一切都会皆大欢喜。

然后,汤姆来到了一个非常著名的岛,在伟大的旅行家格列佛时代(格列佛是斯威夫特名作《格列佛游记》中的主人公,他航行了四次,在某次中发现了拉普塔岛,那是一座飞岛,岛上的居民把所有的时间都用来进行科学思考),这里被称为拉普塔岛。但是惩恶仙女重新给它取了个名字,叫它"大头娃娃岛",因为这个岛上的人全都只有大头,没有身体。

当汤姆走近这个岛时,听到岛上传来一片哎哟、哎呀的哼哼唧唧的声音。汤姆刚开始以为有人在剥小猪的皮、剪小狗的耳朵,或是淹死小猫。但是等他走近后,才从那片乱哄哄的声音中听见有人在说话。原来这是岛上的人从早到晚、通宵达旦地向着他们的"考试神"祈祷时唱的歌。

"大主考官就要来了!但是我的功课还没学会啊!"

这是他们唯一会唱的一首歌。

汤姆上岸后，首先映入眼帘的是一根大柱子，柱子的一面刻着"禁止携带玩具"。汤姆看到后心中一惊，四下张望，想看看这里都住着些什么人。但是他没有看到一个男人、女人和孩子，只看到一些大萝卜、小萝卜、好甜菜、坏甜菜，这些甜菜上面一片叶子也没有，而且一半已经开裂、腐烂，从里面长出了伞菌。[赏析解读：此处的描写渲染出神秘的气氛，并设下悬念，引起读者的好奇。]那些还活着的萝卜们一看到汤姆，便马上用不同的语言向汤姆哭诉，他们说话全都口齿不清，有的说："我学不会功课，你快来帮帮我！"有的说："你能教我怎样解出这个平方根吗？"

另一个叫道："你能告诉我天琴座α星和鹿豹星座β星之间的距离吗？"

另一个问道："美国俄勒冈州诺曼县斯诺克斯给尔镇的经度是多少，纬度是多少？"

一个问道："姆希尔斯·斯卡埃瓦（古罗马神话中公元前16世纪的英雄）的第十三表弟的祖母的女佣的猫叫什么名字？"

又一个问道："一个普通的学校校员从伦敦翻跟头去纽约需要多长时间？"

还有一个问道："你能告诉我某个地方的名字是什么吗？这个地方没有人听说过，也没有发生过什么事，而且位于一个至今未被人发现的国家里。"

另一个问道："这本讲述鳄鱼为何没有舌头的书简直错得不可救药，你能教教我怎样修改吗？"[赏析解读：这些问题一个比一个奇怪，一个比一个无聊，反映了这座岛屿上的教育有多么荒诞不经。]

诸如此类的问题一个接一个，他们就像海关监察员，又或是古时候的骑兵掌旗官那样，问个不停。

"就算我告诉了你们，这对你们又有什么用呢？"汤姆说。

不过这个他们并不清楚，他们只知道大主考官就要来了。

接着，在一片种着许多瑞典萝卜的田里，汤姆撞上了一个大萝卜。那是一个又大又软的萝卜,他结结实实地填满了一个洞。他向汤姆哭喊着:"你能不能随便告诉我点儿什么?无论什么都可以。"

"告诉你什么呢?"汤姆说。

"你乐意说些什么就说些什么,反正我学得很快忘得也很快。所以我妈妈说我没有办法系统地、有条理地学习,只能将就去了解一些常识。"

汤姆对他说,自己并不知道什么常识,也不认识什么"将军",他只有一个当过鼓手的朋友。不过他在来这里的路上遇到过许多稀奇古怪的事情,倒是可以讲给他听。

然后,汤姆把自己那些有趣的经历一股脑儿地讲了出来,可怜的萝卜听得很认真,但是它听得越多,忘得也越多,身上流出的水也就越多。

一开始汤姆以为他在哭,其实那只不过是太用功、用脑过度的表现。汤姆不停地讲,那个可怜的萝卜一直往外淌水,然后它裂开、萎缩,最后只剩下了一层皮和一泡水。[赏析解读:此处的描写渲染出一种诡异的气氛,这些萝卜究竟是什么?它们为什么会这样?]汤姆吓得拔腿就跑,害怕别人说自己杀害了那个萝卜,把他逮起来。

但事情恰恰相反,那个萝卜的父母高兴极了,他们认为自己的孩子是圣徒或是殉道的圣人,他们在他的墓碑上刻上了长长的墓志铭,赞扬他的懂事和早熟。这对夫妻难道不是很愚蠢吗?但是,旁边的那对夫妻比他们还要愚蠢,他们正在责打一个可怜的小萝卜,他看起来只有我们的手指头大。他们责骂小萝卜愚蠢、固执而且一声不吭。但他们不知道的是,这个小萝卜之所以学不好,甚至不会说话,是因为有条虫子在他的脑袋里把他的脑子吃掉了。和这样的父母比起来,还有很多愚蠢程度在他们之上的父母!在孩子们应该玩新玩具的时候,他们拿来了戒尺;在应该给孩子们请医生的时候,他们却把孩子关进了漆黑的橱柜里![赏析解读:这里看似在痛斥萝卜父母的愚昧,实则是在谴责现实世界中一些父母对孩子过度期许的错误做法。]

眼前的一切使汤姆迷惑不解,同时也感到非常害怕,他很想知道这是怎么回事。

后来，他被一根下半身埋在土里的结实的手杖绊倒了。这根手杖看起来很旧，但是非常结实，质量极好，更重要的是，这是罗杰·奥斯卡姆用过的，手杖的手柄上还刻着手里拿着《圣经》的爱德华六世（1537—1553 年，是英格兰国王，也是英格兰首位信奉新教的统治者）。

"你看，"手杖说，"从前这里有许多人见人爱的可爱的孩子。哪怕是现在，只要将他们当成正常人看待，然后交给我，也还是可爱的孩子呢。但是他们的父母太愚蠢，不让孩子做孩子该做的事，比如采花儿、玩泥巴、掏鸟窝、在栗树丛里跳舞什么的，而是一个劲地逼着他们做功课，周一到周五做平时的功课，星期日做星期日的功课，星期六还要考试，每月要考试，每年还要考试，每门功课至少要考七遍，好像考一次不够他们享受似的。[赏析解读：这段描写体现了孩子们繁重的学习压力，而这也正是现实世界中的孩子们正在经历的。]最后，孩子们的脑袋越长越大，身体越长越小，全都变成了萝卜，肚子里只有水。即使这样他们的父母还嫌不够，只要他们的叶子一长出来，马上就会拔掉，不让他们身上有一星半点儿绿色的东西。"

"唉！"汤姆说，"如果福善仙女知道了这件事，她一定会给他们送来许多陀螺、皮球、弹珠和九柱戏，以及其他很多玩具的，一定会让他们过得十分开心。"

"没有用的，"手杖说，"他们现在已经没法玩了。你没有看到他们的腿已经变成根，长到土里去了吗？他们已经动不了了。这都是从不锻炼的后果，他们只能待在原地沮丧地学习了。[赏析解读：从手杖的话可以看出，孩子们被剥夺了无忧无虑的童年生活，也失去了快乐的能力，他们的生活都被学习占据了。]哎呀！大主考官来了！你最好还是逃走吧，否则他会把你和你的狗一起抓去考试的。他还会派你的狗去考其他狗，派你去考其他水孩子。孩子们谁也别想逃出他的手掌心，因为他的鼻子有九千英里长，能钻烟囱、钻钥匙孔、上楼梯、下楼梯、钻进妇女的卧室，考所有孩子以及所有孩子的老师。但是，终有一天他会受到惩罚的，因为惩恶仙女曾说：'到时候我会亲自来狠狠地揍他一顿，不然就太可惜了。'"

于是汤姆离开了这里，但是他十分生气。他走得很慢，因为他想见一见那位大主考官。此时那位大主考官正在萝卜们中间巡视，常常把沉重的包袱和书本放在孩子们的肩膀上。他十分看不起那些可怜的孩子们，连一根手指头都不愿意触碰到他们。因为他有很多钱，住着漂亮的别墅，他觉得自己比那些卑贱的小萝卜高贵得多。[赏析解读：此处对大主考官的描写，突显了他的高傲自大，同时也衬托出那些小萝卜的处境凄惨可怜。]

他走近时，汤姆看到他的身材高大魁梧。他还是一个蛮横无理的人，因为他一看到汤姆就大喊着让他来考试，吓得汤姆和小狗赶快逃命。还好汤姆逃得及时，因为那些可怜的萝卜一看到大主考官，便惊慌失措地把东西塞到肚子里，好多萝卜就被撑裂了，那声音就像陆军演习时的大炮轰鸣一样，几乎要把汤姆和小狗炸到天上去了。

当汤姆朝着海岸走去时，在海边的道路上看到了许多可怜的萝卜的新坟。惩恶仙女把那些歌颂他们聪明好学的碑文抹掉了，换上了新的碑文。汤姆觉得新碑文更合适：

我辛苦地忍受着，长时间求学，

知识被硬塞到我的脑子里，却毫无益处。

于是老天在我的脑子里装满了水，

解除了我的烦恼愁楚。

于是汤姆跳进大海，一边唱着一边游着：

再见了，大头娃娃岛的萝卜们，

我是个幸运的孩子，

我只会读书、写字、算术，

我无所畏惧。

从汤姆的歌中不难看出，他并不是一个诗人，和约翰·班扬（17世纪的英国传教士，著作有《天路历程》）差不多吧。虽然班扬不是诗人，却是历史上一位富有智慧的人。

然后，汤姆来到了无稽国，那个国家的民众全是异教徒，不信仰上帝，却崇拜一只咆哮的猴子。汤姆看到有个小男孩坐在路中间，哭得十分伤心。

"你为什么哭呀？"汤姆问道。

"因为我没有像他们所希望的那样害怕。"

"你可真是个奇怪的小家伙。不过如果你想害怕，那就来吧——砰！"

"哎，"小男孩说，"你真是个好人，谢谢你，但我并不觉得那有什么可怕的。"

汤姆提议掀翻他，用拳头揍他、踩他、用砖头砸他的头，随便做些什么，只要让他稍微舒服一些就行。[赏析解读：汤姆对这个陌生的小男孩做出的一系列举动，令人感到匪夷所思，此处设下了悬念，引起读者的好奇。]

但他只是很有礼貌地向汤姆道了谢，措辞华丽啰唆，这都是从大人那里学来的。说完后，他又继续哭个不停，直到他的爸爸妈妈赶来，派人请来了巫师。虽然他们是异教徒，但都是温厚的绅士和夫人。他们与汤姆非常愉快地谈论着他一路上的见闻，终于来了一位男巫师，那个人的腋（yè）下夹着一个惊奇盒。

那是一个胖胖的巫师，长相丑陋，一直在为波特兰的女王陛下效劳。一开始汤姆还以为是格里姆斯，有些害怕他呢。但是很快他就发现自己搞错了，因为格里姆斯看人的时候总是会看对方的脸，但这个人从来不看人的脸。而且这个人说话时总有火和烟从嘴里喷出来；他打喷嚏时，就会发出噼里啪啦的爆竹声；只要有人肯付钱，他就会叫唤，还会喷出沸腾的沥青。[赏析解读：通过对这位长相丑陋的胖巫师的描写，充分地体现了他的古怪，让人十分好奇接下来会发生什么。]

"我们又见面了！"他叫道，就像童话剧中的小丑一样，"那么说，你无法感到害怕吗，亲爱的？让我来，你一定会被吓坏的！呀！砰！咕噜噜！呼噜啪啦！"

他又摇，又乱敲，又大喊大叫，又嚎，又跺脚，又胡言乱语的。然后，他碰了下惊奇盒上的一个弹簧，里面马上砰地跳出各种各样的妖怪：魔法灯笼、纸糊的妖怪、脚后跟装弹簧的纸牌杰克，等等。一时间，叮叮咚咚、铿铿锵锵、当当嘟嘟、轰隆轰隆、嘎吱嘎吱、呜哇呜哇，吵得人心惊胆战。那个小男孩顿时两眼一翻，不省人事。

他那对异教徒父母欣喜如狂，好像发现了一座金矿似的。[赏析解读：看到儿子被吓晕，父母的反应并不是担心，而是高兴，这种心态令人费解，同时从侧面说明了他们的无知与愚昧。]他们在巫师面前跪了下来，请他坐上一顶轿子，这顶轿子装着一根坚固的银杆，挂着金布帘子。夫妇俩亲自把巫师背上去，但是他们刚把轿子抬起来，银杆就插进了他们的肩膀，再也无法把巫师放下来了，只好一直抬着他走，就像辛巴达背着海老人（《一千零一夜》中的故事。海老人是阿拉伯神话中的一个妖魔，常常变成一个可怜的老人，坐在路边求人背他，然后会让人厄运缠身。辛巴达见他可怜就弯下腰让他骑在背上，海老人立刻用又黑又粗的腿夹着辛巴达的脖子，骑坐在辛巴达的肩背上。辛巴达越背越重，直到走不动路了，想要甩掉海老人却怎么也甩不掉他）一样。这位父亲还是个勇敢的军官，身上戴了一枚蓝徽章，还有两把刀；这位母亲美得就像曾有过三寸金莲的中国妇女一样。但你知道，因为他们做了一件蠢事，根据惩恶仙女的规则，接下来无论他们是否愿意，都要一直抬着那顶轿子，直到世界末日。

啊！你是否希望有人去救助那些可怜的异教徒，教他们别再吓唬自己的孩子了？

"那么现在，"那位巫师对汤姆说，"难道你不想也来感受一下吗？我亲爱的宝贝？我一眼就看出，你是个淘气顽劣、粗野捣蛋的孩子。"

"你才是。"汤姆坚定地说。那个巫师向他冲过来，汤姆也迎了上去。汤姆的狗也冲了上去，死死地咬住了巫师的腿。

无论你信不信，那个巫师马上就拿着他的惊奇盒和其他行头转身逃走了。他一边逃，一边叫着："救命啊！抓贼啊！杀人啦！着火啦！这个小家伙要杀我！我完了！他想杀我！他要对宝贵的惊奇盒下手了！他要砸了它，烧掉它！那这世上就再也不会有骤雨惊雷啦！救命！救命！救命！"

他这一叫喊，那对父母，还有无稽国的所有人都向汤姆扑了过来，同时叫喊着："啊，你这个邪恶、放肆、无耻、冷酷的孩子！拍死他、踢死他、打死他、淹死他、吊死他、烧死他！"[赏析解读：这个国家的人受到巫师的蛊惑，已经失去了独立思考的能力。他们说汤姆邪恶、放肆、无耻、冷酷，殊不知那个巫师和他们自己才是这样的人。]但是幸好他们没有可以用来射死他、吊死他或烧死他的东西，因为仙女们已经把那些杀人工具全部藏了起来，所以他们只能用石头砸他。有的石头穿过了汤姆的身体，却没有伤到他分毫，因为他是个水孩子，他身上被石头打出来的洞会马上长好。他逃离这个国家后觉得十分开心，因为那些人发出的巨大噪音快把他的耳朵震聋了。

然后，汤姆来到了一个非常安静的地方，名叫"独立天国"。在这里，太阳不断地汲取海水，将其变成蒸气，然后制成纱线，风儿把这些纱线编织成云的形状，有时做成新娘穿的美丽婚纱的丝带，挂在水晶宫（指约瑟夫·帕克斯顿于1851年万国博览会时在伦敦建成的著名建筑）上，出得起价钱的人就可以买去穿在身上。大海从来没有任何怨言，因为她知道他们一定会给她回报的（海水会重新回到海里）。太阳纺线，风儿编织，就像一台大型织布机，日子就这样一天一天地过去了。[赏析解读：这里的描写烘托出了一种宁静致远的美妙氛围，同时也体现出了大海宽阔的胸襟和无私的奉献精神。]

汤姆经历了无数次冒险，而且一次比一次奇妙。最后，他的眼前出现了一座大房子，比他见过的新建成的精神病院还要大许多，令人叹为观止。我们之前看过的所有建筑，里里外外都是用九英寸宽的砖砌成的，墙壁中间填着碎石。而汤姆眼前的这座建筑是由不同的材料建成的，墙壁是根据完全不同的、人们一无所知的原则建造的。[赏析解读："一无所知"充分地说明了这座大房子的奇妙之处，让读者和小汤姆一样，非常想要走进去一探究竟。]

汤姆向它走去，脑子里生出了一个奇怪的念头：他觉得自己会在这里找到格里姆斯先生。还没有等他想完，就有三四个人向他跑了过来，同时喊道："站住！"等那些人跑近了些,汤姆一看,原来不是别的,他们只不过是警察的警棍,没有胳膊、没有腿,就这么跑来了。

汤姆没有被吓到,他已经习惯了,而且他在海里就见过很多没手没脚但依然能行动的东西。再说,他知道自己并没有做什么坏事。

他停了下来,跑在最前面的警棍问他为什么来这里,于是汤姆拿出了护持婆婆给他的护照。那根警棍查看护照的样子十分古怪,因为他的头上只有一只眼睛,而且身体直挺挺的,所以他看东西时只能斜着身子。但奇怪的是,即使这样他也不会栽倒。其实那是因为他充满了正义(警察和他手里的警棍都是这样的),因此不管他们是什么样的姿势,总能够保持平衡。

"好了,过去吧!"他说,接着又补充了一句,"我还是跟你一起去吧,小伙子。"汤姆没有反对,因为有个这样的伴儿既体面又有安全感。刚才在奔跑时,那位警棍的皮带松了,这时为了防止自己被皮带绊倒,他便把皮带整齐地缠在了手柄上。

"为什么没有警察拿着你们呢?"过了一会儿,汤姆问道。

"因为我们和陆地上那些愚笨的警棍不一样,它们没有人拿着就哪儿都不能去。我们能够独立完成工作,而且干得很不错。当然,我认为无论谁都能干得很好。"[赏析解读:此处的描写体现了童话世界的奇妙之处,增添了故事的趣味性。]

"那你为什么要在手柄上缠一根皮带呢?"汤姆问。

"当然是在我们下班时把自己挂起来用的。"

汤姆得到了答案,就不再开口说话了。最后,他们来到了监狱的大铁门前,警棍用自己的头在门上敲了两下。

大铁门上的小窗子被打开了,一杆旧式火枪从里面伸了出来,他探头张望,嘴里满是子弹,这就是监狱的看门人。汤姆看到他,吓得后退了几步。

"他犯的什么罪?"看门人问,从他那大钟一样的嘴里冒出来的声音十分低沉。

"先生,他不是罪犯,是尊敬的夫人派来的一位年轻绅士,想去看看那个扫烟囱的老板格里姆斯。"[赏析解读：汤姆来到这里是为了帮助格里姆斯的，这正是他此次出来冒险的最终使命。]

"格里姆斯？"火枪说。然后将枪口缩了回去，或许是在查阅犯人名单吧。

"格里姆斯在第三百四十五号烟囱里，"火枪在门里面说道，"所以这位年轻人最好到房顶上去。"

汤姆看了看那座高墙，它看上去至少有九十英里高，该怎么上去呢？汤姆向警棍暗示了下，警棍马上就把问题解决了。警棍挥动着身体，从汤姆的身后把他推到了房顶上，汤姆的胳膊下还夹着那条小狗。

汤姆沿着屋檐走了一会，路上又遇到另一位警棍，便把自己的来意对这位警棍说了。

"很好，"这位警棍说，"跟我来，但是你是白费工夫。格里姆斯是我见过的犯人中最顽固、最冷酷、最恶毒的，他除了啤酒和烟以外，什么也不想。[赏析解读：这里突显出了格里姆斯的劣迹，这正是汤姆害怕他的主要原因。同时也让读者为汤姆捏了一把汗，他能顺利完成任务吗？]当然，那些东西在这里是被禁止的。"

他们沿着屋檐往前走，那里落满了煤灰，汤姆觉得那些烟囱一定有很长时间没有打扫了。但是很奇怪，那些煤灰并不会弄脏他们。烧红的煤块到处都是，但是汤姆没有被烧伤，因为他是个水孩子，身体是冰凉湿润的。

最后，他们来到了第三百四十五号烟囱。可怜的格里姆斯卡在烟囱顶部，只有头和肩露在外面，满身都是煤灰，脏得连汤姆都几乎认不出来了，这副模样实在是让汤姆不忍心看。[赏析解读：这里可以看出格里姆斯此时的处境无比窘迫，同时也从侧面说明了汤姆是个善良的孩子。]他嘴里叼着个烟斗，没有点着，但他依然使劲地抽着。

"喂！格里姆斯，"警棍说，"有一位年轻的先生来看你。"

但格里姆斯只是骂骂咧咧，一个劲儿地嘟囔："烟没火，烟没火。"

"嘴里不要不干不净的，放规矩些！"警棍一边说，一边朝格里姆斯的头上狠狠地敲了一下，他的头上立刻发出了咔嗒声，就像胡桃仁在干瘪（biě）的胡桃壳里面摇动一样。格里姆斯想抬手揉一揉被敲疼的地方，但他的胳膊此时正紧紧地卡在烟囱里，抽不出来。格里姆斯没有办法，只好放规矩一些了。

"嗨！"他叫道，"你是汤姆！你是来嘲笑我的吧？你这个残忍的小矮人！"

汤姆向他保证，自己不是来嘲笑他，是来帮助他的。

"我什么都不要，除了啤酒，可是我得不到；我还需要火来把这个可恶的烟斗点着，可是我得不到。"[赏析解读：格里姆斯对汤姆来帮助他这件事毫不在意，只想着满足自己的恶习。可以看出他还和以前一样，是一个无情、粗俗的人。]

"我来给你找个火。"汤姆说着，捡起了一块红煤块（地上到处散落着这种东西），他把红煤块凑到格里姆斯的烟斗上，但是烟斗刚点着就马上熄灭了。

"没有用的，"警棍说着，靠在烟囱上看着他们，"他的心太冷酷了，任何东西一靠近他就会冻成冰。你很快就会知道的，就这么简单。"

"哦，当然，这是我的错，这一切都是我的错，"格里姆斯说，"别再打我了（此时警棍站直了身子，凶神恶煞般），如果我的双手能动，看你还敢不敢打我。"

警棍依然靠在烟囱上，对格里姆斯的言语攻击一点也不在意。他是一位训练有素的警官，不会被私人恩怨所影响，而且他已经做好了充分准备，一发现他们做出违反道德或秩序的行为，就会惩罚他们。[赏析解读：此处的描写突显了警棍的正直、公平，不会因为个人恩怨而对罪犯进行打击报复。]

"我还能帮你做些什么呢？我能不能帮你从烟囱里面出来？"汤姆说。

"不行，"警棍制止道，"他已经到了只有自己才能帮自己的地步。也就是说，他如果想要舒服一点，就只能靠他自己。"

"哦，没错，"格里姆斯说，"都是我自己的问题。是我哀求你们把我带到监狱里的吗？是我自己求着你们要打扫这肮脏的烟囱的吗？是我自愿爬到烟囱里，还在下面点着稻草的吗？是我自己要被卡在这满是煤灰的烟囱里的吗？是我自己请求待在这里的吗？我已经不知道在这里待了多久了，有一百年了吗？喝不到啤酒，抽不到烟斗，这种日子畜生都受不了，何况是人，是我要这样的吗？"[赏析解读：从格里姆斯的话中，可以看出他根本没有想过自己为什么会受到惩罚，他非但没能在这里认识到自己的错误，反而生出了一肚子的埋怨与气愤。可见汤姆想要完成任务，并不是一件容易的事。]

"没错！"一个庄严的声音在后面响起，"不是你自愿的。但是在你折磨汤姆的时候，他也不是自愿的。"

说这话的正是惩恶仙女。警棍一见到她，立刻站得笔直，并向她敬了个礼，还深深地鞠了一躬，如果不是他心中充满了正直的精神，那么这样做准会让他一头栽到地上，说不定还会弄伤他的那只独眼。汤姆也向惩恶仙女行了个鞠躬礼。

"啊，夫人，"汤姆说，"请别考虑我了，无论好坏，一切都已经过去了。但是我可以帮帮可怜的格里姆斯先生吗？能不能让我试着搬掉一些砖头，好让他的胳膊活动活动？"[赏析解读：汤姆不计前嫌地想要帮助格里姆斯，可以看出他的善良和宽容。]

"当然，你可以试一试。"惩恶仙女说。

汤姆对着砖头又是拽又是拉，但是砖头纹丝不动。他又尝试着去擦格里姆斯先生脸上的灰，但是他脸上的灰怎么也擦不掉。

"啊，天哪！"他叫道，"我历尽千辛万苦，走了那么远的路，经过那么多恐怖的地方才来到这里，就是为了来帮你，但是结果呢，我什么也帮不上。"

"你最好别管我，"格里姆斯说，"你是个善良仁慈的小家伙，这是实话，但你最好还是走吧。马上就要下冰雹了，它们会把你的眼睛从脑袋里打出来的。"[赏析解读：这时的格里姆斯是真的在关心汤姆，汤姆的所作所为终于打动了这个铁石心肠的人，而这个人的心也并不是那么的冷。]

"什么冰雹？"

"这里每天晚上都会下冰雹,在没有打到我身上时就像暖和的雨,可一旦落到我的头上,就会变成冰雹,然后就会像炮弹一样打在我身上。"

"不会再下冰雹了,"惩恶仙女说,"我早告诉过你它是什么。它是你母亲的眼泪,是她在睡前为你祈祷时流下的泪,但是你的心太冷了,把它们都变成了冰雹。现在她已经到天堂去了,不会再为她那不知悔改的儿子哭泣了。"[赏析解读:这里写出了一个母亲对儿子的爱,那是一种无私的、不求回报的爱。]

格里姆斯沉默了好一会儿,脸上流露出悲伤的神情。

"原来我母亲去世了,我却没有跟她道别!啊!她是个好女人。如果不是为了我,如果不是因为我做了坏人,她现在一定可以在文代尔的小学校里过得很快乐。"

"文代尔的学校是她开的吗?"汤姆问道。接着他就把自己如何找到了她的房子,以及她在看到一个扫烟囱的孩子后的厌恶,后来她又是怎么对他好的,最终他是如何变成水孩子的,都一五一十地说给了格里姆斯听。

"啊!"格里姆斯说,"她看到扫烟囱的当然会觉得厌恶。我离家出走后,做了扫烟囱的营生,我从来不让她知道我在哪里,也从来没有给过她钱——但是现在已经太迟了,太迟了!"[赏析解读:格里姆斯并不是一个无药可救的人,母亲去世的消息触动了他心里最柔软的部分,他此时此刻已经意识到了自己的错误。]

他哭了起来,哭得像个大孩子似的,哭得烟斗都从嘴里掉了下来,摔成了碎片。"哎,如果我能重新变成一个文代尔的小孩子该有多好啊,去看看那清澈的小溪、苹果园和水松围成的篱笆!我会走一条不同的路!可是现在已经太迟了。汤姆,你是个善良的孩子,你还是走吧,不要站在这里看我哭——以我的年龄足够做你的父亲了,我从来没有怕过任何人,即使是穷凶极恶的人我也没有怕过。现在我垮了,这也是我罪有应得,我自己犯下了错,就理应受到相应的惩罚。我卑鄙无耻,坏得彻底,从前有一个爱尔兰女人警告过我,但当时我只当作耳旁风,这全是我自己的错。但是现在已经太迟了。"格里姆斯哭得十分伤心,弄得汤姆也跟着哭了起来。[赏析解读：格里姆斯的忏悔令人动容，他是真的认识到了自己的错误。那么这一切真的已经太迟了吗？]

"还没有那么糟糕，"惩恶仙女说，她的声音是那么柔和，又是那么陌生。汤姆不禁抬起头看向她，有一瞬间汤姆觉得她竟然那么漂亮，几乎把她错认成她的妹妹了。

没有太晚而不能做的事。可怜的格里姆斯哭泣时，他的眼泪做到了他的母亲和汤姆以及世界上的所有人都无法做到的事情——帮他洗掉了脸上和衣服上的灰尘，又冲掉了砖头缝里的污泥，烟囱塌了，格里姆斯从里面脱身了。[赏析解读：这里看似在描述格里姆斯的眼泪带来的神奇效果，实则是在告诉世人，只要知错就改，就还有重新做人的机会。]

警棍马上跳了起来，准备给格里姆斯的头上狠狠地来一棒子，像把软木塞敲进瓶子里那样，把格里姆斯敲回烟囱里去，但是惩恶仙女阻止了他。

"如果我再给你一个机会，你是否愿意听我的话？"

"当然，夫人。您比我厉害，比我聪明，这一点我十分清楚。从前因为我的一意孤行，肆意妄为，才犯下了不可挽回的过错。所以夫人您尽管吩咐我就行了，我已经认输了，这是实话。"

"那好，你可以出来了。不过记住，如果再违抗我，你就会受到更严厉的惩罚。"

"请等一等，夫人。据我所知，我好像并没有违抗过您，在来到这个糟糕的地方之前，我从来都没有见过您啊。"

"从未见过我？是谁对你说'卑鄙无耻的人总是很坏'的，难道你不记得了吗？"格里姆斯抬起头，汤姆也抬起头。那个声音正是那天他们去哈特豪夫府的路上遇到的那个爱尔兰女人的声音。[赏析解读：原来那个古怪的爱尔兰女人就是惩恶仙女，这个发现让汤姆师徒两人十分震惊。回应了文章的开头。]

"那时我就警告过你,但你还是像以前一样肆意妄为、讲脏话、做卑鄙下贱的事,每一次你喝得烂醉,不讲卫生,都是在违抗我,不管你是否知道。"

"如果当时我知道的话——"

"不,你完全清楚自己在违抗着什么,只不过你不知道那是我而已。好了,你走吧,好好珍惜这最后一次机会吧。"

<u>格里姆斯从烟囱里爬了出来,说实话,如果他的脸上没有那些伤疤,那么他看上去还真像个干净体面的扫烟囱师父呢。</u>[赏析解读:格里姆斯的悔过,使他肮脏的外貌变得干净了,这是多么神奇的变化啊。]

"把他带走吧,"惩恶仙女对警棍说,"给他一张准许离开的通行证。"

"让他去做什么呢,夫人?"

"让他去打扫埃特纳火山(是意大利西西里岛东岸的一座活火山,海拔3200米以上,是欧洲海拔最高的活火山。其名字来自希腊语Atine,意为"我燃烧了"。喷发状况十分活跃,有史以来累计造成近百万人伤亡)口吧,那里有许多人也在干活,会有人教他怎么打扫的。但是你要记住,如果有一天火山口再次堵住,引起地震,你就把他们全都带到我这里来,我会严厉查处的。"

<u>于是格里姆斯先生被警棍带走了,他温顺的样子就像是一条被淹死了的虫子。</u>[赏析解读:格里姆斯此时温顺的模样,与之前他蛮横恶劣的形象形成了鲜明的对比,突显出了他前后的巨大变化。]

听说直到今天,格里姆斯还在打扫埃特纳火山口呢。

"现在,"惩恶仙女对汤姆说,"你来这里的事情已经做完了,也该回去了。"

"我当然很想回去,"汤姆说,"但是,那个大洞已经不再向上面喷蒸气了,我要怎么才能从那里上去呢?"

"我会带着你从后面的梯子上去,但一定要蒙上眼睛,因为我不会让任何人看到那个梯子。"[赏析解读：此处的描写渲染出一种神秘色彩，使读者对惩恶仙女所说的后面的梯子产生了好奇。]

"如果您不让我说出去，我保证不会向任何人说起的。"汤姆答道。

"啊！你现在当然是这么想的，我的小伙子。但是，等你回到陆地世界以后，很快就会忘记自己的誓言了。一旦人们知道你走过我后面的梯子，就会有许多漂亮的女人伏身在你面前，富人会献给你无数财宝，政治家会送给你权势和高官，老少贫富都会向你请求：'只要把后梯的秘密告诉我们，我们就情愿做你的奴隶。我们请你做伯爵、国王、皇帝、活佛、大主教、教皇——你想做什么就做什么，只要把后梯的秘密告诉我们就可以了。几千年来，那些巫师总是骗我们，说能偷偷地带我们上去，我们给了他们很多钱，敬重、崇拜他们，他们说什么我们就做什么，但这样做根本就是白费工夫。虽然这样，由于你知道一些关于后梯的事情，我们还是愿意崇敬、歌颂、敬仰、侍奉你，因为这样我们就有机会去朝拜那后梯了，即使我们不能上去，却可以在它脚下唱歌：

啊！后梯啊！

高贵的后梯啊！

无价的后梯！

我们那不可或缺的后梯！

必需的后梯！

和蔼可亲的后梯！

贯穿宇宙的后梯！

包罗万象的后梯！

乐于帮助他人的后梯！

有教养的后梯！

宽容的后梯！

节俭的后梯!

诚实的后梯!

逻辑清晰的后梯!

演绎推理的后梯!

舒适的后梯!

宽厚仁爱的后梯!

通情达理的后梯!

朝思暮想的后梯!

让人垂涎三尺的后梯!

高贵美好的后梯!

风度翩翩的后梯!

淑女一样的后梯!

率真传统的后梯!

满是希望的后梯!

可信的后梯!

优秀卓越的后梯!

不可否认的后梯!

强而有力的后梯!

全知全能的后梯!

诸如此类。

让我们能够逃脱惩罚的人就是你啊!除此之外,请你将我们从那个残酷的惩恶仙女的手掌心里解救出来吧!'[赏析解读:惩恶仙女在那些犯了错的世人心中是个恶毒的人,而他们之所以迫切地想要找到后梯,就是为了让自己逃脱惩罚。]汤姆，如果碰到他们这样求你，你还能忍心把你知道的秘密一直隐瞒下去吗？"

汤姆没有否认。"不过，他们为什么那么想知道后梯的秘密呢？"汤姆问道。他刚才被惩恶仙女那一长串赞美的话吓到了，所以并不懂这到底是怎么一回事。

"我不能告诉你答案，因为我不能把任何事都告诉孩子们，到了适当的时候，他们自己就会明白的。过来吧，现在我要蒙上你的眼睛了。"惩恶仙女用手蒙住了汤姆的眼睛。

"现在，"她说，"你已经平安地到了后梯上了。"汤姆瞪大了双睛，张大了嘴巴，因为他根本一步也没有动过啊。但是当他向四周张望时，他发现自己确实已经上了后梯了。至于那个后梯到底是什么样子的，没有人会回答这个问题，毕竟没有人知道。
[赏析解读：这里的叙述为惩恶仙女的后梯增添了神秘的色彩，在引起读者好奇的同时，为下文做铺垫。]

汤姆首先看到的是一片雪松，在玫瑰色的晨曦（xī）中，那些黑色高大的雪松高耸挺立着，远处广阔的银色大海里坐落着圣布伦丹岛。微风在雪松的枝叶间轻轻吹拂，泉水在那些洞穴中间叮咚地响着，海鸟在波浪间唱着跳着，陆地上的鸟儿栖息在树枝中，筑起了巢穴。[赏析解读：此处的环境描写与之前的监狱形成了鲜明对比，突出了这个世界的美好，令人向往。]空中充满了歌声，其中一个歌声透过所有歌声，从海浪上传来。那歌声清新甜美，唱歌的人一定是个女孩子。

她唱的是一支什么样的歌呢？啊，我的孩子们，我已经太老了，无法很好地唱出这支歌，你们还太小，听不懂。不过，请耐心些，如果你们能永远保持心地单纯，两手干净，那么总有一天也可以唱出这样的歌，无须他人来教。

汤姆走近小岛，看到岸边的岩石上坐着一位漂亮的姑娘，他从来没有见过如此美丽的女孩子。她低垂着双眼，两只脚拍打着海水，当他们来到她跟前时，她抬起了头，汤姆这才看清，原来那个人是艾莉。[赏析解读：此时的艾莉在外表上发生了很大的变化，说明距离她和汤姆分别已经过去了许多年，所以汤姆才没有在第一时间认出来。]

"啊，艾莉小姐！"汤姆说，"你已经长这么大了呀！"

"啊，汤姆！"艾莉说，"你也长这么大了啊！"

确实，他们都长大了，汤姆长成了一个高大的小伙子，艾莉也长成了一位漂亮的姑娘。

"也许我是长大了，"她说，"我已经坐在这里等你好几百年了，我太老了，以至于最后觉得你永远也不会回来了。"

"好几百年了？"由于汤姆在旅途中增长了那么多见识，所以并没有察觉到时间的匆匆流逝。但这时他什么也顾不上想，脑子里只有艾莉。他就那样站在那里看着艾莉，艾莉也看着他。他们彼此望着对方，忘记了一切，这么一站就是七年，他们七年间没有说过一句话，也没有动一动。[赏析解读：汤姆与艾莉凝望着彼此长达七年，充分说明了他们对对方的思念之深，令人感动。]

最后，他们听到惩恶仙女说："好了，孩子们！你们不想再看看我了吗？"

"没有啊，我们一直在看着您呢。"他们说。的确，他们一直以为自己看的是惩恶仙女。

"那么，你们再看看我吧。"她说。

他们转向惩恶仙女，马上同时大叫起来："啊！你到底是谁？"

"你是我们亲爱的福善仙女吧！"

"不，你是正直的惩恶仙女，但是你看起来太漂亮了！"

"在你们看来是这样的，"惩恶仙女说，"你们再看看。"

"你是护持婆婆！"汤姆说，他的声音非常低，而且十分严肃，发现这件事让他觉得很开心，让他比以前任何时候都觉得吃惊。

"你变得年轻多了。"

"对你来说是这样的，"惩恶仙女说，"你再看看。"

"你是我去哈特豪夫府那天碰到的那个爱尔兰女人！"

他们仔细地看着她，觉得她与那三位仙女都不一样，又觉得她与那三位仙女很相像。

"我的名字写在我的眼睛里，如果你们观察得足够仔细，就能知道它。"

他们看着仙女那大而明亮的眼睛，那双温柔的眼睛里变幻着各种颜色，就像钻石那不断变化的光晕一般。[赏析解读：此处对仙女眼睛的描写，不仅突显出了她眼睛的美，还写出了其中所蕴含的奥妙。]

"现在，把我的名字读出来。"最后，仙女说道。

刹那间，她的眼睛中闪出了两道清澈、耀眼的白光，不过，孩子们没能读出她的名字，由于光芒过于耀眼，他们用双手捂住了眼睛。

"还没到时候，孩子们。"仙女微笑着说，接着她转过脸，面朝着艾莉。

"从现在起，星期天你可以带他回家了。他打了一场大战，赢得了奖励，变成了一个男子汉，他现在有资格和你一起回去了，因为真正的男子汉都能做自己不喜欢做的事情。"[赏析解读：从仙女的话中可以看出，汤姆已经完全蜕变了，他现在已经得到了仙女的认可，成长为一个真正的男子汉。]

于是，汤姆每个星期天都会和艾莉一起回家，有时不是星期天也会回去。现在他成了一位优秀的科学家，能够设计铁路、蒸汽机、电报和步枪等，他知道一切事物的原理，但还有两三件小事没有弄清楚：比如母鸡的蛋为什么孵不出鳄鱼，等等。而他知道的这一切全是他在海底做水孩子时学到的。

"汤姆和艾莉结婚了吧？"

我亲爱的，这个念头太傻了！你难道不知道，在童话故事里王子和公主以下身份的人是从来不结婚的吗？

"那汤姆的小狗呢？"

哦，在七月里任何一个晴朗的夜晚，你都可以在天上看到它。因为老天狗已经累到无法发挥作用了,此后的三个夏天里,连天狼星都没有了。于是人们只好把他取下来,让汤姆的狗取代了他。新官上任三把火,今年我们也许能够有个温和的气候了。我的故事讲到这里也就结束了。

道德教训

那么,亲爱的孩子们,从这个故事里我们能够学到些什么呢?

我们可以学到三十七或三十九件事情,到底有多少我也说不清。但是至少有一条我们应该记住,那就是:如果我们在池塘里看到了水蜥(偏肉食性的杂食动物,主要生活在泰国东部、越南、柬埔寨、印度和中国南部的热带雨林地区),决不能向它们扔石头,也不要用钩针去捉它们,更不要把它们和刺鱼一起关到动物园里,因为刺鱼会刺破它们可怜的肚子,让它们落得个凄惨的结局。要知道,那些水蜥并不是什么别的东西,正是水孩子啊。只不过它们不愿意学习,不讲卫生,所以脑袋变得很平,下巴也向外突出,脑子变小了,尾巴却变长了,不仅这样,它们的肋骨也消失了(我想你们一定不想变成这样)。它们的皮肤变得脏兮兮的,长满了斑点,但它们从来不会到清爽的河水里去,更不用说去无边无际的大海里了,它们只愿意待在肮脏的池塘里,以烂泥里的虫子为食,它们也只配过那样的生活(五十年后,解剖学家会告诉你这些,不过由于现在的技术还不成熟,他们暂时还没有发现)。

但是,这并不能成为你虐待它们的理由。恰恰相反,正因为如此,你应该更加同情它们,对它们好,希望它们终有一天醒悟过来,为自己肮脏、懒惰和愚蠢的生活感到羞愧,并且愿意改过自新,重新变成好孩子。[赏析解读:此处的叙述意在劝诫人们对那些顽劣淘气的孩子要有足够的耐心和包容,慢慢地去引导他们,让他们变成好孩子。]如果那样的话,经过三十七万九千四百二十三年九个月十三天两小时二十一分钟后——如果在这样一段长的时间里它们能够一直努力学习,保持干净,它们的脑子就会变大，下巴会变小，会重新长出肋骨，尾巴会萎缩脱落，它们会再次变成水孩子。或许还能变成陆地上的孩子，甚至长大成人也是有可能的。

你觉得不会发生这样的事吗？你说对了。但是，这世界上还是有一些人十分喜欢那些可怜的水蜥的，因为水蜥不会伤害任何人，即使它们想要伤害谁也做不到。它们唯一的错就在于一无是处，就像成千上万比它们高级的动物一样。

至于现在，你还是好好学习吧，吸取教训，对种种磨难怀有感恩之心，因为它们能将你的意志磨炼得更加坚强。就像水蜥乐意冲冷水澡一样，你也要像一个地道的英国人那样去锤炼自己。[赏析解读：此处的叙述教育孩子要培养坚定的信念，学会正确对待生活中的各种磨难，让自己成长起来。]那样的话，即使我的故事不是真的，里面也会有一些更好的东西是真的。即使我的话没有那么正确，但你依然是正确的，只要你努力工作，牢记着用"苦难"这个冷水冰身就可以了。

但是一定不能忘了，就像我一开始说的那样，这是一部童话，只是说说而已。因此，即使它是真实的，你也一个字都不用相信。